I0632024

17218
H

MEMOIRES

POUR SERVIR

A L'HISTOIRE

DES

HOMMES
ILLUSTRES

DANS LA REPUBLIQUE DES LETTRES,

AVEC

UN CATALOGUE RAISONNÉ
de leurs Ouvrages.

TOME I.

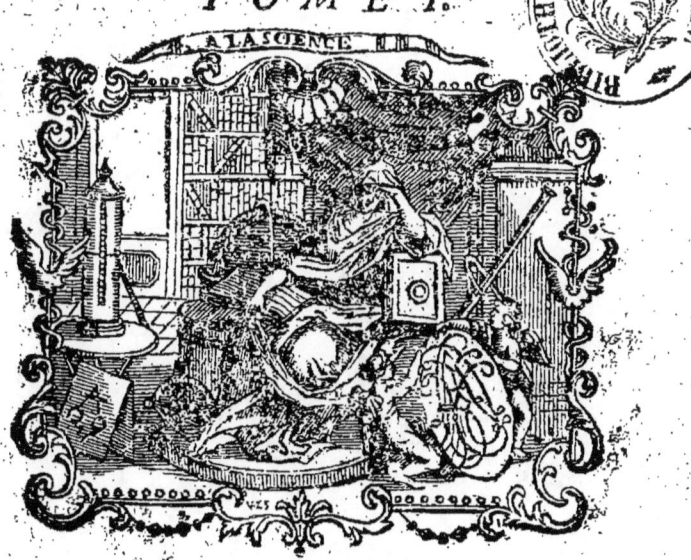

A PARIS,

Chez B R I A S S O N Libraire rue S. Jacques,
à la Science.

M. DCC. XXIX.

Avec Approbation & Privilege du Roy.

BIBLIOTHEQUE DE L'ARSENAL

8H 28697

PREFACE.

IL y a long-temps qu'on se
plaint que l'Histoire des Sçavans est trop negligée en France, qu'on y laisse tranquillement périr la memoire de ceux
qui se distinguent dans les
Sciences & dans les Arts, que
ceux qui seroient le plus en
état de la perpetuer, contens
de les avoir connus, ne dai-
gnent point les faire connoître
à la Posterité, qu'ils privent
par là du plaisir qu'elle auroit
d'être instruite de ce qui les
regarde, & de trouver dans un
récit fidelle de leu s emplois,
de leurs actions, de leurs démêlez litteraires, de quoi mieux
entendre leurs Ouvrages. En
effet combien de Sçavans dont
nousignor ons jusqu'àla patrie

a

la naiſſance, la condition, le temps même où ils ont vécu, & dont nous ne connoiſſons que les noms, que les titres de leurs Livres nous ont conſervez. Nous ne pouvons nous empêcher d'en murmurer dans l'occaſion, & d'accuſer de negligence, ceux qui nous ont precedez; mais nous tombons dans le même défaut qu'eux, & il eſt à croire que ceux qui viendront après nous, ſe plaindront de même de nôtre negligence.

Il en eſt à la verité quelques-uns qui s'échappent de l'oubli; mais cette faveur eſt reſervée à ceux à qui le devoir, la coûtume, l'amitié ou l'interêt procurent des Panegyriſtes. Nous avons les éloges prononcez dans l'Academie des Belles-Lettres & dans celle des Sciences, qui ſont des chefs-d'œuvres en ce genre, & où l'on a

PREFACE.

le plaisir de trouver avec le caractere fidele de ceux qui en font le sujet, un détail exact de leurs travaux litteraires ; les Journaux nous en presentent quelques-uns ; il en est d'autres encore à la tête de certains Ouvrages posthumes. Mais tout cela est si épars & si dispersé, qu'il faudroit une Bibliotheque entiere pour acquerir la connoissance d'un nombre assez borné de Sçavans. Les Bibliotheques, qui nous representent tous les Auteurs d'un certain genre, d'une certaine profession, d'un certain pays, pourroient suppléer à ce défaut ; mais nous en avons trop peu, & d'ailleurs elles sont trop peu étendues, pour nous satisfaire entierement , principalement sur ce qui regarde le détail des Ouvrages.

Les Allemands sont bien plus

PREFACE.

ſoigneux que nous ſur ce point;
mais ils pouſſent auſſi les choſes
à l'excès. Il n'eſt gueres de Ville,
de College, de Societé qui n'ait
ſa Bibliotheque, ſans parler des
vies particulieres, qui vont encore plus loin; il ſuffit de faire
profeſſion de ſcience, d'avoir
place dans quelque College,
d'avoir donné au Public une
ſimple brochure, pour y tenir
ſon rang parmi les autres, &
pour y voir un détail de ſa vie
auſſi long & auſſi diffus, que
celui qu'on y fait de celle des
plus illuſtres Ecrivains,

Les Italiens tombent dans
un défaut tout oppoſé. Leurs
Bibliotheques ſont trop ſéches
& trop décharnées; ce n'eſt le
plus ſouvent qu'un Catalogue
des Ouvrages des Auteurs de
certains cantons, ou de certaines villes; on n'y parle des Auteurs même que d'une maniere

vague & generale, on y negli-
ge entierement les dates ; en
un mot on n'y trouve rien de
ce qui pourroit inftruire ceux
qui y ont recours.

Ce que les Anglois nous
donnent en ce genre eft bien
mieux entendu. Il n'eft gueres
de Sçavant, un peu illuftre de
cette Nation, dont on n'ait écrit
la vie, qui contient auffi fouvent un abregé de fes Ouvrages
& un détail exact de tout ce qui
peut y avoir rapport ; mais la
chofe iroit à l'infini, fi l'on vouloit fuivre leur methode, &
parler auffi au long de tous ceux
qui peuvent intereffer les perfonnes fçavantes. Il faut donc
fe borner à ne donner à la vie
de chaque Auteur qu'autant
d'étendue qu'il en faut pour le
faire fuffifamment connoître,
& pour donner quelque idée
de fes Ouvrages, & c'eft ce que

PREFACE.

j'ai deſſein de faire conformement à l'eſſai que je preſente au Public,

Je n'ai pas cru devoir m'attacher ſeulement aux François; tous les Sçavans de quelque Nation qu'ils ſoient trouveront place dans ces Mémoires; mais comme leur nombre eſt pour ainſi dire infini, je prefererai d'abord les plus illuſtres aux autres qui pourront venir dans la ſuite ſur les rangs. Il auroit été fort inutile d'obſerver quelque ordre dans un Ouvrage, qui comme celui ci eſt compoſé de parties qui n'ont aucun rapport entre elles; la quantité ſuffiſante de materiaux *que je me trouve* ſur un Auteur, eſt la ſeule raiſon qui fait paroître l'un devant l'autre. Il ſuffit qu'une table alphabetique & nécrologique facilite le moyen de trouver ceux dont il eſt parlé.

PREFACE.

J'ai tâché de raffembler fus chaque article tout ce que j'ai pû trouver dans un grand nombre d'Auteurs, en y joignant ce que j'en fçais par moi-même. Les Journaux & les Bibliotheques m'ont fourni une partie des materiaux, mais je n'en ai adopté le Jugement, que lorfque je les ai vûs conformes à ceux du Public. C'eft une regle fûre en ce genre, que de croire d'un Auteur & de fes Ouvrages le bien qu'en difent fes ennemis, & le mal qu'en avoüent fes amis, & je m'y fuis toûjours conformé. Quoique que je cite à la fin de chaque article les Livres dont j'ai tiré ce que j'en rapporte, il y a cependant certains traits entremeflez que j'ai tirés d'ailleurs, & qu'il auroit été trop long de citer ; mais on peut s'affûrer que j'ai été fcrupuleux à n'en choisir que de certains.

Comme c'est principalement la connoissance des Ouvrages que j'ai eu en vûë, je ne rapporte de la vie de chaque Auteur, que ce qui peut le faire connoître en qualité de Sçavant, negligeant tout ce qui est étranger à cette qualité, excepté cependant en certaines choses qui peuvent faire mieux découvrir son caractere, & mettre plus en état de bien juger de ses Ouvrages.

Pour ce qui est des Ouvrages mêmes, j'en ai rapporté autant qu'il m'a été possible les differentes Editions, les Traductions, &c. en un mot tout ce qui peut y avoir rapport. On souhaittera peut-être que j'eusse parlé de tous aussi au long, que je l'ai fait de quelques uns ; mais il est facile de reconnoître que ç'auroit été

PREFACE.

une chofe inutile & impoffible.
1°. Parce qu'il y en a un grand
nombre, qui n'en valent pas la
peine. 2°. Il y en a de fi connus,
& qui portent à leur tête des
noms fi refpectables, que tout
détail, & tout éloge eft inutile
à leur égard. 3°. Quelques-uns
roulent fur des Matieres délicates, aufquelles il eft dangereux de toucher. 4°. Il y en a
plufieurs fur lefquels l'amour
de la verité me feroit dire certaines chofes, qui ne fervi-
roient qu'à bleffer la délicateffe
de ceux qui font accoûtumez
à en juger plus favorablement
que je ne le ferois.

Si quelqu'un trouve à redire
aux Jugemens qu'il trouvera
ici de certains Auteurs, il ne
doit pas m'en rendre refponfa-
ble ; j'ai toûjours mon garant,
que je cite, quand la chofe
en vaut la peine.

PREFACE.

J'ai crû que pour rendre ces
Memoires encore plus utiles,
je devois ajoûter à la fin un Catalogue des Auteurs, difposé
fuivant l'Ordre des Matieres &
des Sciences. Il n'eft perfonne
qui ne voye l'utilité d'un tel
Catalogue, qui pourra fervir à
trouver fans peine les Ouvrages qui auront été compofez
fur chaque fujet.

Au refte ceci n'eft qu'un ef-
fay, auquel je n'ai pas la vanité
d'attribuer toute la perfection
qu'il pourroit avoir ; les com-
mencemens en toutes chofes,
manquent toûjours en quelqu'-
unes de leurs parties, ce n'eft
que le temps & l'application,
qui en font réparer les man-
quemens & les défauts. De
combien d'Ouvrages ferions-
nous privez, fi l'on eut attendu
pour les donner au Public
qu'ils euffent eu toute leur per-

PREFACE.

fection ? C'eft le fort des Dic-
onnaires, des Catalogues des
Bibliotheques , & autres Livres femblables de paroiftre
d'abord dans un état imparfait,
dont on ne les tire qu'avec le
temps, par les obfervations & la
critique de ceux qui les lifent.

J'attends le Jugement du
Public fur cet Ouvrage que je
lui prefente, & que le zele pour
la gloire des Sçavans , & pour
l'inftruction de ceux qui fou-
haittent les connoiftre , m'a
fait entreprendre , prêt à en
demeurer là, s'il le dés'aprou-
ve, ou à continuer, s'il le trouve digne de fon attention. Les
materiaux ne me manqueront
pas encore fi-tôt , jen ai fuffi-
fammént pour faire fuivre ce
Volume de quelques autres
qui contiendront des articles
peut-être encore plus curieux
& plus intereffans.

PREFACE.

Si le Public veut même me mettre en état de perfectioner ce commencement tant par fes confeils , qu'en me fournif-fant des Memoires fur les Auteurs pour lefquels il s'interef-fe , j'en profiterai avec plaifir , & en ferai honneur à ceux qui le fouhaitteront : ce fera pour moi , s'il veut bien le faire, une marque fûre quil approuve mon travail & que je ne dois pas l'abandonner. Le Libraire chez qui ce Volume paroît . recevra les mémoires qu'on lui donnera fur cette matiere , & j'en ferai ufage, foit qu'ils roulent fur les Sçavans de ce fiécle, foit qu'il s'y agiffe de ceux des fiecles paffez, felon la methode que je me fuis propofée. Je conferverai une parfaite recon-noiffance pour ceux qui les fourniront.

TABLE ALPHABETIQUE DES AUTEURS.

MEMOIRES

MEMOIRES
POUR SERVIR
A L'HISTOIRE
DES
HOMMES
ILLUSTRES

DANS LA REPUBLIQUE
des Lettres.

Avec un Catalogue raisonné
de leurs Ouvrages.

ISAAC DE LARREY.

I SAAC *de Larrey* étoit un
Gentilhomme du Pays
de *Caux* en Normandie.
Dès le milieu du seiziéme
siecle, ses Ancêtres fu-
rent reconnus pour nobles, & distingués dans la Province par des Em-

Tomme I.   A

plois honorables. Il nâquit à *Mon-*
tivilliers le 7. Septembre 1638.
Il perdit son pere dès son enfance;
ses parens qui remarquerent en lui
d'heureuses dispositions pour former
un homme de Lettres, l'envoyerent
étudier à *Caën*. Il s'y distingua, &
toute la Ville admira ses talens pour
la Poësie, lorsqu'on lui entendit prononcer un Poeme Latin, qu'il avoit
composé sur l'abdication de la Reine
de Suede.

Un jeune Homme de si grande
esperance ne pouvoit manquer d'ê-
tre sollicité à changer de Religion;
la crainte qu'en eurent ses parens, les
engagea à le retirer de *Caën*, après
qu'il y eut achevé ses Humanitez.
Étant de retour à *Montivilliers*, il
forma le dessein de s'attacher à la
Jurisprudence, & au Barreau. Il alla
pour cet effet prendre ses Licences à
Caën; d'où il passa à *Harfleur*, pour
s'y former au Droit coûtumier de la
Province, chez un habile Avocat,
dont il épousa bien-tôt une fille,
n'ayant pas encore vingt ans accomplis.

De *Harfleur*, M. de *Larrey* retourna à *Montivilliers*, où il commença à se diſtinguer dans le Barreau. Il étoit ſur tout ſi habile dans les Matieres Beneficiales, que les Eccleſiaſtiques du Pays lui confioient volontiers leurs affaires, malgré la diverſité de Religion. Sa réputation alla juſqu'au Parlement, & ſes écrits y furent ſi fort goûtez, que pluſieurs Membres de cet auguſte Corps penſérent à l'y attirer : mais le nombre des Avocats de la Religion P. R. ſe trouvant alors complet, il ne leur fut pas poſſible d'y réuſſir.

M. de Larrey ne ſongea donc plus qu'à paſſer le reſte de ſes jours dans ſa Patrie; & pour les y paſſer utilement & agréablement, il joignit aux occupations que lui donnoit ſa profeſſion, l'étude des belles Lettres, de l'Hiſtoire, & de la Religion. Il fut obligé de faire en 1671. un voyage à Paris, où il fit connoiſſance avec les PP. *Rapin* & *Maimbourg*, qui tenterent inutilement de l'attirer à la Religion Catholique. De retour de Paris, il perdit ſa femme ; quoique cette perte lui eût été tres-ſenſible, il ſe vit obligé par l'impuiſſance où il

A ij

ISAAC DE LARREY. étoit de veiller feul à l'éducation de fes enfans, qui étoient en affés grand nombre, de penfer à de fecondes Nôces. Il rechercha pour cet effet la derniere des Sœurs de M. *Dallençon de Mireville*, Préfident de *Montivilliers*. Le mariage fe fit; & il fe promettoit de ne trouver que des douceurs dans cette union : mais une nouvelle affliction vint troubler fon repos.

Il aimoit tendrement fes enfans, fa fille aînée encore plus que les autres. Cette fille abandonna la maifon paternelle, fe retira chez l'Abbeffe du lieu, & déclara qu'elle vouloit changer de Religion. Sa conduite étoit autorifée par les Edits du Roy, car elle avoit douze ans accomplis, âge où il étoit permis aux enfans des Prétendus Réformés de fe fouftraire à l'autorité de leurs Peres, & de renoncer à leur Religion. M. de Larrey fit ce qu'il pût pour faire revenir fa fille, qui perfifta toujours dans la réfolution de fe faire Catholique, & rendit ainfi les démarches de fon pere inutiles.

Quelque temps après le Roy don-

na une nouvelle Déclaration (ce fût Isaac de
le 17. Juin 1681.) par laquelle les Larrey.
enfans des Prétendus Réformés de
l'un & l'autre fexe, pouvoient à l'âge
de fept ans embraffer la Religion Catholique, fans que leurs parens puf-
fent les en empêcher. Ce fut alors que
M. de Larrey forma le deffein de
fortir du Royaume avec fa famille ;
mais la difficulté étoit de l'executer,
à caufe des Déclarations du Roy, qui
défendoient à tous fes Sujets de s'aller établir dans les Pays étrangers,
fans une permiffion expreffe de fa
part.

En 1682. il tenta une voye qu'il
crût pouvoir lui réuffir. Ce fut de
faire un voyage à *Berlin*, pour tâcher
d'obtenir de l'Electeur de Brandebourg *Guillaume*, une recommandation en fa faveur auprès de la Cour
de France, afin de faciliter fa fortie
du Royaume ; il l'obtint : mais les
circonftances des temps la rendirent
inutile. Il fit plufieurs tentatives
pour s'échaper fecretement, mais aucune ne réuffit. Une nuit qu'il s'étoit
caché fur le bord de la mer avec fa
famille, & fes effets les plus précieux

ISAAC DE qu'il y avoit fait conduire secrete-
LARREY. ment, pour s'y embarquer dans un
Vaisseau, qui devoit les y venir prendre à l'heure de la marée, ils furent
malheureusement découverts, arrê-
tés, & conduits au *Havre*, qui n'en
étoit pas loin, lui, sa femme, & quatre
enfans, deux fils, & deux filles, chacun
séparément, & dans des Prisons differentes. Tous leurs Effets furent
enlevez & perdus pour eux sans
ressource. Ses amis Catholiques,
qui avoient seuls la liberté de le voir,
obtinrent enfin son élargissement,
& celui de sa famille, à condition
qu'il se retireroit à *Montivilliers*, où
il étoit observé de près. Ensuite par
l'entremise de ses amis, il eût la permission de se retirer à *Roüen*, & d'y
mener sa famille. Il y demeura un
an ou deux, attendant toujours
l'occasion favorable pour sortir du
Royaume; elle se presenta enfin.
Un Vaisseau Marchand chargeoit
pour la Hollande; il s'y embarqua
secretement avec sa famille, & eût le
bonheur de n'être point découvert.

M. *de Larrey* ne s'arrêta pas long-
temps en Hollande, il partit bientôt

après pour *Berlin*, avec fa femme & ISAAC DE
fes quatre enfans, attiré par les pro- LARREY.
meſſes de l'Electeur de *Brandebourg*.
Il fixa là fa demeure, & fut gratifié
d'une penfion, avec le titre de Confeiller de Cour & d'Ambaffade. Ce
fut dans cette retraite qu'il compofa
les Ouvrages que nous avons de lui.
Une colique, qui étoit la feule incommodité à laquelle il fut fujet,
commença la maladie qui l'emporta
le dix-feptiéme Mars 1719, dans fa
81. année.

Il étoit d'une complexion plus
faine & plus vigoureufe, que ne le
promettoit fon exterieur. La vivacité de fon efprit rendoit fon humeur
un peu inégale, & le portoit quelquefois aux extrémités oppofées. Comme il fe piquoit d'une grande probité, il faifoit cas des gens de bien,
& n'épargnoit pas ceux qu'il croyoit
d'un autre caractere. Il aimoit fa
Religion; mais il jugeoit quelquefois
avec précipitation fur les matieres les
plus délicates, & s'attachoit trop opi-
niâtrement à fes opinions. Il travailloit avec une prodigieufe facilité, &
étoit capable de foûtenir un long

ISAAC DE travail. Aidé d'une memoire excel-
LARREY. lente, il prenoit rarement la peine de
tirer des extraits des Livres qu'il con-
sultoit hors de chez lui ; ainsi il ne
faut pas être surpris s'il se trouve
quelques inexactitudes dans ses Ouvrages.

Les Ouvrages qu'on a de lui, sont :

1. *La Censure du Commentaire de
Pierre - Jean Olive, sur l'Apocalypse,
traduite en François, avec des Remarques. Amsterdam* 1700. *in* 8°. M. *de
Larrey* composa cet Ouvrage dans le
temps qui se passa entre sa prise &
sa sortie de France. Il lisoit alors les
Mélanges de M. *Baluze*, où il vit
cette Censure que la Cour de *Rome*
avoit faite des 60. Articles extraits
du Commentaire d'*Olive*, de l'Ordre
des Freres Mineurs ; il la traduisit en
François, & y joignit de longues
Remarques. Cet Ouvrage n'étoit fait
que pour lui & pour ses amis, qui
en tirerent diverses copies, mais il
fut imprimé à son insçû, & sans sa
participation, avec la conjecture de
Nicolas de Cuza, touchant les derniers temps, traduite du Latin en
1700, & par consequent moins châ-

tié qu'il n'auroit été, si l'Auteur avoit ISAAC DE
eu intention de le rendre public.   LARREY.

2. *Histoire d'Auguste, contenant les
plus particuliers évenemens de sa vie,
avec l'idée generale de son siécle, & le
plan de sa politique & de son gouvernement. Rotterdam* (ou plûtôt *Berlin*)
1690. *in*-12. Ce Livre fut le premier fruit de son repos à *Berlin.*
Comme les faits qu'il y rapporte,
sont fort conrus, & par là moins in-
terressans, il les a entremêlés de
reflexions politiques, & de descrip-
tions des spectacles & des mœurs de
l'ancienne Rome, qui rendent son
livre agréable & instructif.

3. *L'Heritiere de Guyenne, ou
l'Histoire d'Eleonor, fille de Guillaume
dernier Duc de Guyenne, femme de
Louis VII. Roy de France, & ensuite
de Henri II. Roy d'Angleterre. Rotterdam* 1691. *in* 8°. Cette Histoire a été
regardée par bien des gens comme
un Roman, plûtôt que comme une
Histoire veritable; c'est de quoi M.
de *Larrey* s'est plaint quelquefois à ses
amis. Quoi qu'il en soit, il est certain qu'elle a été fort bien reçûe du
public. M. de *Bauval* la trouve

ISAAC DE LARREY. remplie d'incidens, qui amuſent agréablement le Lecteur, & ajoûte que le ſtile en eſt mâle & bien ſoutenu.

4. *Hiſtoire d'Angleterre, d'Ecoſſe & d'Irlande*, avec un abregé des évenemens les plus remarquables, arrivés dans les autres Etats. *Rotterdam, fol. 4. vol.* Le premier en 1707. Le ſecond en 1697. Le troiſiéme en 1698, & le quatriéme en 1713. L'Auteur a jugé à propos de commencer cet Ouvrage par le ſecond Volume, parce que les matieres y ſont plus intereſſantes que dans le premier. Il finit par le Regne de *Guillaume III.* Cette Hiſtoire fut fort bien reçue dans le monde; on n'en avoit pas encore vû d'auſſi complette en François, & elle ſervit beaucoup à augmenter la réputation de ſon Auteur; la beauté des Portraits qu'on y a inſerés, a auſſi beaucoup contribué à la recherche de ce Livre, qui eſt bien déchû depuis ce temps là de l'eſtime qu'on en faiſoit d'abord. En effet, M. de Larrey n'étoit pas aſſés verſé dans la connoiſſance des affaires d'Angleterre, & des Ecrivains de cette Nation, pour faire quelque choſe de bon. On ne peut

nier que le ſtile n'en ſoit coulant, ISAAC DE
& la narration intereſſante , mais LARREY.
tout y eſt entierement ſuperficiel.
Auſſi les Anglois n'en ont-ils point
fait de cas. Ajoûtés à cela que l'Auteur
s'y montre paſſionné juſqu'à l'excès,
ſur tout dans le dernier Volume.

5. *Réponſe à l'Avis aux Réfugiés,*
imprimée avec le Livre à Rotterdam 1709. *in-12.*

6. *Hiſtoire des Sept Sages. Rotterdam,*
in-8°. 2. Tom. Le premier en 1713. Le
ſecond en 1716. It. *Rotterdam (Rouen)*
1714. & 1716. 2. *vol.* 12. L'Auteur
a eu l'adreſſe de lier dans cette Hiſtoire une infinité d'evenemens, qui
lui ſont étrangers ; & ſi l'arrangement, & même le choix de ſes maté-
riaux ne répondoient pas un peu trop
à celui du *Cyrus* de Mademoiſelle de
Scudery, l'on pourroit regarder ſon
Ouvrage, comme un fort bon abregé
de l'Hiſtoire du ſiecle de *Cyrus:* mais
il faut y être en garde contre le mê-
lange du vrai & du vrai-ſemblable,
que l'Auteur y a fait pour en rendre
la lecture plus égayée & plus intereſſante. C'eſt le jugement qu'en porte
le Journal Litteraire.

ISAAC DE
LARREY.

7. *Histoire de France sous le Regne de Louis XIV. Rotterdam* 1718. 1719. & 1722. 3. *vol. in*-4°. & 9. *in*-12. Cette Histoire a été l'écueil contre lequel la réputation de M. de Larrey a échouée ; en effet, rien n'est plus superficiel, ce ne sont que des Extraits de Gazettes & de Mercures: on y trouve des fautes sans nombre, dont plusieurs ont été relevées dans les Journaux, & sur tout dans une Lettre inserée dans le Mercure de Decembre 1719. Elle n'a pas laissé d'être réimprimée plusieurs fois en Hollande, & ailleurs.

V. Nouv. Litteraires, to. 10. *pag.* 455. & *Biblioth. Germanique, to.* 1. *pag.* 222.

LOUIS FERRAND.

LOUIS
FERRAND

LOUIS *Ferrand* nâquit à *Toulon* le 3. Octobre 1645. Il y étudia au College de cette Ville, & dès sa jeunesse il fit paroître de grandes dispositions pour les Sciences, & beaucoup de goût pour la pieté. Quelque tems après il alla à *Lyon*, où il forma le dessein de se faire Carme Déchauſſé : mais un Ami à qui il ouvrit ſon cœur l'en detourna , & lui adreſſa à ce ſujet une fort belle Piece de Vers. M. Ferrand s'étant donc rendu au conſeil de ſon Ami , ne ſongea plus qu'à s'attacher fortement à l'étude; & ayant fait connoiſſance à *Lyon* avec un ſçavant Eccleſiaſtique , il apprit de lui l'Hebreu , & les Langues Orientales.

LOUIS FERRAND

Il vint à *Paris* à l'âge de vingt ans. Un Libraire qui connoiſſoit l'étendue de ſa ſcience , lui propoſa de faire un voyage à *Mayence* , pour y travailler à une traduction du texte Hebreu de la Bible. Dès qu'il y fut arrivé , ſon merite y parut avec éclat: l'Electeur de *Mayence* le fit ſouvent manger à ſa table , & l'honora d'une Médaille d'or.

Ce fut à *Mayence* qu'il fit connoiſſance avec feu M. l'Abbé de *Gravelles* , alors Reſident pour le Roy en la Cour de l'Electeur. Cet Abbé le prit ſi fort en affection , qu'il ſe déclara ſon Protecteur, tant qu'il vêcut. Il lui donna même des marques plus ſingulieres de ſon eſtime & de ſon amitié à ſa mort , qui ariva en 1674.

il ne l'oublia point dans son Testament.

Le dessein qui avoit attiré M. *Ferrand* à Mayence, n'ayant pas réussi, il revint en France, & étudia en Droit. Il prit ensuite des Degrés à *Orleans*, & fut reçû Avocat au Parlement de *Paris*. Sa science le fit estimer de plusieurs personnes distinguées par leur qualité, & par leur merite, & particulierement de M. *Colbert*, qui l'honora de sa protection.

Il trouva aussi dans l'illustre famille de Messieurs de *Mesme*, une protection, qui non-seulement lui servit d'appui dans le monde, mais lui procura aussi un libre accès dans la belle Bibliotheque de cette Maison. M. le President de *Mesme* lui inspira le dessein d'employer l'érudition, qu'il lui connoissoit, à quelque Ouvrage utile à la Religion. Un conseil si sage & si pieux ne fut point negligé par M. *Ferrand*, & produisit *les Reflexions sur la Religion Chrétienne*, qu'il donna en 1679.

Le Clergé de France reconnoissant combien l'Auteur d'un Livre si utile à l'Eglise, pouvoit la servir dans

la fuite, lui affigna dans l'Affemblée
de 1680. une penfion de huit cens livres. Cette liberalité a donné occafion à plufieurs autres Ouvrages qu'il
a donnés dans la fuite.

M. Ferrand au milieu de fes études ne laiffoit pas de s'appliquer à
quantité d'affaires importantes. M.
Boucherat Chancelier, l'attira auprès
de lui au Marais en 1692. Plufieurs
perfonnes de diftinction, entr'autres
Meffieurs le *Camus*, Premier Prefident de la Cour des Aydes; *de la Brif-
fe*, Procureur General. *de Crevecœur*,
Prefident à Mortier, voulurent faire liaifon avec lui; & ce fut avec le
premier de ces trois celebres Magi-
ftrats qu'il eût des entretiens fur le
Canon du Concile de *Trente*, où il
eft parlé des Mariages clandeftins. Il
mit par écrit ces Entretiens, qu'il intitula : *Noctes Paludanæ*, les Soirées
du Marais, à caufe qu'il les avoit
eûes le foir après foupé chez M. *le
Camus*. Ces Pieces ont couru manuf-
crites.

M. *Ferrand* faifoit profeffion d'u-
ne pieté folide, & il en rempliffoit
exactement les devoirs. Quelque atta-

chement qu'il eût pour l'étude , il sa-
crifioit volontiers une partie de son
temps aux personnes affligées , qui
avoient recours à lui. Il est mort le
onziéme de Mars · 1699. âgé de 53.
ans & demi, d'une maladie qui l'a-
voit attaqué le 3. Janvier precedent.

Les Ouvrages qu'on a de lui, sont :

1. *Paraphrase des sept Pseaumes Pe-
nitentiaux.* Cet Ouvrage qu'il fit en
1664. à l'âge de 19. ans , fut le premier fruit de sa pieté.

2. *Conspectus seu Synopsis libri He-
braïci , qui inscribitur: Annales Regum
Franciæ, & Regum domus Othomanicæ.
Paris. 1670. in-8o.* C'est une Lettre
qu'il écrivit à M. l'Abbé de *Bourzeis,*
où il lui faisoit un plan de ce Livre.

3. *Reflexions sur la Religion Chrétienne , contenant les Propheties de Jacob
& de Daniel , sur la venue du Messie,
avec quatre Discours ; le premier , du
Senat des Juifs ; le second des Profelytes ; le troisiéme , des Paraphrases Chal-
daïques , & le quatriéme , de l'Année
des Juifs. Paris* 1679. *in-*12. 2. *tom.*
Cet ouvrage fort approuvé par les
Sçavans , a été cependant attaqué par
un Anonyme , dans un Ouvrage intitulé:

titulé:*Observations Critiques & curieu-
ses , sur les Reflexions sur la Religion
Chrétienne de M. Ferrand Avocat en
Parlement. Toulouse* 1692. *in*-12.
Mais un Docteur de Sorbonne prit la
défense de M. *Ferrand*, contre les Ob-
servations de l'Anonyme , dans une
Lettre inserée dans le Journal des
Sçavans du premier Septembre 1692.

4. *Liber Psalmorum cum Argumen-
tis, Paraphrasi & Annotation.bus. Paris.*1683. *in*-4. Ce Livre fut presenté au Pape *Innocent XI.* par M. le
Cardinal *Cibo* , qui écrivit à M. *Ferrand* une Lettre de la part de ce Pon-
tife , pour lui marquer l'estime que
Sa Sainteté faisoit du sçavoir & de la
pieté qui regnoit dans cet Ouvrage.
M. *Macé* , Curé de Sainte Opportu-
ne a traduit en François la Paraphrase
Latine de M·*Ferrand* , & le texte des
Pseaumes en 1686. Cette traduction
a été imprimée en 1706.

5. *Traité de l'Eglise contre les Here-
tiques, & principalement contre les Cal-
vinistes.Paris* 1685. *in* 12.Seconde E-
dition augmentée seulement de deux
petites Notes. *Paris* 1686. *in*-12.
L'Auteur dédia cet Ouvrage au

Tome I.   B

18 *Mém. pour servir à l'Histoire*
Clergé de France , qui en fut si content , qu'il augmenta de deux cens
livres la pension de huit cent qu'il
lui avoit donnée en 1680.

6. *Réponse à l'Apologie pour la Ré-*
formation , pour les Réformateurs, &
pour les Reformés. Paris. 1685. *in-12.*
Le Livre qu'attaque ici M. *Ferrand ,*
est de M. *Jurieu.*

. P *seaumes de David en Latin &*
en Francois , selon la Vulgate. Paris
1686. M. *Ferrand* fut chargé de faire cette Traduction , pour les nouveaux Convertis , & il la fit avec une
précaution si scrupuleuse, qu'on n'a
jamais pû lui reprocher là-dessus,
qu'une trop grande exactitude à sui-
vre le Texte.

8. *Lettre à M. l'Evêque de Beau-*
vais, sur le Monachisme de S. Augustin.
Elle a été inserée dans le Journal des
Sçavans du 30. Aoust , & du 6. Septembre 1688.

9. *Discours où l'on fait voir que S.*
Augustin a été Moine. Paris. 1689. *in-12*

10. *Summa Biblica, seu Dissertatio-*
nes Prologomenica de sacra Scriptura.
Paris. 1690. *in-12.* C'est le premier
Volume d'un Ouvrage qui devoit en

avoir huit : mais des grandes occupations qui survinrent à l'Auteur auprès de M. le Chancelier *Boucherat*, l'empêcherent d'en donner la suite.

1. *De la Connoissance de Dieu, avec des Remarques de M* . . . . *Paris* 1706. *in-*12. Cet Ouvrage a été imprimé après sa mort. Il a laissé encore deux autres Traités Theologiques, dans lesquels il a suivi la même methode que dans celui ci. Le premier est un Traité *de la Trinité*, & l'autre un Traité *de la Création du Monde.*

Mais ce qu'il a laissé de plus considerable, sont deux grands Recueils. Le premier contient ce qu'il y a de plus remarquable dans les Conciles Generaux, Provinciaux, & Diocesains, & dans les Decretales des Pápes. Toutes les matieres y sont rangées par ordre alphabetique: il y a quatorze gros Volumes *in-*4°. manuscrits.

Le second Recueil contient des Extraits des Peres des six premiers siecles, & de quelques autres, rangés par ordre alphabetique, & consiste en 15. Volumes *in-*4°. Les extraits regardent principalement le Dogme

Louis
Ferrand

& la Discipline.

On peut ajoûter à cela un Traité complet du Mariage, & un autre Manuscrit sur les Pseaumes, intitulé : *Les Pseaumes rangés & appliqués selon l'ordre des temps & des Mysteres, avec des Reflexions historiques, morales & dogmatiques.*

V. Journal des Sçavans, Supplément de Mars. 1707.

JACQUES PERIZONIUS.

Jacques
Perizo-
nius.

LA Famille de *Jacques Perizonius* est originaire de *Scuttorp*, petite Ville du Comté de *Benthem*, dans la Westphalie. Ses ancêtres s'appelloient *Voorbroeck*, d'un bien de campagne qu'ils avoient, & qui étoit situé devant un lieu bas & marécageux : c'est ce que signifie le mot Flamand. Un d'eux jugea à propos de changer ce mot en un mot Grec qui y répondit ; ce qu'il fit, en faisant imprimer des Vers composés pour un mariage, ausquels il souscrivit le nom de *Perizonius*, qui est depuis resté à ceux de la Famille, qui s'appliquerent aux belles Lettres,

pendant que les autres, qui ne s'at-
tacherent pas à l'Etude, garderent
leur ancien nom.

Jaques Perizonius étoit l'aîné des enfans d'*Antoine Perizonius*, Recteur de l'Ecole de *Dam*, & enſuite Proſeſſeur en Theologie & en Langue Hebraïque à *Ham*, & après à *Deventer*. Il nâquit à *Dam* le 26. d'Octobre 1651. Il étudia à *Deventer* ſous *Theophile Hogerſius*, alors Profeſſeur en Hiſtoire & en Eloquence, & ſous *Gisbert Cuper*, qui ſucceda à *Hogerſius*; enſuite il alla en 1671. à *Utrecht*, où il aſſiſta aux Leçons de *Georges Gravius*. La guerre l'en fit ſortir l'année ſuivante, & l'obligea à retourner chez lui.

Son pere le deſtinoit à la Theologie & au Miniſtere: mais par ſa mort arrivée le premier Novembre 1672, *Perizonius* s'abandonna à l'attrait qu'il ſe ſentoit pour les belles Lettres, l'Hiſtoire, & l'Antiquité. En 1674. la tranquilité étant rendue au Pays, il alla à *Leide*, pour y continuer ſes études ſous *Theodore Rickius*, Profeſſeur en Hiſtoire & en Eloquence dans cette Ville.

JACQUES
PERIZO-
NIUS.

De retour à *Deventer*, qui étoit devenu le lieu de sa demeure, depuis que son pere y avoit été fait Professeur en Theologie en 1661. il s'attacha plus que jamais à l'étude. Après avoir été pendant quelque temps Recteur de l'Ecole Latine à *Delft*, il accepta la Chaire en Histoire & en Eloquence, que les Curateurs de l'Université de *Franeker* lui offrirent en 1681. En 1684. les Curateurs voulant reconnoître son merite & sa science, qui faisoit fleurir leur Academie, augmenterent ses gages de cent écus.

Theodore Rickius, Professeur en Histoire & en Eloquence à *Leide*, étant mort en 1690, on lui offrit la Chaire vacante, mais les Curateurs de *Franeker* l'engagerent à rester chez eux, en augmentant encore ses gages de cent écus.

Il les quitta cependant trois ans après en 1693, & alla remplir à *Leide* la Charge de Professeur en Histoire, en Eloquence, & en Langue Grecque, & il est demeuré dans cet Emploi jusqu'à sa mort. Si l'on considere le grand nombre d'Ouvrages

qu'il a publiés, & les continuelles oc- JACQUES
cupations que fa Charge de Profef- PERIZO-
feur lui donnoit, on doit convenir NIUS.
qu'il étoit extrémement laborieux;
ajoûtés à cela, qu'il ne mettoit rien
au jour, qu'après l'avoir relû & exa-
miné avec le dernier foin.

Sa trop grande application à l'étude fut la caufe de fa maladie & de fa
mort. Il étoit d'une conftitution fort
délicate, & il n'avoit pas eu foin de
la fortifier par quelque exercice : fes
efprits fe diffiperent infenfiblement ;
& une fievre lente qui ne le quittoit
point, acheva de le confumer. Ses
forces diminuerent peu à peu, & un
flux de ventre qui fe joignit à tous
fes maux, l'emporta enfin le fix d'A-
vril 1715. Il étoit alors âgé de 63.
ans & 5. mois. Son Teftament qui
contenoit plufieurs legs faits à differentes perfonnes, & à l'Académie,
fe reffentoit un peu de la bizarerie,
qui n'eft que trop ordinaire aux Sçavans. Il y avoit marqué le linge qu'on
devoit lui mettre après fa mort, fuivant une coûtume affez ordinaire en
Hollande, & il ordonnoit en même
tems qu'après qu'il feroit expiré, on

l'habillât, qu'on le mît sur son séant dans une chaise, & qu'on lui fit la barbe ; soin ridicule & indigne d'un homme d'esprit. Il n'a jamais voulu se marier, l'amour qu'il avoit pour l'étude, lui ayant fait préférer le celibat au mariage.

Les Ouvrages qu'il a composés, sont:

1. *Dissertationum Trias : quarum in Primâ de Constitutione divina super ducenda defuncti Fratris uxore ; secundâ de Lege Voconia, fœminarumque apud Veteres Hæreditatibus ; Tertiâ de Variis Antiquorum Nummis agitur. Daventriæ 1679. in-8º.* C'est son premier Ouvrage.

2. *Marci Tullii Ciceronis Eruditio. Franequeræ 1681. in-4º.* C'est une Oraison inaugurale, qu'il prononça, lorsqu'il fut installé dans sa Charge de Professeur à *Franeker* le 19. Janvier 1681. C'est une trèsbonne Piece.

3. *Dissertatio de Augusteâ Orbis Terrarum descriptione, & loco Lucæ eam memorantis. Franequeræ, in-4º.* 1682. C'est une Dissertation fort estimée ; elle a été imprimée pour la seconde fois en 1696. in-8º. à la fin de ses autres Dissertations *de Prætorio, &*.

4. *Dissertatio*

4. *Dissertatio Historica de duobus* PERIZO-*maxime in signibus L. Flori Locis.Fra-* NIUS. *nequera* 1684. *in-*4°.

5. *Animadversiones Historicæ,* in *quibus quam plurima in Priscis Roma-narum Rerum, sed utriusque linguæ Autoribus notantur, multa etiam illustran-tur, atque emendantur, varia denique Antiquorum Rituum eruuntur & uberius explicantur. Amstelodami, in·*8°. 1685. Cet Ouvrage pourroit être appellé, selon M. Bayle, *l'Errata* des Histo-riens & des Critiques ; car c'est un Recueil perpetuel de leurs fautes, qui fait connoître l'exactitude, & la justesse d'esprit de l'Auteur.

6. *Francisci-Sanctii Minerva, sive de causis latinæ Linguæ Commentarius, cui accedunt animadversiones & notæ Gasparis Sciopii & longe uberiores Jac. Perizonii. Franequeræ* 1687. *in* 80.

Le même Ouvrage fut réimprimé en 1693. à Franecker ; en 1702. à Amsterdam avec plusieurs additions, & enfin en 1714. dans la même Ville, considerablement augmenté.

7. *Dissertatio Philologica de origine, significatione, & usu vocum Prætoris & Prætorii, veroque sensu loci ad Phi-*

lippenses I. 13. *Franequeræ,* 1687.
in-4°.

8. *Dissertatio Philologica de Prætorio
Cæsarum ejusque Præfecto. Franequeræ*
1688. *in*-4°. M. Perizonius ayant
soûtenu dans la Dissertation precedente, que lorsque saint Paul avoit
dit que son innocence avoit été con-
nue de tout le Pretoire, il entendoit
non pas le lieu où l'on rendoit la Justice, mais les Cohortes Pretorien-
nes, ou la Garde de l'Empereur, qui
campoit près de Rome. M. Ulric
Huber attaqua son sentiment dans
un petit Ouvrage intitulé : *De officio
Præfecti Prætorio* ; & ce fut pour lui
répondre que M. Perizonius composa cette seconde Dissertation, où
il a inseré l'Ouvrage de son Adversaire. M. Huber a repliqué, & M.
Perizonius lui a répondu de nouveau
dans l'Ouvrage suivant. Dans cette
dispute ces deux Sçavans se traite-
rent d'une maniere fort aigre.

9. *Abstersio censuræ Huberianæ in
nuperas responsiones Jacobi Perizonii
ad Librum singularem Ulrici Huberi
de Prætorio. Franequeræ* 1690. *in*-8°.
M. Perizonius fit réimprimer ces

trois écrits, avec les autres qui y JACQUES
avoient rapport, à Leide en 1696. PERIZO-
*in-*8°.   NIUS.

10. *De origine & natura Imperii,
imprimis Regii, à libero & fui juris
Populo fimpliciter delati. Franequeræ
1669. in-*4°. C'eft un difcours qu'il
prononça à Franecker, en quittant
la Charge de Recteur.

11. *Specimen errorum fupra centum
& viginti ex uno & primo Tomo Hi-
ftoriæ Civilis V. A. Ulrici Huberi,
Subjecta refponfiones & animadverfio-
nes in nuperrimas difputationes Euno-
micas. Franequeræ 1693. in-*8°.

12. *De ufu atque utilitate Græcæ
Romanæque Linguæ, Eloquentiæ, Hi-
ftoriæ, & Antiquitatis in gravioribus
Difciplinis.* 1693. C'eft le Difcours
qu'il prononça le 7. Juillet 1693.
lorfqu'il prit poffeffion de la Charge
de Profeffeur en Hiftoire, en Eloquence, & en Langue Grecque dans
l'Univerfité de Leyde.

13. *Laudatio Funebris Mariæ II.
Angliæ Reginæ ex authoritate Lugdu-
nenfis Academiæ Curatorum & Civita-
tis Confulum, dicta poftridie Idus Mar-
tias 1695. Lugd. Bat. 1695. in-*4°.

C ij

JACQUES
PERIZO-
NIUS.

14. En 1696. il publia 3 ou 4 Pieces critiques fous le nom de *Valerius Accinctus*, contre M. Francius Profeffeur en Eloquence à Amfterdam.

15. *Orationes duæ de Pace, quarum altera factam laudans dicta eft ex auctoritate publicâ Academici Senatus VI. Idus Novembris 1697. Altera ad fuadendam compofita, cum Legati Principum, & Populorum undique Hagam & Delphos jam conveniffent ad tentandas Pacis faciendæ rationes. Lugd. Bat. 1697. in-4°.*

16. *Cl. ÆlianiSophiftæ varia Hiftoria ad mff. codices nunc primum recognita & caftigata cum perpetuo Commentario. Lugd. Bat. 1701 in-8°. 2. vol.* M. Gronovius ayant attaqué un endroit des notes de M. Perizonius, celui-ci fut obligé pour fe défendre de faire les Ouvrages fuivans, qui en produifirent auffi quelques-uns de la part de M. Gronovius.

17. *Differtatio de morte Judæ & verbo ἀπάγχεσθαι, in qua explicantur & conciliantur loca Matt. XXVII. 5. & Lucæ Actor. I. 18. ac vindicantur quæ ad Æliani variam Hiftoriam v. 8. erant notata. Lugd. Bat. 1702, in-8°.*

18. *Responsio ad Nuperam notitiam* JACQUES
de variis Æliani, aliorumque Aucto- PERIZO-
rum locis. Lugd. Bat. 1703. *in-8°.* NIUS.

19. *Responsio II. ad notitiam secun-*
dam de Luca Actorum 1. 18. & *variis*
Æliani, aliorumque Auctorum locis.
Lugd. Bat. 1703. *in-8°.* Comme
cette dispute peu importante d'elle-
même degeneroit en bagatelles, &
devenoit trop aigre, les Curateurs
de Leyde interposerent leur autorité,
& la firent cesser.

20. *Q. Curtius Rufus in integrum*
restitutus, & vindicatus per modum spe-
ciminis à variis accusationibus & im-
modica atque acerba nimis Crisi V. C.
*Joannis Clerici. Lugd, Bat.*1703. *in-8°.*
M. le Clerc répondit un peu dure-
ment à cet Ouvrage dans sa Bibliotheque choisie tome 3,

21. *Oratio de Fide Historiarum con-*
tra Pyrrhonismum Historicum. Lugd.
Bat. 1703. *in-4°.* C'est un discours
qu'il prononça le 6. Fevrier 1702.

22. *Æther Britannis & Batavis*
militans, seu propicium Dei numen ma-
nifesta prorsus ratione illis præsens, in
rebus gestis & victoriis anno 1708. *in*
Belgica partis. Lugd. Bat. 1709. *in-4°,*

JACQUES
PERIZO-
NIUS.

Il prononça ce discours le 4. Fevrier 1709.

23. *De doctrinæ studiis, nuper post depulsam Barbariem diligentissime denuo cultis & desideratis, nunc vero rursus neglectis fere & contemptis Oratio.* 1708. *Lugd. Bat. in-*4°.

24. *Rerum per Europam sæculo sexto-decimo maxime gestarum Commentarii Historici. Lugd. Bat.* 1710. *in-*8°.

25. *Origines Babylonicæ & Ægyptiacæ. Lugd. Bat.* 1711. *in-*8°. 2. *tom.* Cet Ouvrage est rempli d'une grande érudition & de belles découvertes.

26. *Dissertatio de Ære gravi. Lugd. Bat.* 1713. *in-*12. Cet Ouvrage qui est contre M. *Kuster*, roule sur la signification de l'*Æs grave* des anciens Romains.

On a son Oraison funebre faite & prononcée par M. *Schulting*, Professeur en Droit dans l'Université de *Leyde*, le 30 May 1715.

V. Jour. Litter. tom. 7. *p.* 173. *Histoire critique de la Rep. des Lettres. tom.* 9. *p.* 395. & *tom.* 10. *p.* 454. *Acta erudit. Lips. an.* 1716. *p.* 95. *Nouv. Litt. tom.* 1. *p.* 205.

PHILIPPE DELLA TORRE.

PHILIPPE *Della Torre* nâquit à *Cividale de Frioul* le premier May 1657. d'une famille noble. Sa paſſion pour les Sciences ſe declara dès ſa premiere jeuneſſe par l'avidité qu'il faiſoit paroître pour les Livres. Après avoir fait ſa Rhetorique & ſa Philoſophie dans ſa Patrie, il alla à *Padoue*, où il étudia en Droit, s'appliquant en même temps à l'étude des Mathematiques & de l'Anatomie. Il ſoutint en public des Theſes de Droit à l'âge de 20. ans, après quoi s'en étant retourné dans ſon pays, il fut pourvû quelques années après d'un Canonicat, que ſon Oncle paternel avoit poſſedé. Ce fut là qu'il commença à ſuivre le goût qu'il avoit toûjours eû pour l'étude des monumens de l'antiquité, & qu'il avoit beaucoup perfectionné à *Padoue* par l'étroite liaiſon qu'il avoit contractée avec *Ottavio Ferrari*, un des plus Sçavans Antiquaires que l'Italie ait eu dans le ſiecle paſſé.

Le nouveau Chanoine commença

par débrouiller les pieces anciennes
des Archives de son Chapitre, qui lui
fournissoient abondamment de quoi
exercer sa sagacité. Mais voyant que le
genre d'étude qu'il avoit embrassé
demandoit un plus grand nombre de
Livres & de Sçavans, qu'il n'en pouvoit trouver dans une petite Ville de
Province, il alla chercher ces secours
à *Rome* en 1687. Il ne fut pas long-
temps dans cette Ville sans se distin-
guer par la connoissance de l'Histoire
ancienne, & sur-tout de l'Histoire
Ecclesiastique. Le College de la *Pro-
pagande* s'empressa de le mettre au
nombre de ses Academiciens. Le Cardinal *Imperiali* ayant été envoyé Legat à *Ferrare*, l'emmena avec lui en
qualité d'Auditeur, & il demeura six
ans auprès de lui dans cet Emploi,
dont il s'aquitta si bien, que ce Cardinal de retour à *Rome* l'employa a-
près dans plusieurs affaires. Le Cardinal *Noris* le goûta si parfaitement,
qu'il l'honora de sa plus intime confiance, & l'associa à ses études.

Le Pape *Innocent XII.* très-con-
tent de son Ouvrage *De Monumentis
Antii,* lui fit plusieurs presens, & lui

PHILIP-
PE DELLA
TORRE.

auroit donné d'autres marques de ſa **PHILIP**
bienveillance, ſi la mort ne l'en eût **DE DELLA**
empêché. *Clement XI.* qui lui ſucce- **TORRE.**
da, y ſuppléa en lui donnant l'Evêché
d'*Adria* le 13. Janvier 1702. Il quitta
donc Rome au grand regret de ſes
amis, & alla ſe confiner dans une petite ville aſſez obſcure, où il ſe donna
tout entier au gouvernement de ſon
Dioceſe, conſacrant cependant aux
Muſes le peu de temps qui pouvoit lui
reſter.

Le goût qu'il avoit pris pour l'étude ne pût être rallenti par le peu de
commodité qu'il trouva dans le
lieu de ſa demeure pour l'entretenir.
Il fut toûjours en relation avec la
plûpart des Sçavans de ſon ſiecle,
& s'étant fait peu à peu une Bibliotheque, il ſe trouva en état de faire,
dans les occaſions qui ſe preſentoient,
pluſieurs Pieces, qui ne ſont point au
deſſous de la haute reputation qu'il
s'étoit acquiſe par ſon premier Ouvrage.

Il fut attaqué environ deux mois
avant ſa mort d'une ſoif continuelle ;
à quoi une fievre lente s'étant jointe
le mit enfin au tombeau le 25. Fevrier

1717 dans sa 60. année. Il fut enter-
ré.à *Rovigo* Ville de son Diocese, où
il faisoit sa résidence ordinaire.

Les Ouvrages que l'on a de lui sont:

1. *Monumenta veteris Antii. Romæ*
1700. *in-*40. Lorsqu'on remua la terre à *Anzo*, Ville de la Campagne de
Rome, pour y faire un nouveau Port,
on y trouva plusieurs monumens,
qui font la matiere de ce Livre, qui
est rempli d'un grand nombre de recherches curieuses, & où l'Auteur
fait voir par-tout une critique judicieuse & une érudition profonde.

2. *Taurobolium antiquum Lugduni
anno* 1704. *repertum cum explicatione*,
inseré dans la Bibliotheque choisie
tom. 17. p. 168. & dans le *Thesaurus
novus antiquitatum Romanarum*, de
Sallengre tom 3.

3. *De annis Imperii M. Aurelii An-
tonini Elagabali, & de initio Imperii,
ac duobus Consulatibus Justini senioris
dissertatio ad nummum Anniæ Faustinæ
tertiæ ejusdem Elagabali uxoris. Patavii*
1714. *in-*40. La Dissertation sur une
médaille de Faustine, que l'Auteur
prétend défendre ici, & dont il soutenoit l'antiquité, se trouve dans le to-

mé 4. du Journal de Venise , p. 360.

On a encore de lui des Dissertations sur les vers du corps humain ,
& sur une Eclipse de Soleil.

Il a écrit un grand nombre de Lettres en Latin & en Italien , dont on
pourroit faire un juste volume. On a
aussi trouvé parmi ses papiers des recherches fort curieuses sur les voyages militaires , sur l'Empire de *Severe
Alexandre*, & sur les Patriarches d'*A-
quilée.*

M. *Facciolati* Profess. en Humanités
à *Padoue* a fait son éloge qui se trouve parmi ses œuvres & dans les mémoires de Litterature tome 2. & dont
on voit l'extrait dans *les Mémoires de
Trevoux Mars.* 1727. *p.* 515. *& dans
les nouvelles Litter. tom.* 7. *p.* 145. On
s'est trompé dans ce dernier Journal
sur la date de sa mort qu'on a mal mis
le 24. Fevrier.

JEAN LOCKE.

JEAN LOCKE naquit à *Wrington*
à sept ou huit mille de *Bristol*,
& y fut bâtisé le 29 Août 1632. Son
Pere fut Capitaine dans l'Armée du

JEAN
LOCKE.

Parlement pendant les guerres civiles fous Charles I. & perdit dans ces troubles une partie de fon bien. Il fit fes premieres études jufqu'à l'an 1651. à *Londres*. Il paffa enfuite *à Oxford*, où il eut une place dans le College de *l'Eglife de Chrift*. Il étoit fort mécontent des études qu'il avoit fait en ce lieu, parce qu'on n'y enfeignoit qu'un Peripatetifme embarraffé de mots obfcurs & de recherches inutiles, & qu'il haiffoit les difputes de l'Ecole, qui y étoient fort en ufage.

Les premiers Livres, qui lui donnerent quelque goût de l'étude de la Philofophie, furent ceux de *Defcartes*, parce qu'encore qu'il ne goûtât pas tous fes fentimens, il trouvoit qu'il écrivoit avec beaucoup de clarté. Mais il s'appliqua fur-tout à la Medecine; fcience neanmoins, dont il ne fe fervit jamais depuis, ne fe fentant pas affez robufte pour l'exercer, mais dans laquelle il fe rendit très-habile.

En 1664. il fortit d'Angleterre & alla en Allemagne avec le Chevalier *Guillaume Svvan*, Envoyé du Roy d'Angleterre chez l'Electeur de Bran-

debourg, & quelques autres Princes J E A N:
Allemans, en qualité de fon Secre- L O C K E.
taire. En moins d'un an il fut de retour en Angleterre, & fe mit comme
auparavant, à étudier dans l'Univerfité d'*Oxford*; où entre autres études, il s'appliqua à la Phyfique. Il
fit en ce lieu conoiffance avec le Lord
Ashley, qui fut depuis Comte de
Shaftefbury, & Grand Chancelier
d'Angleterre, & avec lequel il eut
dans la fuite une grande liaifon,
ayant eu foin de l'éducation de fon
fils & de fon petit-fils.

En 1668. il paffa en France avec
le Comte & la Comteffe de *Northumberland* ; mais il n'y demeura pas
long-temps, parce que le Comte de
Northumberland étant mort en allant
à Rome, fa femme qu'il avoit laiffé en
France avec M. *Locke* fut obligée de
de s'en retourner en Angleterre.

En 1673. M. *Locke* fut fait Secretaire d'une Commiffion touchant le
Commerce, Emploi qui devoit lui
raporter deux mille écus par an ;
mais cette Commiffion fut diffoute
l'année fuivante.

L'Eté de l'année 1675. Mylord

JEAN.
LOCKE.

Shaftesbury trouva à propos de faire voyager M. *Locke*, qui paroissoit porté à tomber dans l'Etisie. Ce Sçavant passa donc à *Montpellier*, & de-là à *Paris*, où il fit connoissance avec plusieurs Sçavans, comme M. *Justel*, M. *Guenelon* Medecin d'Amsterdam, & M. *Toinard*. Mylord *Shaftesbury*, qui avoit été disgracié s'étant raccommodé avec la Cour fut fait President du Conseil en 1679. ce qui l'obligea de rappeller M. *Locke* à *Londres*; mais ce Mylord ne fut pas long-temps dans cet Emploi; quelque temps après il fut mis à la Tour. Après s'être justifié, il se retira en Hollande au mois de Decembre 1682. M. Locke suivit dans ce pays son protecteur, qui y mourut bientôt après. Il n'y avoit pas un an qu'il étoit sorti d'Angleterre, lorsqu'on l'accusa à la Cour d'avoir fait certains Livres contre le Gouvernement, que l'on reconnut dans la suite avoir été faits par d'autres; on lui ôta pour ce sujet la place qu'il avoit conservée jusques là dans le College de l'*Eglise de Christ*. Il fut même obligé en 1685. de se tenir long-temps caché, parce qu'on le mit du nombre de JEAN ceux, qu'on prétendoit avoir part à LOCKE l'entreprise du Duc de *Monmouth*, & que le Roy d'Angleterre le fit demander aux Etats Generaux, & il ne parut en public que l'année suivante.

.Il repaſſa en Angleterre au mois de Fevrier 1689. ſur la flotte qui y conduiſit la Princeſſe d'Orange ; il lui auroit été alors facile d'avoir un Emploi conſiderable, mais il ſe contenta d'être l'un des Commiſſaires des Appels , Charge qui rapporte huit cent écus par an, & ne demande pas une grande aſſiduité. En 1695. il fut fait Commis du Commerce & des Colonies ; c'eſt un Emploi qui rapporte mille livres ſterlin, & il s'en acquita avec approbation juſqu'à l'an 1700. auquel il le quitta, parce qu'il ne pouvoit faire ſon ſéjour à *Londres*, à cauſe de l'air qui lui étoit contraire.

Il eſt ſurprenant que M. *Locke* ait pû travailler autant qu'il a fait avec une ſanté foible, & une incommodité de poitrine qu'il le tourmentoit violemment. Plus d'une année avant

fa mort il tomba dans une fi grande
foiblefle qu'il ne pouvoit s'appliquer
fortement à rien , il ne pouvoit pas
même écrire une lettre. Il mourut enfin le 7 Novembre 1704. dans fa 73.ᵉ
année.

Ses manieres étoient pleines de politeffe & tout-à-fait engageantes , &
il avoit la converfation fort agréable.
S'il avoit quelque paffion , à laquelle
il fût fujet, c'étoit la colere, mais il s'en
étoit rendu le maître par la raifon.
Il étoit fort charitable envers les pauvres, & compatiffant à l'égard de tout
le monde , évitant avec foin tout ce
qui pouvoit déplaire. Pour ce qui eft
de fa Religion , un Auteur anonyme
dans un Livre Anglois intitulé *Examen de la Religion de M. Locke* , a prétendu faire voir qu'il renverfoit dans
fes Ouvrages les veritez les plus in-
conteftables du Chriftianifme. V.
Mem. de Trevoux, Sept. 1725 *p.* 1680.
Catalogue de fes Ouvrages.

1. *Regiftre des changemens de l'Air,
qu'il a obfervé à Oxford par le Barome-
tre, le Thermometre & l'Hygrometre, depuis le* 24. *Juin* 1666. *jufqu'au* 28.
Mars 1667. Ce Regiftre fe trouve dans
l'Hiftoire

l'Hiftoire generale de l'Air de M. J e a n Boyle , qui parut à Londres en 1692.

L ọ c k e.

2. *Epiftola de Tolerantia ad clariffimum Virum T. A. R. P. T. O. L. A.* (c'eft-à-dire, Theologiæ apud Remonftrantes Profefforem, Tyrannidis Oforem, Limburgium, Amfteledamenfem) *Scripta à P. A. P. O. J. L. A.* (c'eft-à-dire, Pacis Amico, Perfecutionis Ofore Joanne Lockio, Anglo.) *Goudæ 1689. in-12.* Ce petit Ouvrage plût fi fort en Angleterre & en Hollande qu'on le traduifit d'abord en Anglois & en Flamand. Il a été auffi traduit en François par M. le Clerc qui l'a inferé dans les Oeuvres diverfes de M. Locke, imprimées en 1710. Un Theologien d'Oxford qui ne fe nommoit point ayant attaqué cet Ouvrage ; M. Locke lui répondit par une feconde Lettre , qu'il publia en Anglois en 1690. *Londres, in-4°.* Le Theologien ayant répliqué par une nouvelle Lettre où il continuoit à foûtenir l'Intolerance mitigée ; M. Locke donna fa troifiéme Lettre pour la Tolerance , datée du 20 Juin 1692. & qui contient 350 pages *in-4°.* Le

Tome I. D

JEAN Theologien garda le silence pendant
LOCKE. douze ans ; mais enfin il lâcha une
brochure de 18 pages contre le gros
Ouvrage de M. Locke, qui tout mo-
ribond qu'il étoit alors, puisqu'il
mourut la même année, voulut lui
répondre par une quatriéme Lettre
en faveur de la Tolérance. Quoiqu'elle ne soit pas achevée, le frag-
ment qui en reste, & qu'on a publié
avec ses Oeuvres Posthumes, fait voir
que ce Philosophe conserva le calme
& la vivacité de son esprit jusqu'au
dernier soupir. M. le Clerc avoit
dessein de traduire en françois la seconde & la troisiéme de ces Lettres
sur la Tolerance ; mais il a jugé que
la premiere suffisoit, pour être pleinement instruit des raisons de M. Locke.

3. En 1686. M. Locke inséra dans
le 2. tome de la Bibliothéque universelle *sa nouvelle methode de dresser
des Recueils*, qui a été réimprimée
dans ses Oeuvres diverses. Elle paroît
un peu trop confuse, & sujette à plusieurs inconveniens. Il fit aussi dans
le même temps quelques extraits qui
furent inserez dans cette Bibliotheque, comme celui du Livre de M.

Boyle touchant les Remedes specifi- ques, & d'autres.

4. Il avoit commencé son Ouvrage, *de l'Entendement humain*, en
Angleterre, & l'acheva en Hollande
sur la fin de l'an 1687. il en fit lui-
même un Abregé en Anglois que M.
le Clerc traduisit & publia dans le
huitiéme tome de la Bibliotheque
universelle au mois de Janvier 1688.
Il en fit aussi tirer quelques exemplaires à part, ausquels il joignit une
petite Dedicace au Comte de *Pembrok.*
Cet abregé plût à une infinité de
gens, & leur fit souhaiter de voir
l'Ouvrage entier. Il parut enfin
pour la premiere fois en Anglois,
in-folio, en 1690. & a été publié en
cette même Langue trois fois depuis,
en 1694. en 1697. & en 1700. Cette
quatriéme édition est la meilleure &
la plus augmentée.

En 1700. M. *Coste* qui demeuroit
dans la même maison que M. Locke
traduisit cet Ouvrage en François
avec beaucoup de soin, de fidelité &
de netteté sous ses yeux, & cette traduction est très-estimée. L'Auteur
corrigea divers endroits de l'original,

D ij

pour les rendre plus clairs & plus fá:
ciles.à traduire, & revit la version
avec soin, ce qui fait qu'elle n'est gueres inferieure à l'Anglois, & qu'elle
est souvent plus claire. Elle parut
sous ce titre: *Essai Philosophique con-*
cernant l'Entendement humain, où l'on
montre quelle est l'étendue de nos connois-
sances certaines, & la maniere dont
*nous y parvenons Amsterdam.*1700. in-
4o. Cet Ouvrage a été aussi traduit
en latin en 1701. par .M. *Burridg.*
on reimprime actuellement cet Ouvrage a Amsterdam. (1729)

M. *Vynne*, maintenant Evêque de
S. *Aspah*, a fait aussi un Abregé Anglois de l'Essai de M. Locke, qui est
très-estimé & a été imprimé deux fois;
M. Locke lui-même l'a approuvé,
& bien des gens le preferent au Livre
même de M. Locke, qui est quelque
fois obscur à force d'être diffus. Cet
Abregé a été traduit en françois sous
ce titre: *Abregé de l'Essai de M. Locke*
sur l'Entendement humain, traduit en
l'Anglois par M. Bosset. Londres 1720.

5. *Traitez sur le Gouvernement civil*
(en Anglois.) *Londres* 1690. in 8o. Ce
Livre a été réimprimé en cette Langue en 1694. & 1698. & a paru en

françois à Amſterdam , & depuis à JEAN
Geneve en 1724. M. Locke n'y a pas LOCKE
mis ſon nom, parce qu'il y combat de
toutes ſes forces le pouvoir arbitraire.

6. *Conſiderations de conſequence ſur*
la diminution de l'interèt de l'argent, &
l'augmentation du prix de la monnoie
1692. (en Anglois.) On trouve dans
ce petit Traité quantité de remarques curieuſes ſur ce ſujet & ſur le
commerce d'Angleterre. Il reprit enſuite cette matiere en 1695. lorſque
le mal, qu'il avoit crû devoir s'enſui-
vre de-là, étant arrivé, obligea le Parlement à y penſer ſerieuſement ; ainſi
M. Locke fit voir qu'il n'étoit pas
moins capable de raiſonner des affaires politiques que des choſes les plus
abſtraites.

7. En 1693. il publia ſes *Penſées tou-*
chant l'Education des Enfans , en Anglois, & il s'en fit deux nouvelles éditions augmentées en 1694. & 1698.
Ce livre fut traduit en François par
M. *Coſte* ſous ce titre : *De l'Education*
des Enfans. Amſterdam 1695. *in-12.* &
cette traduction fut réimprimée en
1708 dans la même Ville & depuis
en 1721. Quoiqu'il y ait beaucoup de

JE'AN
LOCKE.

choses dans cet Ouvrage, qui regardent les fautes, que l'on commet en Angleterre dans l'éducation de la jeunesse, il y a quantité de remarques utiles pour toute sorte de Nations.

En 1695. M. Locke publia son Livre, intitulé en Anglois *The Reasonableness of christianity*, où il fait voir qu'il n'y a rien de plus raisonnable, que la Religion Chrétienne telle qu'elle se trouve dans l'Ecriture Sainte. Comme il prétend y montrer que le seul article de Foi que Jesus-Christ & les Apôtres imposoient à ceux à qui ils annonçoient l'Evangile, étoit de croire que Jésus-Christ étoit le Messie, il fut attaqué fortement par le Docteur *Jean Edouard* dans un Livre intitulé : *Le Socinianisme demasqué, ou dissertation dans laquelle on montre la fausseté de l'opinion de l'Auteur du Christianisme raisonnable sur l'unique article de Foi.* (en Anglois.) *Londres* 1696. in-4o.

M. Locke répondit à cet Ouvrage par les suivans.

9. *Défense du Livre du Christianisme raisonnable contre les imputations du Docteur Edouard,* (en Anglois) *Londres* 1696. in-8o.

10 *Seconde défenfe du Livre du Chri-*
ftianifme raifonnable (en Anglois)
Londres 1690. *in-* 8°.

Le Chriftianifme raifonnable a été traduit en François par M. Cofte, & a paru pour la premiere fois en cette langue en 1695. Le même a traduit auffi les Défenfes qui ont été impri-mées à Amfterdam en 1703. *in-*8o. Le tout a été réimprimé enfemble à Amfterdam 1715. *in-*12. 2. Tomes ; & cette 2. Edition a été augmentée d'u-ne Differtation où l'on établit le vrai & l'unique moyen de réünir tous les Chrétiens , malgré la difference de leurs fentimens, & d'un Traité de la Religion des Dames. Ces deux Ou-vrages ne font pàs de M. Locke. Le Traducteur a perfectionné l'Ouvra-ge de M. Locke, en retranchant plu-fieurs répetitions qui font affez or-dinaires au ftyle de ce Sçavant.

11. M. *Stillingfleet,* Evêque de *Wor-cefter* , ayant attaqué quelques pen-fées de M. Locke touchant la con-noiffance des fubftances & quelques autres chofes , dans la crainte que ces penfées ne favorifaffent des herefies, M. Locke lui répondit par une Lettre imprimée à Londres en 1697. en An-

JEAN
LOCKE.

glois, *in-*8o. M. *Stillingfleet* ayant repliqué la même année, cette replique fut refutée par une seconde Lettre de M. Locke, qui parut à Londres, *in-*4o. ce qui lui en attira une nouvelle de ce sçavant Evêque en 1698. à laquelle M. Locke opposa une troisiéme réponse en 1699. Cet Evêque mourut peu de temps après, & la dispute finit ainsi.

12. *Oeuvres Posthumes* (en Anglois) *Londres* 1706. *in-*8o. Ce sont des Ouvrages Philosophiques qu'on a trouvé dans les Papiers de M. Locke, après sa mort, mais dont aucun n'est achevé. M. le Clerc en a traduit une partie qu'il a fait preceder de l'Eloge Historique de M. Locke, qu'il avoit inseré dans le 6. Tome de la Bibliotheque choisie, & l'a fait imprimer sous ce titre: *Oeuvres Diverses de M. Jean Locke. Rotterdam* 1710. *in-*12.

12. *Paraphrases & Notes sur les Epîtres de Saint Paul aux Galates, les deux aux Corinthiens, celles aux Romains & aux Ephesiens, avec un Traité Preliminaire, de la maniere d'entendre les Epîtres de S. Paul en le consultant lui-même* (en Anglois) *Londres*

la-

1706. & 1707. *in-*4°. On peut voir J E A N
un long Extrait de cet Ouvrage dans L o c k e.
la Bibliotheque choifie, Tome 13.

13. Lettres Familieres de M.
Locke & de quelques-uns de fes
amis [Angloifes, & Latines,] *Lon-*
dres 1708. *in-*8°.

On lui a attribué mal-à-propos
quelques Ouvrages, comme un Traité Anglois de *l'Amour de Dieu*, que
M. Cofte a traduit en François, &
qui eft d'une perfonne qu'il confide-
roit beaucoup, [*Madame Masham*,]
morte en 1708.

PIERRE-DANIEL HUET.

PI E R R E - *Daniel Huet* nâquit   PIERRE-
à *Caën* le 8. Fevrier 1630. Il per-   DANIEL
dit fon pere à dix-huit mois, & fa   H u e t.
mere quatre ans après, & fut livré à
des Tuteurs negligens, qui le mirent
dans une Penfion Bourgeoife, où avec
peu de fecours, & n'ayant que de
mauvais exemples, il ne laiffa pas
d'achever fes Humanités avant l'âge
de treize ans.

Pour fa Philofophie, il tomba fous
un excellent Profeffeur, le P. *Mam-*
brun, Jefuite, qui à la maniere de

Tome I. E

PIERRE-
DANIEL
HUET.

Platon, voulut qu'il commençât par apprendre un peu de Geometrie ; mais le Disciple alla plus loin qu'il ne souhaitoit. Il prit un tel goût pour la Géometrie, qu'il en fit son capital, & méprisa presque les écrits que dictoit son Maître. Il parcourut tout de suite les autres parties des Mathematiques, & en soutint des Theses publiques, ce qu'on n'avoit point encore vû à *Caën*.

Il devoit au sortir de ses Classes étudier en Droit, & y prendre des dégrés. Deux ouvrages qui parurent en ce tems-là, interrompirent cette étude, & le jetterent dans une autre. Ces deux ouvrages étoient *les Principes de Descartes*, & *la Geographie Sacrée de Bochart*. Il goûta d'abord *Descartes*, l'admira & le suivit pendant plusieurs années. Quant *à la Geographie de Bochart*, elle fit beaucoup d'impression sur lui par son immense érudition. Tout ce Livre étant plein d'Hebreu & de Grec, il voulut aussi-tôt sçavoir ces deux Langues, & s'y appliqua avec soin ; l'étroite liaison qu'il forma dèslors avec M. *Bochart*, contribua à le faire avancer

dans une étude, qui a fes difficultés, PIERRE-
& où le confeil d'un habile homme DANIEL
abrege bien du chemin. HUET.

A vingt ans & un jour, la Coutume de Normandie le délivra enfin
de fes Tuteurs, qui lui épargnoient
fordidement tout ce qu'ils pouvoient.
Sa plus forte paffion, & la premiere
qu'il fatisfit, dès qu'il fe vit fon
Maître, fut de voir *Paris*; non pas
tant par curiofité, que pour fe fournir de Livres, & pour connoître les
Sçavans. Deux ans après la Reine de
Suede ayant invité *Bochart* à l'aller
voir, il fe joignit à lui, & partit au
mois d'Avril 16 5 2. *Bochart* arriva
en des circonftances où il ne fut pas
auffi gracieufement reçû, qu'il avoit
lieu d'efperer. La fanté de cette
Princeffe étoit un peu dérangée ;
trop d'application à l'étude lui avoit
échauffé le fang. *Bourdelot* fon Medecin, habile Courtifan, & qui avoit
étudié autant fon efprit que fa complexion, l'obligea de rompre tout commerce avec les Gens de Lettres, dans
l'efperance de la gouverner lui feul.
Bochart en fouffrit; pour M. *Huet*,
fa jeuneffe l'empêcha de paroître fi

redoutable à ce Medecin. Il vit souvent la Reine ; elle voulut même se l'attacher; mais l'humeur changeante de *Christine* lui fit peur , & il aima mieux revenir au bout de trois mois en France, où le principal fruit qu'il raporta fut un Manuscrit de quelques Ouvrages *d'Origene,* qu'il avoit copié à *Stokholm* , & la connoissance des Sçavans de Suede & de Hollande où il avoit passé.

M. Huet de retour dans sa Patrie, reprit ses études avec plus de vivacité que jamais , pour se mettre en état de donner au Public son Manuscrit *d'Origene.* Deux sortes d'Academies , l'une qui s'étoit formée en son absence pour les Belles Lettres , & dont il avoit été élû Membre sans le sçavoir; l'autre qu'il fonda lui-même pour la Physique servoient à le délasser , ou plûtôt le faisoient de temps en temps changer de travail.

En traduisant *Origene,* il medita sur les regles de la Traduction & sur les diverses manieres des plus celebres Traducteurs ; c'est ce qui donna occasion au premier Ouvrage qu'il publia. Enfin seize ans après son re-

tour de Suede, il mit fon Origene PIERRE,
au jour: Il paffa ces feize ans dans fa DANIEL
Patrie fans emploi, tout à lui & à fes HUET.
Livres, ne fe dérangeant que pour
venir tous les ans fe montrer un ou
deux mois à Paris.

Pendant ce tems-là, il eut des
lueurs de fortune, dont il ne fût
point éblouï. La Reine de Suede,
qui après avoir abdiqué la Couronne s'étoit tranfplantée à *Rome* pour
toujours, voulut l'attirer auprès
d'elle en 1659. Mais l'avanture de
Bochart, demandé avec tant d'ardeur, & puis oublié, dès qu'il parût,
l'empêcha de fuccomber à la tenta-
tion de voir l'Italie. On le fouhaita
en Suede pour lui confier l'éducation
du jeune Roi, qui remplaça en 1660.
Charles Guftave, Succeffeur de *Chrifti-*
ne, mais il remercia ; c'eft du moins
ce qu'il affure lui-même dans les
Memoires de fa Vie : ce fait eft cependant refuté par les Auteurs *des*
Actes Litteraires de Suede, d'une
maniere invincible.

Dix ans après, M. *Boffuet* ayant été
choifi par le Roi pour fucceder dans
l'emploi de Précepteur de M. le

Dauphin à M. le Président *de Perigny*.
qui mourut en 1670. S. M. lui donna pour Collegue M. Huet, avec le
titre de Sous-Precepteur du Prince,
dont elle avoit eu desfein de l'hono-
rer long-tems auparavant ; ce que
M. de *Montausier*, quoique fort porté pour M. Huet , avoit empêché à
la priere de M. *de Perigny*, qui re-
doutoit le merite d'un Associé de ce
caractere.

Il arriva à la Cour en 1670. & y
demeura jusqu'en 1680. qui est l'année que M. le Dauphin fut marié.
Plus il sentit que ce nouveau séjour
l'exposoit à des distractions, plus il
devint avare de son temps. A peine
donnoit-il quelques heures au som-
meil. Tout le reste de son loisir étoit
consacré, ou aux fonctions necessaires de son emploi , ou à sa *Démon-
stration Evangelique* commencée &
achevée parmi les embarras de la
Cour.

Il rejetta long-tems les propositions que lui firent plusieurs Membres
de l'Academie Françoise , pour l'engager à demander une place dans cet
illustre Corps , mais il ceda à la fin à

leurs inſtances & y fut reçû en 1674. PIERRE-
à la place de Marin le Roi Sieur de DANIEL
Gomberville.   HUET.

Quoique la premiere idée des Commentateurs, qu'on nomme communément *les Dauphins*, fût venuë à
M. *de Montauſier*, on eſt cependant
redevable à M. *Huet* d'en avoir tra-
cé le plan, & dirigé l'execution, autant que la docilité, ou la capacité
des Ouvriers l'a permis.

Pendant qu'il travailloit à ſa *Démonſtration Evangelique*, la lecture
des Livres ſaints & la méditation
des plus grandes verités de la Religion, qu'il fut obligé de ſe rendre
familieres, reveillerent en lui les ſentimens de pieté qu'il avoit eus dans ſa
jeuneſſe; il ſe ſentit de nouveau porté à embraſſer l'Etat Eccleſiaſtique,
& prit à l'âge de 46 ans les Ordres
Sacrés.

Le Roi lui donna peu de temps
après [en 1678.] l'Abbaye d'*Aunay*
en Normandie, & M. Huet trouva
ce lieu ſi agréable, qu'il s'y retiroit
tous les Etés, lorſqu'il eut quitté la
Cour; c'eſt dans ce charmant ſéjour, qu'il a compoſé pluſieurs de ſes

E iiij

PIERRE-
DANIEL
HUET.

Ouvrages.

Il fut nommé à l'Evêché de *Soif-sons* en 1685. Avant que ses Bulles fussent expediées, M. l'Abbé de *Sillery* ayant été nommé à l'Evêché d'*Avranches*, ils permuterent avec l'agrément du Roi ; mais à cause des broüilleries entre la Cour de France & celle de Rome, ils ne pûrent être sacrés qu'en 1692. Un si grand délai ne chagrina que fort peu M. *Huet* ; car la vie qu'il avoit menée, & la seule qu'il aimoit ne simpatisoit pas avec les fonctions Episcopales. Aussi ne fut-il pas long-tems à s'en dégoûter ; il se démit de son Evêché d'*A-vranches* en 1699.

Le Roi pour le dédommager lui donna l'Abbaye de *Fontenay* qui est aux Portes de *Caën*. L'amour de M. Huet pour sa Patrie, lui inspira de s'y fixer, & dans cette vûë, il apropria les jardins & la maison de l'Abbé. Sa Patrie lui avoit paru très-aimable, tant qu'il n'y avoit eu que des amis ; mais du moment qu'il y posséda des Terres, les Procès l'assaillirent de tous côtés, & l'en chasserent, quoiqu'il eut aussi, gra-

ce à fon air natal , quelque ouver- PIERRE
ture pour le jargon de la chicane. DANIEL

Il vint donc s'établir à *Paris* & fe HUET
retira chez les Jefuites de la Maifon
Profeffe , qu'il avoit fait heritiers de
fa Bibliotheque, en s'en refervant l'u-
fage pendant fa vie , & où il avoit
un Appartement qu'il occupoit depuis long-tems , lorfque fes affaires
l'appelloient à *Paris*. C'eft-là qu'il a
vécu les vingt dernieres années de fa
vie, partageant fon tems entre la Priere
& l'Etude. Il travailla principalement
alors à faire des Notes fur la Vulgate;
il avoit lû pour cela vingt quatre
fois le Texte Hebreu, en le conferant
avec les autres Textes Orientaux.
Tous les jours , fuivant ce qu'il dit
dans les Commentaires fur fa Vie , il
y employa deux ou trois heures depuis 1681 jufqu'en 1712.

Une cruelle maladie, dont il fut
attaqué cette année là , & qui le tint
au lit près de fix mois, lui affoiblit
confiderablement , non pas l'efprit ,
mais le corps & la memoire. Cependant dès qu'il eut un peu recouvré
fes forces , il fe mit à écrire fa Vie ,
& il l'écrivit avec toute l'élegance ,

PIERRE-
DANIEL
HUET.

mais non pas avec tout l'ordre, ni avec toute la précision de ses autres Ouvrages, parce que sa memoire n'étoit plus la même qu'autre-fois. Elle alla toujours en diminuant; ainsi n'étant plus capable d'un ouvrage suivi, il ne fit plus que jetter sur le papier des pensées détachées, c'est ce qu'on a sous le titre de *Huetiana*: Il mourut à Paris le 26 Janvier 1721. âgé de 91 ans.

Il étoit d'une constitution forte & robuste, qui ne fut jamais alterée par l'étude, d'un esprit juste & solide, d'une ardeur extraordinaire pour les Sciences, d'un commerce facile, d'une humeur naturellement enjoüée, enfin d'une probité parfaite.

Les Ouvrages que l'on a de lui sont:

1. *De Interpretatione Libri duo. Parisiis* 1661. in-4°. *It. Stadæ* 1680. in-12. *It. Hagæ Comit.* 1683. in-8.°. avec le Livre de l'*Origine des Romans* traduit en Latin. On a admiré dans cet Ouvrage une grande lecture, une critique judicieuse & une latinité exquise.

2. *Origenis Commentaria in Sacram*

Scripturàm Græce-Latine cum Latina PIERRE-
interpretatione, notis & obſervationi- DANIEL
bus Petri Danielis Huet. Rothomagi HUET.
1668. fol. 2. vol. *It. Coloniæ* 1685.
fol. 3. *vol.*

3. *L'Origine des Romans.* Paris 1678.
*in-*12. *It. Londres* 1672. *in-*16. traduit
en Anglois. *It. Amſterdam* 1679. *in-*
16. traduit en Flamand par M. *Broek-
huiſen. It. La Haye.* 1683. *in-*8°.
traduit en Latin par M. *Piron* joint
au Livre *de Interpretatione.* It. *Paris*
1685. *in-*12. It. *Paris* 1693. *in-*12. It.
Paris 1709. *in-*12. augmenté d'une
Lettre touchant *Honoré d'Urfé,* Auteur de l'*Aſtrée.* It. A la tête du Roman de M. de Segrais intitule *Zayde.*

4. *Diſcours prononcé à l'Academie
Françoiſe. Paris* 1674. *in-*4°. & dans
d'autres Recüeils.

5. *Animadverſiones in Manilium &
Scaligeri notas* à la fin du *Manilius
ad uſum Delphini. Pariſ.* 1679. *in-*4°.
Le but de M. Huet dans ſes Notes,
eſt de montrer que *Scaliger* n'a pas dû
regarder comme un Chef-d'œuvre
ce qu'il a fait ſur *Manilius.*

6. *Demonſtratio Evangelica. Pariſ.*
1679. *in-fol.* It. *Pariſ.* 1. 1687. *fol.* It.
Amſtelodami 1680. *in-*8°. 2. vol. par

les soins de *Christophe Sandius.* It.
1694. *in-4°.* It. *Parif.* 1690. *in-fol.*
recognita , castigata & amplificata.
It. *Lipsiæ* 1694. 1704. & 1722. *in-4°.*
M. Huet dans les Commentaires sur
sa Vie, convient que sa Démonstra-
tion fut mieux reçûë par les Etrangers que par les François, dont plusieurs la regarderent comme un Ouvrage plein d'érudition & vuide de
preuves. Ce qui a fait dire à beaucoup de personnes, qu'il n'y avoit
de démontré que la grande lecture de
l'Auteur. D'autres moins équitables
le pillerent, & l'attaquerent en mê-
me-temps, comme pour cacher leur
larcin. M. Huet se plaint entr'autres
de M. *Ferrand*, & du P. *Fraffen*, &
sur tout de ce dernier, que M. de
Harlay Archevêque de Paris, obligea
à lui faire satisfaction. M. *Simon*
avoit eu dessein de faire un Abregé
de cet Ouvrage ; mais M. Huet
ayant appris que c'étoit pour y changer tout à son gré, le fit remercier
de ses services. La premiere Edition
de 1679. est recherchée, parce qu'il
y a quelques endroits qui ne se trouvent point dans les Editions faites à

Paris en 1687. & 1690.

7. *Cenfura Philofophiæ Cartefianæ*, DANIEL
Parif. 1689. *in*-12. It. *Helmftadii* HUET.
1690. *in*-4°. par les foins de M.
Henry Meibomius. It. *Frifiæ (Fra-*
nekeræ) 1690. *in*-12. *Hanover.* 1690.
It. *Campis* 1690. *in*-12. It. *Parif.* 1694.
augmentée ; quand M. Huet a com-
pofé la Cenfure de la Philofophie de
Defcartes, dit M. Themifeul dans
fes Lettres, il étoit piqué contre les
Cartefiens. On le voit dans le huitiéme chapitre de cet Ouvrage. Il
trouvoit mauvais que ces Philofo-
phes préferaffent infiniment ceux
qui cultivent leur raifon, à ceux qui
ne font que cultiver leur memoire,
& qu'ils exigeaffent qu'on travaillât
plûtôt à fe connoître qu'à connoître
ce qui s'étoit paffé dans les fiecles re-
culés. ʺ Quoi, dit-il, parce que nous
ʺ fommes Sçavans, nous deviendrons
ʺ le fujet de la plaifanterie des Car-
ʺ tefiens.

8. *Quæftiones Alnetanæ de concor-*
dia Rationis & Fidei. Cadomi. 1690.
in-4°. It. *Lipfiæ* 1692 *in*-4ᵈ. It. *Lip-*
fiæ 1701. & 1709. *in*-4°.

9. *De la fituation du Paradis Ter-*

PIERRE-
DANIEL
HUET.

reſtre. Paris 1691. *in*-12. It. *Lipſiæ* 1694. *in*-16. traduit en Latin par *Jean-Georges Pritius* Theologien & Miniſtre de *Francfort.* It. *Lipſiæ.* 1694. *in*-4º. en Latin avec la *Démonſtration Evangelique.* It. *Amſtelodami*, 1698. *in*-12. en Latin, avec *la Diſſertation ſur les Navigations de Salomon.* It. *Amſterd.* 1698. *fol.* en Latin, dans les *Critiques Sacrées.* It. *Amſterd.* 1701. *in* 12. It. *Amſterd.* 1716. *in*-12. traduit en Flamand.

10. *Nouveaux Memoires pour ſervir à l'Hiſtoire du Carteſianiſme.* Paris 1692. *in*-8º. It. *Amſterdam.* 1698. *in*-12. augmentez. La premiere Edition a paru ſous le nom de M. G. de l'A. c'eſt à dire de M. *Gilles de l'Aunay,* homme celebre, tenant des Conferences à *Paris,* qui voulut bien prêter ſon nom. La ſeconde eſt ſous le nom de M. G. de l'Academie Françoiſe, par l'erreur du Libraire de Hollande, qui expliqua mal les lettres initiales de la premiere édition. Cet Ouvrage eſt encore contre *Deſcartes,* & les Carteſiens.

11. *Statuts Synodaux pour le Diocese d'Avranches,* lûs & publiez dans le *Synode tenu à Avranches l'an 1693.*

12. *Trois Supplémens aufdits Sta-* PIERRE
tuts Synodaux , lûs & publiez dans les DANIEL
années 1695, 1696, 1698. *Caën in-*8° HUET.

13. *Carmina Latina & Græca. Da-*
ventriæ 1668 *in-*8°. It *Amfteloda-*
mi. 1672. *in* 16. par les foins de M.
Hogerfius. It Ultrajecti 1664. *in-*8°. &
1700. *in-*16. par les foins de M. *Græ-*
vius. It Parif. 1709. *in-*12. 5.° Edition
par les foins de M. l'Abbé *d'Olivet,*
qui en a donné une nouvelle en 1728.
*in-*12. & y a joint les Poëfies de M.
l'Abbé *Fraguier.*

14. *De Navigationibus Salomonis.*
Amftelod. 1698 *in-*8°. & *in-fol.* dans
les Critiques Sacrés.

15. *Notæ in Antologiam Epigramma-*
tum Græcorum. Ultrajecti. 1700 in 12.
jointes au Recueil des Poëfies de l'Auteur par M. *Grævius.*

16. *Les Origines de la Ville de Caen,*
& des lieux circonvoifins. Roüen 1702.
*in-*4°. 2. Edition fort augmentée.
Roüen. 1706. *in-*80.

17. *Lettre à M. Perrault fur le Pa-*
ralelle des Anciens & des Modernes,
du 10. *Octobre* 1692. inferée dans la
3. partie des Pieces fugitives à l'infçû
de l'Auteur , qui y combat fortement & affez bien M. Perrault.

18. *Examen du sentiment de Longin sur le passage de la Genese , Et Dieu dit, que la Lumiere soit faite; & la Lumiere fut faite ,* inseré dans le 10. Tome de la Bibliotheque choisie de M. Le Clerc, qui y a joint ses Notes , pour confirmer le sentiment de l'Auteur, qui prétend, qu'il n'y a aucun sublime dans ces paroles de Moyse.

19. *Lettre à M. Foucault Conseiller d'Etat , sur l'Origine de la Poësie Françoise , du* 16. *Mars* 1706. inserée dans les Memoires de Trevoux 1711.

20. *Lettre de M. Morin de l'Academie des Inscriptions , à M. Huet ,* (c'est à dire , de M. Huet lui-même) *touchant le Livre de M. Tolandus, Anglois , intitulé, Adeisidæmon , & Origines Judaicæ ,* inserée dans les Memoires de Trevoux, Septembre 1709. & dans le Recueil que M. l'Abbé de Tilladet a fait de quelques Ouvrages de M. Huet, sous le titre suivant. *Differtations sur diverses matieres de Religion & de Philologie. Paris.* 1712. *in*-12. 2. tom. It. *la Haye.* 1714. *in* 12. 2. tom. Le Recueil contient les pieces qui commencent à l'article 17.

21. *Histoire du Commerce & de la*
Navigations

Navigation des Anciens. Paris 1716 Pierre-
*in-*12. It. *Bruxelles.* 1717. *in-*12. On Daniel
ſent par tout dans cet Ouvrage, ſui- Huet.
vant le ſentiment de M. Le Clerc,
la grande lecture & l'érudition peu
commune de l'Auteur.

22. *Commentarius de Rebus ad eum
pertinentibus. Amſtelod.* 1718. *in-*12.

23. *Traité Philoſophique de la foibleſſe de l'Eſprit humain. Amſterd.*1723
*in-*12. M. Le Clerc témoigne que
quoiqu'il eſtime plus que perſonne
M. Huet & ſes Ouvrages, celui-ci
& les endroits de ſes autres Livres,
où il a ſoûtenu les mêmes ſentimens,
ne ſont que de pures badineries.

24. *Huetiana, ou Penſées diverſes de
M. Huet Paris.* 1722. *in-*12.

25. *Diane de Caſtro. Paris.* 1728 *in-*
12 M. *Huet* compoſa ce Roman à l'a-
ge de 25.ans, l'intitula *le faux Yncas.*

M. Huet a laiſſé encore en manuſcrit, une Traduction Latine des
Amours de *Dahnis & de Chloé*, faite
à dix-huit ans une *Réponſe à M. Regis* touchant la *Metaphyſique de Deſcartes*, ſes *Notes ſur la Vulgate*, &
un Recueil de cinq à ſix cens Lettres
tant Latines que Françoiſes, écrites

Tome I. F

PIERRE-
DANIEL
HUET.

à des Sçavans.

V. *Comment. de Rebus ad eum pertinentibus.* Son Eloge par M. l'Abbé
d'Olivet à la tête de *l'Huetiana* & du
*Traité Philosophique de la foiblesse de
l'Esprit humain.* Mem. de Trev.
Avril 1721. & Aouſt 1709.

JEAN PERINGSKIOLD,

JEAN PE-
RING S-
KIOLD.

JEAN *Peringskiold* naquit le ſix Octobre 1654 à *Stregnes*, Ville Epiſ-
copale de Suede, dans la Suderma-
nie, où ſon pere *Laurent Frederic Peringer* étoit Profeſſeur en Eloquence
& en Poëſie. Il commença ſes Etudes
ſous ſon pere, & alla les achever à
Upſal. Les progrès qu'il fit dans la
connoiſſance des Antiquités lui meri-
terent une place d'Erudiant dans le
College déſtiné à cette ſorte d'étude,
& enſuite en 1689. une de Profeſſeur. Il alla encore plus loin ; car cinq
ans après il fut fait Secretaire & Antiquaire du Roy de Suede; dignité qui
fut accruë au mois de Juin 1719 par
l'adjonction de celle de Conſeiller de
la Chancellerie pour les Antiquitez.
Il jugea à propos, lorſqu'il fut fait

Antiquaire du Roy en 1693. de chan- JEAN PE-
ger ſon nom , ſuivant la coutume du R I N G S-
Pays , & de ſe faire appeller *Perings* K I O L D.
kiold , au lieu de *Peringer.*

Il s'étoit marié en 1687 , & avoit
épouſé la fille *d'Elie Jacob ,* Senateur
de la Ville de *Nicoping ,* qui lorſque
ſon gendre mourut en 1720. , joüiſ-
ſoit encore d'une aſſez bonne ſanté ,
quoiqu'âgé de cent deux ans , étant
né dans cette Ville le 12. Avril 1618.
Il eſt reſté un fils de ce mariage , qui
a ſuccedé à la Charge & à la ſcience
de ſon pere , & ſe nomme *Jean-Fre-
deric Peringskiold.*

Jean Peringskiold ayant perdu ſa
premiere femme , ſe remaria en 1711.
pour trouver dans la compagnie d'u-
ne épouſe de quoi adoucir les incommoditez de la vieilleſſe que ſon attachement à l'étude avoit avancées à ſon
égard. Il eſt mort le vingt-quatrié-
me Mars 1720 , âge de 66. ans.

Ses ouvrages imprimez ſont ,

I. *Hiſtoriæ Regum Septentrionalium
à ſnrrone ſtuorlonide ante ſæcula quinque patrio ſermone antiquo conſcriptæ ,
ex mſſ. editæ , cum verſione gemina, una
linguæ ſuethicæ moderna, altera Latina.
Stockholmiæ 1697. fol.* F ij

JEAN PE-   2. *Ejufdem Sturlonidæ Tom 2. con-*
RINGS-*tinens res geſtas Regum Norvegiæ. ibid.*
KIOLD. *in-fol.*

     3. *Hiſtoria Wilkinenſium , Theodo-*
rici Veronenſis , ac Niſlungorum , ex
mſſ. linguæ veteris Scandicæ, cum ver-
ſione Gemina Stockholmiæ 17 1 5. *in-fol.*

     4. *Hiſtoriæ Hialmari Regis, ex ipſo*
vetutiſſimo codice Runico accurate de cli-
neata & ligno inciſa , cum verſione ge-
mina. Stockholmiæ fol. Georges Hic-
keſius a inſeré cette Hiſtoire dans ſon
Theſaurus Septentrionalis.

     5 *Joannis Meſſenii Scondia illu-*
ſtrata, ſive , Chronologia de rebus Sue-
ciæ , Daniæ , & Norvegiæ ex mſſ. ip-
ſius Auctoris. Tomis XIV. *Stolckholmiæ*
1700 *fol.* M. Peringskiol avoit pro-
mis de donner des Obſervations ſur
cette Hiſtoire ; mais ſes infirmitez
& d'autres occupations l'ont empêché de tenir ſa promeſſe.

     6 *Vita Theodorici Regis Oſtrogo-*
thorum & Italiæ , auctore Joanne Co-
chlæo , cum additamentis & annota-
tionibus de Sueo-Gothorum ex Scan-
dia expeditionibus. Stockholmiæ 1699.
in - 4º.

     7. *Genealogia auguſtiſſimi Regis ;*

Caroli XII. æri accurratissime incisa, JEAN PE-RING S-KIOLD.
Charta patenti.

8. *Genealogia Biblica ab Adamo ad Sanctissimi Salvatoris nostri Matrem. B. Virginem Mariam. Stokolmiæ* 1713. *in-fol.* Suethice.

9. *Monumentorum Sueo-Gothicorum Liber primus*, *Uplandiæ partem primariam Thiundiam continens. Stokholmiæ* Latine & Suethice. 1710. *fol.*

10. *Eorumdem Liber secundus*, *continens monumenta Ullerakerensia*, *cum Upsalia nova illustrata. Stockholmiæ.* 1719. *in-fol.*

11. *Annæ Bylou*, *Ficonis filiæ*, *Abbatissæ Vadstenensis*, *Chronicon Genealogicum*, *Suethice ex mss. Stockholmiæ* 1718. *in-4o.*

Il travailloit à un grand ouvrage sur les Genealogies des plus illustres familles de la Suede, & à un Recueil d'Actes publics, de Traitez , &c. Mais la mort l'a arrêté dans ce travail.

V. *Act. litter. Sueciæ an.* 1720.

CLAUDE FR. MENESTRIER.

CLAUDE FRANÇOIS MENESTRIER

CLAUDE-*François Menestrier* naquit à *Lyon* le dixieme Mars 1631

CLAUDE
FRANÇOIS
MENES-
TRIER.

Il apporta en naissant des dispositions très-heureuses pour la vertu & pour les sciences, qui furent cultivées par de bons Maîtres. Dès l'âge de 15 ans, il fut admis au Noviciat des Jésuites. Après qu'il eut achevé son cours de Philosophie, on l'occupa, selon la coutume, à enseigner d'abord les Humanitez & ensuite la Rhetorique, qu'il professa à *Chambery*, à *Vienne* & à *Grenoble*.

Pendant les sept années qu'il fut occupé à cet exercice, il joignit à l'étude de la langue Greque & de la Latine, & à la lecture des anciens Auteurs, tout ce qui pût perfectionner ses connoissances dans les belles Lettres; l'étude de l'Histoire du Blason, des Devises, des Medailles, des Inscriptions, des Décorations, &c.

Estant retourné à *Lyon* pour étudier en Theologie, il y fit une épreuve de sa memoire en presence de la Reine *Christine* de Suede, qui lui attira l'estime & l'admiration de cette Princesse; elle passoit par cette Ville en allant à Rome, & ayant fait aux Jesuites l'honneur d'aller voir leur College, comme on parloit de diverses

perfonnes diftinguées par leur memoire, le P. *Meneftrier* fut cité, &
la Reine afin de fe convaincre par
elle-même de ce qu'on difoit de lui,
fit prononcer & écrire trois cens mots
les plus bizarres & les plus extraordinaires qu'on pût s'imaginer, il les
repeta tous d'abord, dans l'ordre
qu'ils avoient efté écrits, & enfuite
dans tel ordre & tel arrangement
qu'on voulut lui propofer.

Quelque temps après, le Roy étant
à Lyon, & les Jefuites ayant à faire re-
prefenter devant lui une Piéce, le P.
Meneftrier qui fut chargé de ce foin,
eut la gloire de la réuffite, & toute
la Cour admira l'invention du Ballet
& la beauté des Decorations.

Ces amufemens ne l'empêchoient
pas de donner toute fon application
à l'étude de la Theologie & de la langue Hébraïque, & il y réuffit fi bien,
qu'à la fin des quatre années que les
Jefuites ont coutume d'y employer,
le P. *de Saint Rigaud*, qui avoit été
fon Regent, le choifit pour lui fervir de fecond dans les Difputes, qu'il
fe difpofoit à foutenir contre les Pro-
teftans à *Die*, où ils venoient de con-

CLAUDE-
FRANÇOIS
MENES-
TRIER.

voquer un celebre Synode, & le jeune Theologien répondit parfaitement
aux esperances qu'on avoit conçûës
de lui.

Après avoir fait , suivant la coutume , une troisiéme année de Noviciat pour se disposer à la Profession
solemnelle de ses vœux , il professa la
Rhetorique à *Lion* , & se donna ensuite à la Predication. Il commença à
prêcher à Paris l'an 1670. & depuis
ce temps-là , il l'a fait constamment
pendant plus de vingt-cinq ans ,
profitant cependant de ses momens
de loisir pour travailler à des ouvrages de Litterature & d'Histoire.

Pendant les dernieres années de sa
vie, ne pouvant plus vaquer aussi assi-
dûëment qu'il l'avoit fait au ministere de la Predication , il s'appliqua
entierement à écrire. Il est mort à Paris le vingt-uniéme Janvier 1705.
âgé de 74 ans, aprés plusieurs mois de
langueur.

Catalogue de ses Ouvrages
BLASON.
1. *Le veritable Art du Blason. Lyon.
in-24. 1658. It. 1661. 1672. & 1673.
in 12.*

nota
ce catalogue
est mal fait
et faux

Le deſſein de la Science du Blaſon.
Ibid 1659.

Abregé méthodique des principes He-
raldiques. *Lyon* 1661. *in* 12.
Avec deux mille écuſſons pour expliquer tous les termes du Blaſon.

L'uſage des Armoiries. P. 1673. *in*-12.

Les recherches du Blaſon. Paris *in*-12. 1673.

L'Origine des Arm. L. 1679. *in*-12.

L'Origine des Ornemens des Ar-
moiries, *Paris* 1680. *in* 12.

La nouvelle Méthode raiſonnée du
Blaſon, & diſpoſée par demandes &
par réponſes. *Lyon* 1696. *in*-12. Ce livre
a été réimprimé pluſieurs fois depuis,
& en dernier lieu très-augmenté en
1723. *Lyon in*-12.

Le Jeu des Cartes du Blaſon 1696.
Lyon in-12.

NOBLESSE.

Les diverſes eſpeces de Nobleſſe,
& ſes preuves *Paris* 1681. *in*-12.

De la Nobleſſe des Pays Etran-
gers. *Paris.* 1682. *in*-12.

Tableau genealogique pour les ſeize
Quartiers de nos Rois; avec un Traité
préliminaire de l'origine & de l'uſage des Quartiers pour les preuves Ge-
nealogiques. *Paris* 1683. *in*-fol.

Tom. I.   G

(marge droite) CLAUDE-
FRANÇOIS
MENES-
TRIER.

CLAUDE-FRANÇOIS MENESTRIER. Emblêmes, Devises, Médailles, Tournois, Carousels, Joûtes.

Les genereux Exercices de la Majesté, où la Montre paisible de la valeur representée en Devises & en Emblêmes, pour les Revûes faites par Sa Majesté; soixante-sept Devises sur les principaux evenemens de la vie du Roy; à la suite des Remarques pour la conduite des Ballets.

Devises, Emblêmes & Anagrammes presentées à M. le Chancelier Pierre Seguier.

Soixante Devises sur les Mysteres de la Vie de Jesus-Christ, & de la Sainte Vierge, à la suite du Livre du même Auteur, qui a pour titre: *Nova & veteris Eloquentiæ Placita.* Lyon 1663. *in-*4°.

Les Etrennes de la Cour en Devises & Madrigaux, presentées à sa Majesté le premier jour de l'an 1659.

La Philosophie des Images, ou Recueil de quantité de Devises, avec le Jugement des Ouvrages qui ont été faits sur cette matiere. Paris 1682. *in-*12.

Devises des Princes, Cavaliers, Dames, Sçavans. Tome 2. *de la Philosophie des Images.* Paris. 1683. *in-*8°.

L'Art des Emblêmes. Paris 1683.
in- 8°.

Traité des Tournois, Joûtes, Ca-
roufels, & autres Spectacles publics.
Lyon 1669. *in* 8°.

La Devise du Roy justifiée, avec
un Recueil de cinq cens Devises pour
le Roy & la Maison Royale. Paris
1679. *in-*4°.

Explication de la Médaille de
Loüis le Grand pour l'Affiche du Col-
*lege. in-*4°. *Paris.* 1683.

La Science & l'Art des Devises
dressées sur de nouvelles Regles, avec
six cents Devises sur les principaux
évenemens de la Vie du Roy, &
quatre cents Devises sacrées. Paris.
1686. *in-* 8°.

Le P. Menestrier avoüe dans la
Préface de cet Ouvrage qu'il est malheureux en Devises de commande.
Quelques années auparavant, Messieurs les Secretaires du Roy lui en
demanderent pour leurs Jettons, il
les fit avec toute la justesse possible ;
cependant elles furent rejettées. On
lui fit une semblable demande de la
part de l'assemblée du Clergé, & il
ne fut pas plus heureux. Il faut aussi

CLAUDE-
FRANÇOIS
MENES-
TRIER.

G ij

CLAUDE- avoüer que les Regles qu'il établit
FRANÇOIS & qu'il suit par consequent pour la
MENES- composition des Devises, sont moins
TRIER. propres à en faire de justes & de
parfaites, que celles qu'a établies le
Pere Bouhours.

S'il est permis d'employer les Devi-
ses dans des Décorations Funébres.
Paris 1687.

Histoire du Regne de Loüis le Grand
par les Médailles, Emblêmes, De-
vises, Jettons, Inscriptions, Armoi-
ries & autres Monumens publics.
Paris. 1693. *in-fol.*

Explication d'une Médaille de Ca-
therine de Medecis 1705. *inferée*
dans les Memoires de Trevoux,
d'Avril 1705.

DECORATIONS.

Traité pour la conduite des Feux
d'Artifice avec la Publication de
la Paix. Lyon. 1669. *in-fol.* &
*in-*8o.

L'Horoscope des lettres à la naif-
fance de M. le Dauphin. Lyon 1661.
in-fol.

Description des Ceremonies & ré-
jouiffances faites à Chamberi, pour la
Beatification du glorieux Evêque de

Geneve François de Sales. 12. *Mars* 1662. *Lyon in*-4º.

Dessein de l'Appareil des Nôces, Entrée, & Réception de Madame la Duchesse de Savoye à Chambery 1663. *in*-4º.

Le Temple de la Sagesse ouvert à tous les Peuples. Dessein des Peintures de la Cour du Collège de la Sainte Trinité. Lyon 1663. *in*-8º.

L'Assemblée des Sçavans, & les Presens des Muses pour les Nôces de Charles-Emanuel II. avec Marie de Savoye, Princesse de Nemours. 1665.

Dessein du Carousel, Course à cheval, & Feux d'Artifice faits pour les mêmes Nôces à Chambery. 1665. *in*-4º.

Les Devoirs funébres rendus à la memoire de Madame Royale, le 19. *Mars.* 1664. *Lyon.*

La Reception de M. le Cardinal Chigi Legat à Latere, & Neveu de Sa Sainteté, avec la Description des Arcs triomphaux. Lyon 1664. *in-fol.*

Relation des Ceremonies faites à Annecy, à l'occasion de la solemnité de S. François de Sales. Grenoble. 1666. *in*-4º.

Le nouvel Astre de l'Eglise. Dessein

CLAUDES-
FRANÇOIS
MENES-
TRIER.

G iij

CLAUDE-
FRANÇOIS
MENES-
TRIER.

78 *Mem. pour servir à l'Histoire de l'appareil pour cette Fête. Grenoble in-4°.*

Relation des Ceremonies faites à Grenoble dans les deux Monasteres de la Visitation, avec les deux desseins, l'un de S. François de Sales, l'autre des Transfigurations sacrées, in-4°.

Le second Mariage du Duc de Savoye. Allegorie in-fol. & in-4°

La Naissance du Heros; Dessein du Feu d'Artifice fait à la Naissance du Prince de Piemont, à present Duc de Savoye. in-4°.

Les Funerailles de la Reine à Saint Denis, avec les Décorations. Paris in-4°.

Les Graces pleurantes sur le Tombeau de la Reine Très-Chrétienne. Dessein de l'Appareil funébre dressé dans l'Eglise du College des PP. de la Compagnie de Jesus. 1666. in-8°

La nouvelle Naissance du Phœnix; Decoration pour la Canonisation de S. François de Sales. Embrun. 1667.

Le cours de la sainte vie, ou les Triomphes sacrés des Vertus, Carousel pour la Canonisation de S. François de Sales. 1667.

Les Rejoüissances de la Paix, publiée

à Lyon en 1668. in-fol. & in-8° C L A U D E-

Les Vertus chrétiennes, & les Vertus F R A N Ç O I S
militaires en deüil. Deſſein de l'appareil M E N E S-
funébre pour la Ceremonie des Obſeques T R I E R.
de M. de Turenne Paris. 1675. *in-*4°.

*L'Eſpagne en Fête pour l'heureux
Mariage de la Reine d'Eſpagne. Paris*
1679. *in-*40.

*L'Alliance ſacrée de l'Honneur &
de la Vertu au Mariage de M. le Dauphin. Paris.* 1680. *in -* 4°.

Relation du Parnaſſe ſur les Ceremonies du Baptême de M. le Duc de Bourgogne. Paris 1680. *in-*4°.

*Le temple du Mont-Claros, ou les
Oracles rendus ſur la Naiſſance de M.
le Duc de Bourgogne. Paris* 1682.
*in-*4°.

L'Illumination de la Gallerie du Louvre, pour les Rejouiſſances de la Naiſſance de M. le Duc de Bourgogne,

*Les Funerailles de la Reine faites
au College de Loüis le grand in-*4°.
Paris.

*Les juſtes Devoirs rendus à la mémoire de Loüiſe-Charlotte de la Tour
d'Auvergne, dans la Chapelle du Seminaire des Miſſions Etrangeres. Paris* 1684.

G iiij

CLAUDE-FRANÇOIS MENESTRIER.

La Statuë de Loüis le Grand, placée dans le Temple d'Honneur; Dessein du Feu d'Artifice dressé devant l'Hôtel de Ville, pour la Statuë du Roy Paris 1684.

Traité des Decorations Funebres. Paris 1684. in-8°.

Les honneurs funebres rendus à la memoire de M. Loüis de Bourbon, Prince de Condé, dans l'Eglise de Notre-Dame. Paris in-4°. 1687.

Sujet de l'appareil funebre du Cœur de M. le Prince, inhumé dans l'Eglise de S. Louis. Paris 1687. in 4°.

Decoration de la Cour de l'Hôtel de ville de Paris pour l'erection de la statue du Roy. Paris 1689. in 4°.

Entrée & reception de M. l'Archevêque de Lyon dans son Eglise. Lyon 1694. in-4°.

La statue equestre de Louis le Grand placée dans le Temple de la gloire. Dessein du feu d'artifice sur la Riviere de seine le 13. Aoust. 1699. avec l'explication des Figures, Medailles, & Bas-relief. 1699. in-4°.

Dessein des Arcs de Triomphe, dressés à Grenoble à l'honneur de M. le Duc de Bourgogne & M. le Duc de Berry en 1700.

Reflexions ſur l'application des paſſa- CLAUDE-
ges de l'Ecriture Sainte, dans les Déco- FRANÇOIS
rations publiques. MENES-

Décorations à l'occaſion de la Naiſ- TRIER.
ſance de M. le Duc de Bretagne le 25
de Juin 1704. *ſous le nom de Quatre*
*Soleils vûs en France. Paris in-*4°.

BALLETS, OPERA.

Remarques pour la conduite des Bal-
lets. Lyon. 1658,

Ballet des Deſtinées de Lyon, repre-
ſenté devant les Magiſtrats de cette Vil-
le, dans le College des Jeſuites, le 16.
Juin 1658.

L'Autel de Lyon conſacré à Loüis
Auguſte, & placé dans le Temple de la
gloire. Ballet dedié à Sa Majeſté, &
repreſenté devant Elle au même College
le 12. *Decembre* 1658.

Le Temple de la Sageſſe repreſenté
dans un Ballet, devant les Magiſtrats
de Lyon. 1663.

Des Repreſentations en Muſique,
anciennes & modernes. Paris 1687. *in-*
12.

Des Ballets anciens & modernes ſe-
lon les Regles du Theatre. Paris 1682.
*in-*12.

CLAUDE-
FRANÇOIS
MENES-
TRIER.

HISTOIRE.

Oraison funebre de la Reine Anne d'Autriche. Lyon 1666. in-12.

Eloge Historique de la Ville de Lyon, & sa grandeur Consulaire sous les Romains & sous les Rois. Lyon. 1669. in-4°.

Oraison Funebre de M. de Turenne. Paris 1677. in-4°.

La Vie d'une Dame Chretienne Chinoise, avec deux Lettres d'un Theologien à un Missionaire, in-16.

Les Divers Caracteres des Ouvrages Historiques, avec le Plan d'une nouvelle Histoire de la Ville de Lyon. Lyon 1694. in-8°.

Histoire Civile ou Consulaire de la Ville de Lyon justifiée por Chartres, Titres, Chroniques &c. Lyon 1696. in-fol.

Trois Lettres pour défendre son Histoire de Lyon contre M. Collet Avocat de Bresse, inserées dans le Journal des Sçavans de l'an 1697. le 12. Aoust & le 2 Septembre.

Projet de l'Histoire de l'Ordre des Religieuses de la Visitation de sainte Marie. Lyon 1701. in-4°.

MESLANGE.

*La Philoſophie des Images Enigma-
tiques, où il eſt traité des Enigmes Hie-
roglifiques, Oracles, Propheties, Sorts,
Devinations, Lotteries, Taliſmans,
Songes, Centuries de Noſtradamus, &
de la Baguette. Lyon 1694. in-12.*

*Refutation des Propheties fauſſement
attribuées à S. Malachie ſur les Elections
des Papes. Paris 1689. in-4°.*

*La Cour du Roy Charles V. ſurnommé
le Sage, & celle de la Reine Jeanne de
Bourbon ſon Epouſe. Paris 1683. in-fol.*

*Diſſertations ſur l'uſage de ſe faire
porter la queuë. Paris 1704. in-12.*

*Lettre à M. De Camps Abbé de Si-
gny, contenant l'explication d'une Me-
daille de Jeanne d'Albret Reine de Navarre, Mere du Roy Henry IV.* inſerée
dans les Memoires de Trevoux de
Janvier 1702.

*Diſſertation où l'on prouve que ni
Florus, ni l'Egliſe de Lyon ne ſont point
Auteurs des Livres publiés ſous leurs
noms touchant l'affaire de Goteſcalque,*
inſerée dans les Memoires de Trevoux de May 1704. Cette Diſſerta-

CLAUDE-
FRANÇOIS
DE
MENES-
TRIER.

tion faifoit partie de l'Histoire de l'Eglife de Lyon, à laquelle le P. Meneftrier travailloit}, mais qu'il n'a pas eu le temps d'achever.

V. *Son Eloge dans les Memoires de Trevoux*, *d'Avril* 1706.

BENEDICT PICTET.

BENEDICT
PICTET.

BENEDICT *Pictet* naquit à *Geneve* le 30. May 1655. d'une famille ancienne & illuftre de cette Ville. Son pere qui étoit Sindic de cette Republique s'appelloit *André Pictet*, & fa mere *Barbe Turrettin*, fille de *Benedict* & fœur de *François Turrettin*, qui ont été tous deux Miniftres & Profeffeurs en Theologie. Il eut dès fa jeuneffe beaucoup de goût pour les Lettres ; auffi fes études avancerent-elles rapidement.

A vingt ans il fe mit à voyager avec fon ami inféparable, *Antoine Leger*, depuis Profeffeur en Philofophie, & enfuite en Theologie à *Geneve*. Il commença par la France, où il contracta d'étroites liaifons avec les principaux Miniftres, Meffieurs

Claude, *Menard*, *Daillé*, *Allix*, BENEDICT
Basnage, *du Bosc*, & plusieurs autres ; ensuite il passa en Hollande, &
demeura quelque temps à *Leyde*, où
il soutint des Theses publiques, sous
M. *Spanheim* : enfin il alla en Angleterre, où il fut fort bien reçû.

De retour dans sa Patrie au bout
de deux ans , il fut reçu au Ministere ; deux ans après il fut aggregé
dans la Compagnie des Pasteurs &
des Professeurs , & enfin en 1680.
il fut attaché à l'Eglise de *S. Gervais*.
La même année il épousa *Catherine*
Burlamachi, d'une très-noble famille,
qui lui a donné plusieurs enfans ,
& lui a survêcu.

En 1686. M. *Pictet* fut fait Professeur en Theologie , pour soulager
Messieurs *François Turrettin* , & *Phi-*
lippe Mestrezat , à qui l'âge & les infirmitez ne permettoient plus de soûtenir le poids de leurs Charges de Professeurs , ce qui le faisoit retomber
tout entier sur *Louis Tronchin*.

En 1690. M. *Pictet* fut élû Recteur de l'Academie, & exerça cette
Charge avec honneur pendant plusieurs années. En 1706. il fut aggre-

BENEDICT gé dans la Societé de la Propaga-
PICTET. tion de la Foy en Angleterre, &
dans l'Academie Royale des Sciences
de Berlin en 1714.

Il avoit été follicité en 1702. de la
part des Curateurs de l'Univerfité de
Leyde, d'aller occuper la place vacante par la mort de M. *Spanheim* ;
mais l'attachement qu'il avoit pour
fa famille, qui eft des plus confidera-
bles de Geneve, & en particulier pour
fa mere qui vivoit encore, l'empêcha
d'accepter cette propofition. Il prit
le parti de refter dans fa Patrie, de
quoi le Magiftrat le fit remercier fo-
lemnellement.

Outre les charges que lui impo-
foit fon Miniftere & fon Profefforat,
il fut encore établi Pafteur de l'E-
glife Italienne en 1710. & chef de la
Direction des Profelytes en 1712.
Sa fanté qui fe foutint longtemps
au milieu de fes travaux, commença
a s'alterer confiderablement au mois
d'Aouft 1723. il tomba alors dans
une langueur qui parut affez fâ-
cheufe. Cependant il fembloit s'être
remis pendant l'Hyver ; mais au
mois de Mars 1724. fes incommoditez

augmenterent, & ſes forces dimi- nuerent peu à peu, juſqu'à ce qu'il mourut le 10. Juin 1724.

M. Pictet avoit une éloquence grave & naturelle, ſoutenuë par tous les talens neceſſaires, tant du corps que de l'eſprit ; il avoit lû prodigieuſement, & étoit fort laborieux, comme il paroît par le grand nombre d'ouvrages qu'il a donné au Public, & dont voici le Catalogue.

1. *Entretiens de Philandre & d'Evariſte, ſur l'Avertiſſement Paſtoral fait aux Egliſes de France.* Geneve 1683. *in-*12.

2. *Oratio funebris in obitum Franciſci Turretini.* Geneva. 1687. *in-*4°.

3. *Quatuor Diſſertationes de magno pietatis myſterio.* Gen eva. 1690. *in-*4°.

4. *Traité contre l'indifference des Religions.* Neufchaſtel. 1692. *in-*12. *Id.* Geneve. 1716. *in-*12. Augmenté de plus de la moitié. Il a été traduit en Anglois en 1698.

5. *La Morale Crhétienne, ou l'Art de bien vivre.* Geneve. 1695. & 1696 8. tomes *in-*12. Le premier parut ſans nom d'Auteur ; un Anonyme le fit

BENEDICT réimprimer à Lyon, & le dédia à l'E-
PICTET. vêque de Bellay ; l'Ouvrage entier
fut réimprimé avec des augmentations considerables à Geneve *in-*4°. &
*in-*12. en 1710. C'est un cours de
Morale dans toute son étenduë, où
tout est exposé avec un ordre très-
régulier.

6. *Theologia Christiana. Geneva.*
1696. *in-*8° 2. tom. *Id. Lud. Bat.*
1722.

7. *De consensu & dissensu inter Re-*
formatos & Augustana confessionis Fra-
tres. Amstelod. 1697. *in-*8°. M. de
Prâlins fit imprimer cet Ouvrage en
François à Londres sans le nom de
l'Auteur.

8. *Trois Sermons sur divers sujets.*
Geneve. 1697. *in-*8°.

9. *Huit Sermons sur l'Examen des*
Religions. 1698. *Geneve. in-*8°. Cet
Ouvrage a paru en Allemand en
1718.

10. *Courte Réponse à un Livre inti-*
tulé : Remontrance aux Nouveaux Con-
vertis. Geneve 1699. *in-*12.

11. *Neuf Lettres de Controverse sur*
diverses matieres. Geneve 1699. 1700.
*&c. in-*12.

12. *Amica Responsio amica Discep-* BENEDICT
tationis Dan. Seu Sculteti de rebus in- PICTET.
ter Protestantes Controversis. Amstel.
1700. in-12.

13. *Græcorum recentiorum Senten-*
tia cum Græcorum veterum placitis bre-
vis collatio. Amstelod. 1700. in-12.

14. *Vindicia Dissertationis de consen-*
su ac dissensu inter Protestantes. Genevæ.
1701. in-12.

15. *Lutheri & Calvini consensus in*
materia Prædestinationis, & Augustini
sententiæ brevis expositio. Genevæ. 1701.
in-12.

16. *Lettre contre les mariages biga-*
rez. Geneve. 1701.

17. *Theologie Chrétienne. Amsterd.*
1701. in-4°. 2. vol. Id. Geneve. 1708.
Augmentée d'un troisiéme volume.
On l'a traduite en Allemand en 1722.

18. *Cinquante-quatre Cantiques sa-*
crez sur divers sujets. Geneve. 1705.
in-12.

19. *L'Art de bien vivre & de bien*
mourir. Geneve. 1705. in-12.

20. *Les Veritez de la Religion Chré-*
tienne, tirées des passages exprès, avec
une courte explication. Geneve. 1705.
in-12.

Tome. I.   H

BENEDICT
PICTET.

21. *Entretiens pieux d'un fidele avec son Pasteur. Geneve. 1710. in-12.*

22. *Suite de ces Entretiens, sous le titre de saintes conversations d'un Chrétien, qui desire de travailler à son salut avec son Pasteur. Rotterdam. 1713. in-12.* L'Auteur a laissé plusieurs Entretiens du même genre.

23. *Medulla Theologiæ. Geneva. 1711. in-12.*

24. *Medulla Ethica. Geneva. 1711. in-12.*

25. *Syllabus Controversiarum. 1711. Geneva. in-12.*

26. *Prieres sur chaque jour de la semaine, & sur divers sujets. Geneve. 1712. in-12.*

27. *Histoire de l'Eglise & du Monde de l'onziéme siécle, pour servir de continuation à l'Histoire de l'Eglise & de l'Empire, de M. le Sueur. Geneve. 1713. in-4°. 2. tomes.* Il a fait aussi l'Histoire du XII. Siécle. Le Continuateur est fort superieur au premier Auteur.

28. *Dialogue entre un Protestant & un Catholique Romain. Geneve. 1713. in-12.*

29. *Prieres sur les principales solem-*

nités des Chrétiens. Geneve. 1713. in-
12.

30. *Les Devoirs des Chrétiens, tirés
des paſſages formels, dont on donne
l'expoſition. Geneve. 1714. in-12.*

31. *Catechiſme familier pour les Enfans. Geneve 1713. in-8º.*

32. *La Religion des Proteſtans juſti-
fiée d'Hereſie, & ſa verité démontrée
contre M. Claude Andri, Eccleſiaſtique Romain. Geneve. 1716 in-12. 2.
tomes.*

33. *La Défenſe de la Religion des
Proteſtans, ou réponſe à la Replique de
M. Andri. Geneve. 1716. in-12. 2. to-
mes.*

34. *Diſſertation ſur les Temples, leur
Dedicace, & pluſieurs choſes qu'on y
voit, avec un Sermon. Geneve. 1716
in-12.*

35. *Lettres à un Catholique Romain
diſtingué, ou Réponſe au Livre du Sieur
Papin. Geneve. 1717. in-12.*

36. *Wiclefus Oratio Academica,
Geneve. 1718. in-4º.* C'eſt un précis
de tout ce qu'on peut dire ſur Wi-
clef.

37. *Diſſertationes Theologicæ de Præ-
ſtantia & Divinitate Religionis Chriſ-*

H ij

92
BENEDICT *Mem. pour servir à l'Histoire*
PICTET. tiana, cum Oratione de Christi Trophæo.
Geneva. 1721. in-8°.

38. *Quatre Sermons sur differens textes.* Geneve. 1718. in-8°.

39. *Quatre Sermons sur divers sujets.* Geneve. 1721. in-8°.

40. *Orationes Academicæ.* Geneva. 1721. in-4°.

41. *La conduite du Chrétien dans ses maladies.* Geneve; 1721. in-12.

42. *Réponse à l'Abbé Nogaret.* Geneve 1721. in-12.

43. *Lettre contre les faux inspirez.* Geneve 1721. in-12.

44. *Réponse à M. l'Evêque de Valence.* Geneve 1721. in-12.

45. *Lettres de consolations pour ces temps fâcheux.* Geneve 1721. in-12. Avec un Traité de saint Cyprien sur la mortalité.

46. *Prieres sur les Pseaumes.* Geneve. 1722, in-12.

47. *Consolation Chrétienne pour les affligez.* Geneve 1722 in-12.

48. *Réponse à M. le Vasseur Prêtre de Blois.* Geneve 1722 in-12.

49. *Plusieurs élevations de l'ame fidele à Dieu.* Geneve. 1712. in-12.

50. *Prieres sur tous les Chapitres de l'Ecriture Sainte.*

Tiré de ſon Oraiſon funebre pro- BENEDICT
noncée à Geneve par *Antoine Mauri-* PICTET.
ce, Paſteur & Profeſſeur en Theologie, ſon ſucceſſeur. *V. Bibl. Germa-*
nique tom. 6. *&* 10.

DOMINIQUE GUGLIELMINI.

DOMINIQUE GUGLIEL- DOMINI-
MINI naquit à *Boulogne* d'u- QUE GU-
ne honnête famille le 27 Septembre GLIELMI-
1655. Il étudia les Mathematiques NI.
ſous *Geminian Montanari* Modenois,
qui enſeignoit alors à *Boulogne*, & la
Medecine ſous M. *Malpighi*, & fut
reçû Docteur en Medecine dans l'U-
niverſité de *Boulogne* le 29 Avril
1678. Cette derniere ſcience ne l'occupa pas tellement, qu'il negligeât
la premiere, il ſçut ſe partager entre
l'une & l'autre, ſuivant que les occaſions le lui permettoient. Le Senat
de Boulogne, voulant reconnoître
ſon merite, lui donna le onziéme
Juillet 1686. l'Intendance generale des
Eaux de cet Etat.

Il fut reçû en 1687. dans l'Academie de Phyſique que le Comte *Mar-*

DOMINI-
QUE GU-
GLIELMI-
NI.

sigli avoit établie à *Boulogne*, & peu de temps après dans la Societé Royale de *Londres*. L'Academie des Sciences de *Paris* le reçut dans son Corps en 1696. & celle de *Berlin* suivit son exemple, de même que celle des Curieux de la Nature.

A toutes ces marques de distinction si glorieuses pour un Sçavant, on joignit le 29 d'Octobre 1690. la Charge de Professeur en Mathematiques, & la direction du Kalendrier.

Il s'éleva en 1692. un differend entre les villes de *Boulogne* & de *Ferrare*; il s'agissoit de sçavoir si l'on devoit remettre le cours du *Reno* dans le *Po*. Le Pape Innocent XII. envoya les Cardinaux *Dada* & *Barberin*, pour examiner cette affaire; *Boulogne* chargea de ses interêts M. *Guglielmini*, dont les projets plûrent extrement aux Cardinaux, quoique plusieurs obstacles en ayent depuis empêché l'execution.

En 1694. on fonda à *Boulogne* une nouvelle Chaire de Professeur en Hydrometrie qu'on lui donna. Son Livre de la nature des Fleuves qu'il publia en 1697. lui fit un honneur infini, &

le fit rechercher par plufieurs villes , DOMINI-
pour détourner les defordres que les QUE GU-
débordemens pouvoient leur caufer. GLIELMI-

Sa patrie eut le chagrin de le per- NI.
dre en 1698.car il paffa cette année à
Padoue, pour y prendre poffeffion de
la Chaire de Mathematiques, que la
Republique de Venife lui avoit dé-
ferrée ; mais elle voulut , pour le ré-
compenfer de ce qu'il avoit fait pour
elle , qu'il gardât le titre de Profeffeur dans fon Univerfité , & lui continua même fes appointemens.

En 1702. *Pompeo Sacchi,* Profeffeur
en Medecine à *Padoue,* ayant demandé à être déchargé de fon Emploi,
M. *Guglielmini* le fouhaitta, & l'obtint , quittant ainfi la Profeffion des
Mathematiques , pour fe livrer de
nouveau à la Medecine, fur laquelle
il commença à faire des Ouvrages
qui furent reçûs avec autant d'ap-
plaudiffement, que l'avoient été ceux
qu'il avoient compofé fur la Phyfique & les Mathematiques.

Il fut attaqué fur la fin de l'année
1709. de vertiges, de convulfions, &
de délires, qui firent juger que la fin
n'en pouvoit être que funefte ; elles

DOMINI-
QUE GU-
GLIELMI-
NI.

le conduisirent en effet au tombeau, après qu'il eut langui pendant huit mois. Il est mort à *Padoue* le 12 Juillet 1710. âgé de 54 ans, 9 mois & 15 jours.

Quoiqu'il fût d'une humeur douce & civile, il paroissoit d'un caractere tout opposé à ceux qui ne le connoissoient pas, parce que son application profonde à l'étude lui communiquoit quelque chose de rude & de sauvage. Il méprisoit certains dehors & certaine politesse exterieure, qui sont cependant necessaires dans le commerce de la vie, voulant qu'on se contentât des dispositions de son cœur. Son temperament étoit fort robuste, & la trop grande confiance qu'il avoit en sa bonne santé l'empêchoit de se moderer dans ses études, ce qui a été sans doute cause de sa mort.

Les Ouvrages qu'il a composé, sont :

1. *Volantis Flammæ à D. Gemiano Montanario, Bononiensis Archigymnasii Professore Mathematico Optices; geometrice examinata Epitropeia, Conclusiones à D. Guglielmino propugnandæ. Benonia* 1677. *in-4°.*

2. *Volantis*

2. *Volantis Flammæ Epitropeia , five* DOMINI-
Propofitiones Geographico - Aftronomi- QUÆ GU-
co-Geometrico-Opticæ à D. G. D. Mon- GLIELMI-
tanarii Difcipulo demonftratæ. Bononiæ. NI.
1677. *in-4°.* La Flamme volante eft
un phenomene celefte, fur lequel M.
Guglielmini entreprit de défendre le
fentiment de fon Maître.

3. *De Cometarum natura & ortu epi-*
ftolica Differtatio , occafione noviffimi
cometæ fub finem fuperioris anni , & in-
ter initia currentis obfervati confcriptæ.
Bononiæ. 1681. *in-4°.*

4. *Obfervatio folaris Eclipfis anni*
1684. *Bononiæ habita die* 12. *Julii*
ejufdem anni. Bononiæ 1684. *in-4°.*

5. *Rifleffioni Philofophiche dedotte*
dalle figure de' fali, efpreffe in uno dif-
corfo recitato nella Academia filofofica
efperimentale di Monfig. Marfigli, la
fera delli 21. *Marzo* 1688. *In Bologna*
1688. *in-4°. It. in Padoua* 1706. *in-4°.*

6. *Aquarum fluentium menfura no-*
va methodo inquifita. Pars I. Bononiæ
1690. *in-4°. Pars II. ibid.* 1691. *in-*
4°. Cet ouvrage qui n'eft que l'avant-
coureur de fon grand Traité des Rivieres, ayant été attaqué par M. Papin de la Societé Royale de Lon-

Tome I. I

DOMINI-
QUE GU-
GLIELMI-
NI.

dres, par des observations inférées dans le Journal de Lipsic du mois de May 1691. M. Guglielmini lui répondit par l'ouvrage suivant.

7. *Epistolæ duæ Hydrostaticæ, altera Apologetica adversus observationes contra mensuram aquarum fluentium à C. V. Dionysio Papino factas; altera de velocitate & motu fluidorum in syphonibus recurvis suctoriis. Bononiæ* 1692. *in-*4°.

8. *Della natura dè fiumi, Trattato Physico - Mathematico. In Bologna* 1697. *in-*4°. Cet Ouvrage passe pour son chef-d'œuvre.

9. *De sanguinis natura & constitutione exercitatio Physico-Medica. Venetiis* 1701. *in-*8°. *It. Ultrajecti* 1704. *in-*8°.

10. *Pro Theoria Medica adversus Empiricam sectam prælectio habita Patavii, dum à Mathematicarum scientiarum Cathedra ad primam Theoreticæ Medicinæ transitum fecit. Venetiis* 1702, *in-*8°. *It. Ultrajecti* avec l'Ouvrage precedent.

11. *De Salibus Dissertatio epistolaris Physico - Medico - Mechanica. Venetiis* 1705. *in-*8°. Cet Ouvrage a été atta-

qué par M. Schelamer dans son Trai- DOMINI-
té du Nitre, imprimé en 1709. à QUE GU-
Amsterdam. GLIELMI,

NI.

12. *Exercitatio de idearum vitiis,*
correctione & usu ad statuendam & in-
quirendam morborum naturam. Patavii
1707. *in-8°. It. Lugd. Bat.* 1709. *in-*
8°. avec le Traité de Loüis Testi *de*
saccharo Lactis.

13. *De Principio sulphureo. Venetiis*
1710. *in-8°.*

On lui a attribué aussi un Ouvrage intitulé, *Julii Monilieni ad D.*
Franciscum Alfonsum Donnoli Profes.
Patav. de ejus bello civili medico episto-
læ. Patavii. in-8°. quoique le stile en
soit entierement different de celui de
ses autres Ouvrages.

On trouve quelques-unes de ses
Lettres imprimées avec celles de M.
G. Desnoues, *à Rome en* 1706.

On a fait un recueil de tous ses Ouvrages sous ce titre *D. Guglielmini,*
&c. Opera omnia Mathematica, Hy-
draulica, Medica, & Physica. Accessit.
vita Auctoris à Joan. B. Morgagni M.
D. scripta. Geneva 1719. *in-4°.* 2.
tom.

V. Son Eloge dans le *Journal de*

D. Gu-*Venise tom.* 3. *Hist. de l'Academie des*
& LIELMI-*Sciences, An.* 1710. *Act. Erud. Lipsi.*
M. *Janua.* 1711. *Mem. hist. & critiques*
du 1. *Juin* 1722.

JEAN MARTIANAY,

J. MAR- *JEAN MARTIANAY* na-
TIANAY. quit à *Saint Sever* petite ville de
Gascogne dans le Diocese d'*Aire* le
30 Decembre 1647. Il entra à l'âge
de vingt ans dans la Congregation
de saint Maur, & fit profession le
cinquiéme jour d'Août 1668. dans
l'Abbaye de *Notre Dame de la Dorade*
à Toulouse.

Une inclination vive & ardente
secondant les dispositions qu'il avoit
pour les sciences, il y fit d'assez grands
progrez, surtout dans la connoissance des Langues Grecque & Hebraïque. Mais comme toutes ses études
étoient dirigées par la pieté, elles
avoient pour principal objet l'Ecriture Sainte, pour laquelle il avoit eu
dès sa jeunesse une forte inclination.
Il en fit même des Leçons dans differens Monasteres, à *Arles*, à *Avignon*,

Bordeaux ; étant dans cette derniere J. MAR-
ville il trouva chez un Libraire le Li- TIANAY.
vre de l'Antiquité des temps rétablie
du *P. Pezron.* A la vüe de ce Livre ,
il fentit fon zele s'animer pour la
défenfe du Texte Hebreu , dont l'in-
tegrité eft vivement attaquée par le
Défenfeur de l'Antiquité des temps.
Il prit dèflors la réfolution de com-
battre ce fyftême , & commença par
des thefes imprimées à Bordeaux en
1687. Peu de temps après , fes Superieurs l'ayant fait venir à *Paris* , il
compofa la défenfe du Texte Hebreu,
& de la Vulgate ; Ouvrage qui fut
fuivi de plufieuts autres , car toute fa
vie s'eft paffée à compofer. Il eft mort
le 16. Juin 1717. d'apoplexie , dans
l'Abbaye de faint Germain des Prez ,
après avoir rempli avec exactitude
pendant cinquante années les devoirs de la vie monaftique ; il étoit
âgé de 70. ans.

Cet Auteur avoit beaucoup de vivacité , & une grande fécondité d'i-
magination ; mais trop préoccupé
pour fes propres fentimens , il ne
fouffroit la critique qu'avec peine ; le
Public s'en eft fouvent apperçu par

J. MAR-TIANAY. la maniere dont il a répondu à ses Adversaires ; d'un autre côté il reprenoit les autres avec une liberté, qui n'étoit pas toûjours reglée par la discretion & la raison , il n'épargnoit pas même ses propres confreres. On peut voir dans ses prolegomenes sur la Bibliotheque divine de saint Jerôme comment il traite le P. *Garet* , & le P. *Contant*. Le P. *Martianay* étoit d'ailleurs habile dans les Langues sçavantes , il sçavoit à fond l'Ecriture Sainte , & possedoit son saint Jerôme , encore le possedoit-il selon son esprit particulier , car on ne peut disconvenir que l'édition qu'il a donnée des Ouvrages de ce Pere , ne soit la plus défectueuse de toutes celles que les Benedictins ont données au Public. Il lui manquoit une plus grande connoissance des Auteurs profanes , une lecture plus assidue des Commentateurs modernes de l'Ecriture , & plus de deference aux avis de ses amis. A l'égard de son stile , il parloit assez bien latin , mais il n'est pas assez naturel , & sa trop grande vivacité l'a empêché de le rendre aussi correct & aussi châtié

qu'il auroit pû faire. Enfin pour por J. Mar-
ter un jugement ſincere de cet Au- tianay.
teur, on peut dire qu'il n'a point
merité toutes les loüanges que pluſieurs Journaliſtes lui ont données,
ni tout le mal qu'en ont dit ſes Adverſaires, mais ſurtout M. le Clerc,
qui a temoigné un extrême mépris
pour ſes Ouvrages, & l'a accuſé de
ne ſçavoir ni Latin, ni Grec, ni Hebreu.

Catalogue de ſes Ouvrages.

1. *Défenſe du Texte Hebreu, & de la*
Chronologie de la Vulgate contre le Li-
vre de l'Antiquité des temps rétablie.
Paris 1689 *in*-12. Ce livre écrit avec
autant de ſolidité que de vivacité,
lui merita l'eſtime des connoiſſeurs,
& lui attira une réponſe du P. Pezron, qui le rendit encore plus ferme dans ſes ſentimens. Il y répliqua
par l'Ouvrage ſuivant.

2. *Continuation de la défenſe du Tex-*
te Hebreu, & de la Vulgate contre
Iſaac Voſſius Proteſtant, & contre les
Livres du P. Pezron. Paris 1693. *in*-
12. Cette diſpute finit comme toutes
les diſputes finiſſent ordinairement : chacun croit avoir raiſon,

J. MAR-
TIANAY.

& demeure dans son sentiment.

3. *Relation de la dispute de l'Auteur du Livre de l'Antiquité des temps rétablie contre le Défenseur du Texte Hebreu, & de la Vulgate. Paris* 1707. *in-*12. Le P. Martianay y prétend que l'évidence de ses raisons a imposé silence à son Adversaire ; d'autres ont prétendu qu'il avoit eu recours à une autorité superieure. Quoiqu'il en soit de ce fait, il est certain que depuis ce tems, la Chronologie des septante, que soûtenoit le P. Pezron, a eu moins de partisans, qu'elle n'en avoit eue avant que la défense du Texte Hebreu, & de la Vulgate eût paru.

5. *Divi Hieronymi Prodomus, sive Epistola D. Joannis Martianay ad omnes viros doctos ac studiosos, cum Epistola sancti Hieronymi ad Sunniam & Fretellam castigata ad mss. codices optima notæ, ac multiplici observationum genere illustrata. Paris.* 1690. *in* 40. Cette Epître de saint Jerôme a été une source de dispute entre M. Simon & le P. Martianay, M. Simon prétendant que Sunnia & Fretella sont deux Dames Romaines, & le P. Martianay soûtenant, que ce sont deux hom-

mes du pays des Getes. Un Sçavant J. MAR-
Anglois a terminé ce differend, en ci- TIANAY.
tant deux mff. de faint Jerôme , qui
font confervez en Angleterre , où
l'on lit : *Dilectiffimis Fratribus Sunniæ*
& Fretellæ .

6. *Sancti Eufebii Hieronymi Stri-*
donienfis Prefbyteri divina Bibliotheca.
antehac inedita. Paris 1693. *fol.* Ce
premier volume de l'édition de faint
Jerôme , a été imprimé fous le titré
de Bibliotheque divine , parce qu'il
ne contient que les Livres de l'ancien
& du nouveau Teftament , tels qu'ils
ont été traduits de l'Hebreu en Latin
par faint Jerôme ; D. *Antoine Pou-*
get y a travaillé , comme le P. Martianay. Les quatre autres ont paru
uniquement fous le nom du P. Martianay.

Sancti Hieronymi Operum Tomus I I.
Parif. fol. 1699.

Tomus I I I. Paris. fol. 1704. D. Ni-
coftrate Bara a travaillé à ce volume.

Tom. IV. Paris fol. 1706. On a inferé dans ce volume l'Apologie de
faint Jerôme , & une réponfe à plufieurs Lettres de M. Simon.

Tom. V. Paris fol. 1706. Ce volume

J. MAR- ne contient que les Ouvrages suppo-
TIANAY. fez du Saint. Le P. Martianay a inseré à la fin, des Theses qu'il avoit autrefois fait soûtenir à ses Ecoliers sur
l'Ecriture Sainte. On peut voir une
critique fort vive de cette édition de
saint Jerôme dans le dix-septiéme
volume de la Bibliotheque choisie de
M. le Clerc.

7. *Lettres à M. le Président Cousin,
sur son édition de saint Jerôme*, inserées dans le Journal des Sçavans; la
premiere dans celui du 15. Janvier
1691. La seconde dans celui du 16
Juin 1696. La troisiéme dans celui
du 23. Decembre 1697.

8. *La Vie de saint Jerôme, Prêtre So-
litaire, & Docteur de l'Eglise.* Paris
1706. *in-*40.

9. *Eruditionis Hieronymianæ defensio
adversus Joannem Clericum.* Paris
1700. *in-*80. *It.* inserée dans le troisiéme tome de l'édition de S. Jerôme.

10. *Vulgata, Antiqua, Latina, &
Itala versio Evangelii secundum Mat-
thæum nunc primum edita, & notis illustrata.* Paris 1695. *in-*12. Le P. Martianay a joint à cet Ouvrage la ver-

fion italique de l'Epître de S. Jacques. J. MAR-

11. *Remarques fur la verfion italique* TIANAY.
*de l'Evangile de faint Matthieu, qu'on
a découverte dans de fort anciens manufcrits. Paris* 1695. *in-*12. L'Auteur y
fait voir la parfaite conformité de
cette verfion, avec celle dont fe fer-
voient les Peres des quatre premiers
fiecles de l'Eglife. Il y a ajouté des
remarques fur le premier volume des
Oeuvres de faint Jerôme, qui ont été
inferées enfuite dans le troifiéme tome de l'édition de ce Saint.

12. *Traité de la verité & de la con-
noiffance des Livres de la fainte Ecriture. Paris* 1697. *in* 12.

13. *Continuation du premier Traité
des Ecritures, où l'on répond aux difficultez qu'on a faites contre ce même
Traité, & où l'on défend la Bible de
faint Jerôme contre la critique de M. Simon. Paris* 1699. *in-*12. La feconde
partie de ce volume a été inferée dans
le tome 4. de l'édition de faint Jero-
me.

15. *Traité hiftorique du Canon des Livres de la fainte Ecriture, depuis leur
premiere publication jufqu'au Concile
de Trente. Paris* 1703. *in-*12. C'eft la

J. MAR- suite des deux Oûvrages precedens.
TIANAY.   15. *Traité methodique, ou maniere d'expliquer l'Ecriture par le secours des trois Syntaxes, la propre, la figurée, & l'harmonique. Paris 1704. in-12.*

16. *Harmonie analytique de plusieurs sens cachez & rapports inconnus de l'ancien & du nouveau Testament, avec une explication litterale de quelques Pseaumes, & le plan d'une nouvelle édition de la Bible latine. Paris 1708. in-12.* La Bible que le P. Martianay avoit dessein de donner au Public, auroit été une espece de Polyglote, parce qu'il vouloit y joindre les variantes du texte original, & des autres versions ; mais la mort l'a empêché d'executer ce projet.

17. *Essais de traduction ou remarques sur les traductions Françoises du nouveau Testament. Paris. in-12. 2. vol. 1709 & 1710.*

18. *Le nouveau Testament de Notre Seigneur Jesus-Christ, traduit en François sur la Vulgate, avec des explications litterales, tirées uniquement des pures sources de l'Ecriture. Paris. 1712. in-12. 3. vol.* Malgré le succès dont l'Auteur s'étoit flatté, on ne voit

pas que cette traduction l'air emporté J. MAR-
fur les autres. Il faut plus que de l'é- TIANAY.
rudition pour réuffir dans un ouvra-
ge de cette nature.

19. *Prodomus Biblicus, five confpe-*
ctus facilis ac fumplex expofitionisnovæ
facrorum Bibliorum, ex ipfis divinarum
Scripturarum fententiis parallelispenitus
contexte. Ce projet eft accompagné
de l'explication du premier Chapitre
de la Genefe felon la methode annon-
cée par le plan. Si cet Ouvrage n'a
pas paru, on peut juger par l'effai
qu'il a donné, que le Public n'y a
pas beaucoup perdu.

20. *Explication hiftorique du Pfeau-*
me 67. Exurgat Deus, avec une Répon-
fe aux Réflexions critiques d'un Docteur
en Theologie, touchant quelques en-
droits du nouveau Teftament de D. Jean
Martianay. Paris 1715. *in-*12. Ce
Docteur eft M. le Pelletier, qui dans
fes remarques critiques fur le nouveau Teftament de M. Huré, avoit
donné en paffant quelques coups de
dent à D. Martianay. M. le Pelletier
lui a répliqué, & a relevé l'aveu que
fait ce Pere, qu'il y a beaucoup de
chofes fingulieres dans fa traduction,

J. Mar-
tianay.

qui n'ont leur fondement ni dans les anciennes versions, ni dans les saints Peres.

21. *Traité des vanitez du siecle, tra-*
duction de saint Jerôme, ou de son Com-
mentaire sur l'Ecclesiaste, avec de nou-
velles réflexions. Paris 1715. in-12.

22. *Les trois Pseautiers de saint Je-*
rôme, traduits en françois avec des ex-
plications litterales, harmoniques, &
morales, tirées des Ouvrages de ce Pe-
re. 1704.

23. *Vie de Madelaine du S. Sacre-*
ment, Religieuse Carmelite du voile
blanc. Paris 1711. in-12. Cet Ouvrage fait connoître le zele de l'Auteur
pour tout ce qui pouvoit relever sa
Patrie ; car cette Religieuse qu'il
nous dépeint comme favorisée d'un
grand nombre de révélations, étoit
de saint Sever.

24. *Réponse à une Dissertation sur*
un Passage du second Livre de saint Je-
rôme, contre Jovinien.

25. *Lettre à M. Chevreau sur un*
Passage de saint Jerôme, dans la Prefa-
ce de son Commentaire sur Johel. Insé-
rée dans le Journal des Sçavans du
15. Mars 1697.

26. *Réponse à M. Carrel sur l'expli-* **J. MAR-**
cation d'un Passage de saint Jérôme, tiré **TIANAY.**
de sa Preface sur la version des Pseau-
mes. Inserée dans le Journal des Sçavans de 1703.

V. *Bibl. Bened. Mauri. Bernardi*
Pez. Bibl. hist. & crit. des Aut. de la
Congregation de saint Maur. Journal
des Scavans du 9. Août 1717. *Nouvelles*
Litt. du 28. Août 1717.

PAUL RABUSSON.

PAUL *RABUSSON* nâquit **P. Rabus-**
le 5. Septembre 1634. à *Ganat* **son.**
ville du Bourbonnois, où son pere
étoit Lieutenant de l'Election, &
très-consideré de M. le Prince de
Condé. Ce grand Prince lui donna
plusieurs commissions, dont il s'acquitta toûjours avec honneur, &
vers l'année 1645. il le chargea de
l'Oeconomat de l'Abbaye de *Cluny*,
dont M. le Prince de Conty son fils
étoit pour lors Abbé. Ce fut sans
doute cette conjoncture qui inspira à
son fils le dessein de se consacrer à
Dieu dans cette Abbaye. Il y prit

l'Habit à l'âge de 21 ans, & y fit profession le 25. Août 1655.

D. Paul Rabusson fit ses études en Lorraine, parce que la Congregation de *saint Vannes* étoit alors unie à celle de Cluny. Mais ces deux Ordres ayant été separez en 1661. le jeune Religieux retourna à Cluny, où il enseigna d'abord la Philosophie.

La Réforme ayant été demandée par le Monastere de saint Martial d'Avignon, il fut choisi pour en être Prieur, & pour y enseigner en même temps la Theologie. Après s'être acquité avec honneur de ces deux Emplois, il retourna à *Cluny*, où le Conseil de l'Ordre, appellé *la Voute*, qui exerçoit alors toute la Jurisdiction, le choisit pour Secretaire; & ce fut lui qui fournit tous les excellens Memoires qui servirent à défendre les droits de *la Voute*, contre les entreprises qu'on avoit formées pour détruire son autorité.

Sa modestie lui ayant fait refuser d'être élû Abbé de *Cluny*, les suffrages furent à son refus réunis sur la personne du P. de *Beuvron*, dont l'élection déplut à la Cour, & causa à l'Ordre l'Ordre, des troubles qui auroient été capables d'en détruire la Réforme, si la prudence & la sagesse de D. *Paul Rabusson*, qui fut alors envoyé à Paris, ne lui eussent fait trouver des moyens, pour parer les coups que les Adversaires de la Réforme, ravis de cette occasion, lui portoient de toutes parts.

Il fit imprimer le sçavant Traité *du Droit d'Election de l'Abbé de Cluny*, qui fit cesser le cours des partis formez pour détruire la Réforme. Il enseigna ensuite la Theologie dans le Monastere de saint Martin des Champs à *Paris*, où il fit soûtenir des Theses celebres sur la Theologie Morale.

Les deux Chapitres qui se tinrent à Paris en 1676. & 1678. jetterent les yeux sur lui, pour composer ce fameux Breviaire de Cluny, qui a servi de modele à tant d'autres. On lui associa, pour l'aider dans ce travail *Claude de Vert*, de l'ancienne Observance, qui ne se chargea que des Rubriques. D. Rabusson dressa le plan, & arrangea tout l'Ouvrage. Il fut même assez heureux pour per-

P.RABUS SON.

s- suader à M. *de Santeuil* de consacrer à la Poësie sacrée le talent qu'il avoit montré pour la Poësie profane. Il lui fournissoit les pensées, & le Poëte en composoit ces belles Hymnes qui furent d'abord inserées dans le Breviaire de Cluny, & que plusieurs autres Breviaires de France ont adoptées.

Malgré le soin que prenoit D. *Rabusson* pour fuir les Dignitez de son Ordre, il ne pût se défendre d'accepter en 1693. la Charge de Superieur General de la Réforme dans le Chapitre qu'on tint cette année, & qui étoit assemblé pour la consommation de la réunion des deux Observances, déja commencée dans les Chapitres precedens. D. Rabusson se servit de la déference qu'avoit M. le Cardinal de Bouillon à ses sentimens, pour lui persuader d'en faire approuver à Rome les dispositions, afin que la puissance Ecclesiastique étant jointe à l'autorité Royale, ces Loix fondamentales de la réunion des deux Observances devinssent inébranlables. Tout alla selon les vœux de ce zelé Superieur General. Il fut continué dans cette même Charge en

SON.

1697. & pendant près de huit ans,
qu'il gouverna de ſuite, il fit regner
dans Cluny la paix, & toutes les vertus Religieuſes.

D. Rabuſſon ne ſe rendit pas moins
recommandable hors de ſon Ordre.
Il fut particulierement conſideré de
M. de *Harlay* Archevêque de Paris,
& de M. le Cardinal *de Noailles*; ce
dernier Prélat le chargea même du
ſoin de gouverner en qualité de Viſiteur, les Abbayes de *Montmartre*, du
Val-de-Grace, de *Malnouë & de Gerſi.*

Il fut encore élû Superieur General
de la Réforme en 1708. & continué
dans cette Charge au Chapitre general tenu à Cluny en 1711. Ce fut ſur
tout depuis 1714. que s'étant démis,
ſelon les Statuts de la Réforme, de
ſon emploi, il ſe prépara à la mort,
non ſeulement par l'exercice des vertus Religieuſes, mais auſſi par la
compoſition de quelques ouvrages de
pieté, qu'il prétendit cependant ne
rendre utiles qu'à lui-même; car on
n'a jamais pû l'obliger à les donner
au Public. On n'a d'imprimé de lui,
que le Breviaire de ſon Ordre, & le
Traité anonyme de l'élection de l'Ab-

K ij

P. RABUS-
SON.

bé de Cluny, dont on a parlé ci-def-
fus.

Il eft mort dans le Monaftere de S.
Martin des Champs le 23 Octobre
1717. âgé de 83. ans.

V. Son Eloge. *Mem. de Trevoux de*
Fevr. 1718. *Nouvel. Litter. du* 23. Juillet 1718.

SIGISMOND SCHMIEDER.

S. SCHMIE-
DER.

*S*IGISMOND SCHMIEDER
naquit dans le Pays de *Zuvickau*,
dans la Mifnie, où fon Pere étoit Miniftre, & d'où il fut apellé à *Langen-
hensdorf*, trois mois après la naiffance de fon fils ; ce qui a fait croire pendant long-temps à M. *Schmieder*,
que ce dernier lieu étoit celui de fa
naiffance. Après avoir étudié chez
fon pere les principes de la Langue
Latine, il fut envoyé avec fon frere
au College de *Crimitskau*, & puis à
celui de *Zuvickau*. Il alla enfuite à
l'Académie de *Leipfik* en 1704. &
foutint l'année fuivante une Thefe *de*
deglatitione, fous le Docteur *Schachen*.

En 1706. il fut reçû Bachelier en

Philoſophie; en 1707. il diſputa ſous
M. *Lehman de Balſamo Peruviano ni-*
gro, & en 1708. il ſoûtint ſous M.
Mentz, une *Theſe de Antipathia.*
Phænomenis ad ſuas cauſas revocatis;
l'averſion naturelle que M. *Schmieder*
avoit eu toute ſa vie pour divers ali-
mens, ſur tout pour le Beurre & le
Fromage, lui firent former le deſſein d'examiner à fond cette matiere.
Le 9. Février de la même année il fut
reçû Maître ès Arts, & Bachelier en
Medecine le ſeiziéme jour du même
mois de Fevrier.

Il alla étudier une année à *Jene*
d'où il retourna à *Lipſic*. Il y ſoûtint
en 1710. pour ſa Licence des Theſes *de Oculorum vitiis*, & y publia une
diſſertation *de ſuperſtitioſa verborum*
cura, *Chriſtiano atque dogmatico Me-*
dico indignâ.

Ayant été reçu Licentié, il ſe retira à *Oſchatz* pour s'y excercer dans
la pratique de la Medecine. Il obtint
en 1714. une place dans la Societé
des Curieux de la Nature, & prit le
nom de *Sabinus*. Dans la même année il fut reçu Docteur en Medecine
à *Lipſic*, & bien-tôt après, c'eſt à-

S. **Schmie-** dire le 29. May 1714. il épousa la
dir. fille de M. *Schvverdtner*, Surintendant à *Pirna*. Il s'étoit retiré dans
cette derniere Ville, mais son beau-
pere étant mort, il alla s'établir à
Lommatsch, & il y a exercé la Medecine, jusqu'à sa mort prématurée,
arrivée le 15. Octobre 1717. lorsqu'il
n'avoit encore que 32. ans.

Outre les Ouvrages dont il a été
parlé, il a publié encore,

1. *Schediasma Epistolicum de sca-
rabæis criticis & Hypere criticis in* 4°.
1714. sous le nom d'*Aletophilus Sin-
cerus*.

2. *Schediasma curiosum Pathologi-
co-Medicum de Polypo Oesophagi ver-
miformi rarissimo*. 1717.

3. *De Astrologia Judiciaria Philo-
sopho Christiano indigna*.

On trouve aussi plusieurs articles
de sa façon dans les mélanges ou
Ephemerides des Curieux de la Nature, dans les *Miscellanea Lipsiensia*,
& dans le Journal de Lipsic.

V. Son Eloge. *Nouvell. Litter. du*
3 0. *Juillet* 1718. Preface du huitiéme
tome des *Miscellanea Lipsiensia*.

ALBERT - HENRI DE SALLENGRE.

LA Famille des *Sallengre* eſt d'une ancienne nobleſſe. Elle eſt origi- naire du Hainaut, d'où, du temps du *Duc d'Albe*, elle ſe retira en Hollande, pour cauſe de Religion; ceux de cette famille, qui vivoient alors, s'allierent aux illuſtres Mai- ſons de *Teylingen*, & d'*Egmond.* *Albert-Henry de Sallendre*, qui en étoit le ſeul enfant mâle, naquit en 1694. à la Haye. Il étoit fils de M. *Albert-Henri de Sallengre*, Seigneur de *Griſoort*, qui a été en dernier lieu Receveur General de la Flandre Wallone, & de *Gertrude-Jacqueline Rotgans*, ſœur de M. *Rotgans*, fa- meux Poëte Hollandois.

M. de Sanllengre le fils, reçut de ſes parens une éducation conforme à ſon rang, & la Nature lui donna des grandes diſpoſitions pour les Belles Lettres, qu'il prefera dès ſes plus jeunes années, aux frivoles amuſe- mens dont on occupe les enfans.

Quand il fut en âge d'aller aux

A. H. DE SALLEN- GRE.

A. H. DE
SALLEN-
GRE.

Academies, on l'envoya à celle de
Leyde, où il étudia avec application
l'Histoire sous M. *Perizonius*, & la
Philosophie sous M. *Bernard*; de là
il passa au Droit, auquel il s'attacha aussi avec soin sous Messieurs
Voet & *Noodt*.

M. *de Sallengre*, ayant fini avec
honneur & en très-peu de temps ses
études Academiques, retourna chez
ses Parens à la Haye, où il se fit recevoir Avocat de la Cour de Hollande.

Après la Paix d'Utrecht, il fit un
voyage en France, & demeura quelque temps à Paris. Dans ce séduisant
séjour, & à un âge, où l'on n'aime
gueres que les plaisirs & la dissipa-
tion, il s'attacha principalement à
visiter les Bibliotheques, à voir les
Sçavans, & à profiter de leurs lumieres.

Il fit en 1717. un second voyage
en France, & alla en 1719. en Angleterre, où il fut reçu Membre de
la Societé Royale de Londres. Au
commencement de l'année 1723.
il fut voir Mylord *Whitworth*, Ambassadeur & Plenipotentiaire du
Roy

Roy d'Angleterre au Congrès de A. H. DE
Cambray ſon Beau-frere, qui étoit SALLEN-
dans cette Ville, où il paſſa quelques GRE.

Il fit enſuite, pour quelques
affaires particulieres, un tour en
Gueldre, où regnoit la petite verole, trop ſouvent funeſte aux perſonnes de ſon âge, & qui le fut toûjours
à ſa famille, deux de ſes freres & une
ſœur en étant morts.

Vraiſemblablement il y contra-
&a le mal dont il fut pris peu de
jours après ſon retour à la Haye.
Il en mourut le 27. Juillet 1723. dans
ſa trentiéme année.

Son eſprit étoit étendu, délicat,
& orné d'un grand nombre de connoiſſances ; il parloit aiſément, mais
modeſtement de ce qu'il ſçavoit, &
ſon entretien étoit auſſi agréable
qu'utile pour ceux à qui il ſe communiquoit. Ses manieres étoient ai-
ſées & polies ; il aimoit les plaiſirs,
mais il ne s'y livroit point, & ſon
penchant le rappelloit toûjours vers
les Muſes.

Il étoit revêtu de deux Emplois.
En 1716. il avoit été fait *Conſeiller
de Madame la Princeſſe de Naſſau.*

Tome I. L

A. H. DE *Orange*; & en 1717. il avoit été pour-
SALLEN- vû de la Charge de *Commissaire des*
GRE. *Finances des Etats Generaux.*

Voici le Catalogue de ses Ouvrages.

1. Il a eu part avec d'autres Sçavans au Journal Litteraire de la
Haye, qui fut commencé en 1713.

2. Ayant vû en 1713. une Piéce
en vers de M. H. où il donne des
Leçons forts sensées sur l'Art de prêcher, il lui prit envie d'écrire une
lettre, sur la longueur des Sermons,
qui fut jointe à la Piéce de vers. Cette lettre, quoiqu'écrite à la hâte, merite d'être lûe. Elle a été traduite en
Hollandois par un de ses amis, &
cette traduction à été imprimée deux
fois.

3. *L'Eloge de l'Yvresse. La Haye*
1714. *in-12.* Cette Piéce qu'il fit
pour s'amuser fut le fruit de ses le-
ctures & non d'aucune envie qu'il
eût d'entraîner ceux qui la liroient
dans la débauche de vin, ou de pal-
lier un défaut qu'il n'avoit pas. Elle
a été traduite en Hollandois, & imprimée en 1715. à Leyde.

4. *Histoire de Pierre de Montmaur,*

Profeſſeur Royal en Langue Grecque A. H. DE
dans l'Univerſité de Paris La Haye SALLEN-
1715. *in-*8°. 2. *tom.* C'eſt un Re- GRE.
cueil de toutes les Piéces qui ont
été faites contre ce fameux Paraſite,
ou à ſon occaſion, avec une Preface
qui en explique toutes les particu-
laritez.

5. *Mémoires de Litterature. La*
Haye 1715. 1716. 1717. *in-*12. *qua-*
tre parties en 2. *tomes.* Cet Ouvrage
traite des Livres imprimez depuis
long-temps, & qui ſont recom-
mandables ou par leur merite, ou
par leur rareté, ou enfin par le bruit
qu'ils ont fait.

6. *Commentaires ſur les Epîtres d'O-*
vide par M. de Meziriac, avec
pluſieurs autres Ouvrages du même
Auteur, dont quelques-uns paroiſſent
pour la premiere fois. La Haye 1716.
*in-*8° 2. *tom.* M. de Sallengre y fait
ſur la vie & ſur les ouvrages de M.
de Meziriac un diſcours, où l'on
voit bien des choſes, qui ne ſe trouvent pas ailleurs.

7. *Poëſies de M. de la Monnoye de*
l'Academie Francoiſe. La Haye 1716.
*in-*12. M. de Sallengre a mis à la

tête un éloge de M. de la Monnoye, où il s'excuse très-délicatement d'avoir fait imprimer ces Poësies à son insçu.

8. *Novus Thesaurus Antiquitatum Romanarum. Hagæ Comitum.* 1716. 1718. 1719. *fol.* 3. *vol.* Quoique toutes les Piéces contenues dans ce Recueil ne soient pas excellentes, on est cependant bien aise de les trouver rassemblées.

9. M. de Sallengre travailloit, lorsqu'il est mort, à une Histoire des Provinces unies depuis l'an 1609. jusqu'à la paix de Munster, conclue en 1648. Elle a été imprimée l'année derniere à la Haye, sous ce titre : *Essay sur l'Histoire des Provinces Unies &c. in-4°.*

V. Son Eloge par M. *Cartier de faint Philippe.* Inseré dans le *Journal Litteraire,* tome 12.

LOUIS-ANTOINE DE RUFFY.

LOUIS- *Antoine de Ruffy* naquit à *Marseille* le dernier jour de l'année 1657. Il étoit le troisiéme fils d'*Antoine de Ruffy*, & de *Claire de Cypriani*; son pere qui avoit été ho-

noré d'un Brevet de Conſeiller d'E- L. A. DE
tat en 1654. a enrichi la Republique RUFFI.
des Lettres de pluſieurs Ouvrages hiſ-
ſtoriques , & a merité l'eſtime & les
éloges des plus Sçavans de ſon temps;
il mourut le 3. Avril 1689. âgé de
82. ans.

Louis Antoine de Ruffy fit ſes études au College des Prêtres de l'Oratoire de Marſeille , & l'on conçût
dèſlors de grandes eſperances de lui.
Il joignoit à une memoire très heu-
reuſe une application continuelle , ce
qui joint aux inſtructions de ſon pere , le mit en état de marcher ſur
ſes traces & de faire ſervir comme
lui ſon travail & ſes études à la gloire
de ſa Patrie.

Son pere avoit donné au Public
en 1643 l'*Hiſtoire de Marſeille* en un
volume in. fol. *Louis - Antoine de
Ruffy* la fit réimprimer , augmentée
& enrichie de quantité d'Inſcrip-
tions, Sceaux , Monnoyes , &c à
Marſeille 1696. fol. 2. vol. Ces additions furent le fruit du travail de
pluſieurs années, elles lui firent honneur , & lui en auroient fait encore
davantage , s'il s'étoit autant appli-

L iij

L. A. DE
RUFFI

qué à châtier son stile , qu'à rapporter exactement les faits. Lorsque cette Histoire parut , ii étoit exillé à
Castelnaudary , tristes suites des faux
raports & des calomnies qu'un ennemi avoit portées contre lui jusqu'aux oreilles du Roy. Son innocence fut bien-tôt reconnue , aussi
fut - il rapellé quelques mois après ,
& il revint dans sa patrie reprendre
ses études avec plus d'ardeur.

Charmé que le Public eût reçu favorablement son premier Ouvrage ,
il en entreprit un autre , qu'il n'a
pas eu la consolation de publier.
C'étoit une seconde édition de l'*Histoire des Comtes de Provence* de son pere ;
il l'a augmentée considerablement ,
& en a fait deux volumes *in-folio.*
Le dernier renferme l'Histoire Car-
tulaire. Occupé à débrouiller les anciens Titres, & les plus vieilles Chartes , il fut assez heureux pour en
déterrer quelquesunes , qui avoient
échappé aux recherches des Histo-
riens de la Province , & même à celles de son pere. Elles lui donnerent
un si g rand nombre de nouvelles lumieres sur l'origine des Comtes

de Provence, qu'elles lui firent in-
venter un nouveau fyftême hiftorique, qui fert à débrouiller ces premiers temps, qui avoient été jufqu'ici
dans une grande confufion. Pour
préfentir le goût du Public fur ce
nouveau travail, il mit au jour l'Ouvrage fuivant.

*Differtations hiftoriques & critiques
fur l'Origine des Comtes de Provence,
de Venaiffin, de Forcalquier, & des
Vicomtes de Marfeille* 1712. *Marfeille.*
in-4°. Il y fait voir fa fagacité, foit
dans le choix de pieces, foit dans les
juftes applications qu'il en fait.

Après qu'il eut achevé fon Hiftoire des Comtes de Provence, il fe mit
tout entier à celle des Evêques de
Marfeille, qui n'eft encore qu'en
manufcrit, & comprend deux volumes *in*-4°. Elle eft curieufe & pleine
d'érudition, elle eft fuivie des Titres
& des Chartes, qui font de nouvelles preuves de fon exactitude, & de
fes recherches; elle meriteroit de
voir le jour, elle pourroit même paroitre dans l'état où elle eft, pourvû
qu'on en retouchât un peu le ftile,
qui eft trop fec & trop décharné. Ce

L iiij

L. A. DE
RUFFI.

L. A. DE
RUFFI.

ſçavant Homme accoûtumé à l'étude des Titres & des Chartes, en avoit contracté la ſéchereſſe, défaut qui eſt preſque inſéparable de cette ſorte d'étude On a ſeulement imprimé la Diſſertation préliminaire.

Diſſertation hiſtorique, chronologique, & critique ſur les Evêques de Marſeille; ſuivie d'un Abregé chronologique de ces Evêques. Marſeille 1716. in-8°. L'Auteur y attaque les Annales de Marſeille du P. *Jean B. Gueſnay Jeſuite*, & retranche de ſon Catalogue quarante Evêques, qui n'ont jamais été, à ce qu'il prétend, Evêques de Marſeille, en mettant à leurs places pluſieurs qui avoient échappé à nos Hiſtoriens.

On a encore de lui l'*Hiſtoire de ſaint Louis Evêque de Toulouſe, & de ſon Culte. Avignon 1714. in 12.* Comme elle fut imprimée en ſon abſence, on ne doit point lui attribuer quelques fautes qui s'y trouvent. Ce qu'il dit du Culte de ce Saint eſt fort curieux & fort recherché.

Lorſqu'il ne penſoit qu'à mettre la derniere main à ſon Hiſtoire des Evêques de Marſeille, auſſi-bien qu'à

la feconde édition de l'Hiftoire des L. A. DE
Comtes de Provence, il fut attaqué RUFFI.
l'an 1720. d'une apoplexie, qui le
rendit par la fuite incapable d'aucune
application. La Pefte, qui affligea enfuite la ville de Marfeille, où il demeuroit, fut un obftacle, qui empêcha le rétabliffement de fa fanté, de
forte que depuis ce tempslà il ne fit
plus que languir. Il étoit même tombé un an avant fa mort dans un épui-
fement entier.

Ce fçavant Homme eft mort le
26. Mars 1724. âgé de 66. ans. Il a
laiffé un garçon & trois filles. C'é-
toit un Sçavant fort laborieux, &
fort appliqué, très-habile à déchif-
frer les vieux Titres & les vieilles
Chartes, dont il avoit fait fon étude
pendant toute fa vie.

V. Son Eloge par le P. *Bougerel*
de l'Oratoire, inféré dans la continuation des Memoires de Litterature
premiere partie.

JACQUES BERNARD.

JACQUES BERNARD naquit
le 1. Septembre 1658. à *Nions* en
Dauphiné, de *Salomon Bernard*, Miniftre Proteftant & de *Madelaine
Galatin*, qui étoit d'une des meilleures Familles de Geneve. Lorfqu'il
eut fait fes baffes Claffes à *Die*, Academie des Réformez en Dauphiné,
il fut envoyé avec un frere aîné qu'il
avoit, & qui mourut quelque temps
après, à Geneve pour y faire fa Rhetorique & fa Philofophie. Quand il
eut fini fa Philofophie, il foûtint des
Thefes avec M. *Jean le Clerc* fon parent & fon ami, & fit auffi avec lui
fa Theologie fous Meffieurs *Meftre-
zat, Turretin, & Tronchin.* Il s'appliqua en même temps à la Langue
Hebraique, dont les principes lui furent enfeignez par M. *Michel Turretin*, Miniftre & Profeffeur en He-
breux.

Il parut dans toutes les études de
M. Bernard, & dans fes exercices
publics, qu'il concevoit facilement
ce que fes Profeffeurs lui enfeignoient

& qu'il étoit capable de l'exprimer J. B E R-
avec netteté. Il fe plaignoit quelque- N A R D.
fois de fa memoire, mais on n'a jamais trouvé qu'elle lui manquât, par
rapport à ce qui lui étoit neceffaire
de dire.

Quand il eut achevé fa Theologie il revint en France & fut reçû
Miniftre en 1679. à l'âge de vingt &
un an. Sa premiere Eglife fut *Vente-
rol*, Bourg de Dauphiné, & la feconde, *Vinfobre*, dans la même Province; mais s'étant trouvé du nombre
de ceux qui avoient prêché dans des
lieux interdits par les Edits du Roy,
il fallut qu'il penfât à fortir de France
en 1683. pour ne pas courrir les rif-
ques d'être arrêté. Il s'en alla donc à
Geneve, & enfuite pour plus grande
fûreté à *Laufanne*, dans le pays de
Vaux, dépendant du canton de *Berne*.

Il y demeura jufqu'après la révoca-
tion de l'Edit de *Nantes*, en 1685.
Il paffa alors en Hollande, où à la
recommandation de M. *le Clerc* il
fut mis au nombre des Miniftres
penfionnaires de la ville de *Tergovv*.

Il fe maria enfuite, & alla s'établir à *la Haye*, où il demeura plu-

J. BER-
NARD.

sieurs années, enseignant à la jeunesse les belles Lettres, la Philosophie, & les premiers principes des Mathematiques; ce qui l'y fit connoître, & lui acquit quelques amis. Il alloit à *Tergovv* pour y prêcher à son tour, & prêchoit aussi quelquefois à *la Haye*.

En 1705. il y eut une place vacante dans l'Eglise Wallonne de *Leyde*, où il fut appellé au mois d'Octobre de cette année. Dans le même temps M. *Volder* Professeur en Philosophie & en Mathematiques à Leyde ayant été declaré Emerite, & dispensé d'exercer sa Charge, M. Bernard fut nommé Lecteur en Philosophie, & fit en même temps les fonctions de Ministre & de Professeur, mais il n'eut le titre de Professeur, que le 12 Fevrier 1712. après la mort de M. *Volder*.

Il se bornoit à expliquer la Logique de *Port-Royal*, & la Physique de *Rohault*. Il faisoit aussi des Leçons sur les six premiers Livres d'Euclide, & sur l'Algebre. Il est vrai qu'il n'étoit pas de cette premiere Classe de Mathematiciens, qui se distinguent

par la profondeur de leurs recher- J. B E R-
ches ; mais il ſçavoit admirablement N A R D.
bien en expliquer les principes. Il
n'avoit eu, quand il alla en Hollande, gueres d'autre idée de Philoſophie, que celle qu'on peut puiſer
dans *Deſcartes* & ſes diſciples ; mais
il s'appliqua depuis à la lecture des
Philoſophes Anglois, & profita de
leurs lumieres.

Quoiqu'habitué dès l'âge de vingt
& un an à prêcher, il ne laiſſoit pas
d'écrire ſes ſermons & de les apprendre par cœur, perſuadé que les ſermons écrits ſont toûjours plus exacts,
& pour le fond des choſes, & pour
l'expreſſion, que ceux qu'on pronon-
ce de l'abondance du cœur. L'expreſſion étoit cependant ce à quoi il s'attachoit le moins ; ſon ſtile même péchoit ſouvent par des expreſſions baſ-
ſes, qu'on eût à peine ſouffert dans
la converſation. Mais une grande
force de raiſonnement, beaucoup
d'ordre, des explications claires, &
à la portée de tout le monde, une
morale fort détaillée, dédomma-
geoient avantageuſement l'Auditeur
du peu de choix des termes. Le ſoin

qu'il avoit de s'informer de ce qui se passoit parmi son troupeau, le rendoit quelquefois incommode ; mais par là il rendoit ses exhortations plus justes & plus utiles. Il n'a fait imprimer aucun de ses Sermons, mais on en peut juger, par deux Ouvrages de Morale qu'il a publiez, & qui sont proprement des Traitez composez de Sermons, qu'il avoit prononcez sur ces matieres.

Il s'occupoit encore à dresser à l'Eloquence plusieurs jeunes Theologiens, & leur donnoit des Leçons sur l'Art de prêcher. Il leur expliquoit *l'Orator Sacer* de *Saldenus*, mais pour l'ordre seulement, car il le réfutoit presque par-tout.

Quoique d'un bon temperament, il n'a pû résister long-temps à tant de travaux & d'occupations. Il fut attaqué au mois de Mars 1718. d'une inflammation de poitrine, dont il avoit été menacé depuis long-temps. Il crut d'abord que ce ne seroit rien, mais après quelques jours de maladie, son mal augmenta considerablement, & l'emporta le 27. Avril 1718. dans sa soixantiéme année. Il a laissé

fa veuve avec trois enfans, un fils &
deux filles.

J. BER-
NARD.

Ouvrages qu'il a donnez au Public.

1. En 1691. M. le Clerc, qui avoit
fait jufqu'alors la Bibliotheque uni-
verfelle, ayant abandonné cet Ouvrage, pour s'appliquer à la compofition du volume qu'il donna trois
ans après fur la Genefe, M. Bernard
fe chargea de la continuation ; il fit
la plus grande partie du tome 20. &
les fuivans jufqu'au 25. qui parut à la
fin de l'année 1693. & qui fut le dernier, la mort du Libraire ayant fait
difcontinuer cet Ouvrage.

2. En Janvier 1699. il entreprit de
continuer la Republique des Lettres
interrompue depuis dix ans, & y
travailla jufqu'au mois de Decembre
1710. Le Libraire s'étant défait des
exemplaires qui lui reftoient, & M.
Bernard n'ayant pû s'accommoder
avec celui qui les avoit achetez, l'Ouvrage ceffa de paroître jufqu'à 1716.
que M. Bernard le reprit de nouveau;
il l'a continué jufqu'au mois de Mars
& Avril 1718. c'eft-à dire jufqu'à fa
mort. Il eft conftant qu'il avoit tous
les talens neceffaires pour une telle

J. BER-entreprise, il ne lui manquoit que
NARD, du temps pour y réussir parfaitement.

3. *Recueil de Traitez de Paix, de Treve, de Neutralité, de suspensions d'Armes, Alliances, & d'autres Actes publics, &c. faits entre les Empereurs, Rois, Republiques, Princes, autres Puissances de l'Europe, & des autres parties du monde, depuis l'an de J. C.* 536. *jusqu'à présent : le tout redigé par ordre chronologique, & accompagné de notes. La Haye* 1700. 4. *vol. in-fol.* C'est M. Bernard qui a eu soin de cette édition. Il a traduit quelques-unes des Pieces qui composent ce Recueil, & a fait la Preface qui est à la tête.

4. *Theatre des Etats de S. A. R. le Duc de Savoye, traduit du Latin en François. La Haye* 1700. *in-fol.* 2. *vol.* Cet Ouvrage parut en Latin en 1682. & en Flamand en 1697. M. Bernard a cru devoir le traduire en François.

5. *Traité de la repentance tardive. Amsterdam* 1712. *in-*12. Les Journalistes de Leipsic ayant fait un extrait de cet Ouvrage dans le mois de May 1713. , dont M. Bernard fut choqué

choqué , il leur répondit par une J. BER-
Lettre aux Journaliftes de la Haye, NARD.
inferée dans le Journal Litteraire
rom. 3. p. 413.

6. *De l'Excellence de la Religion , à
quoi l'on a joint quatre difcours (fur differens fujets.) Amfterdam* 1714. *in-*
8°. 2. *tomes.* Il prétend faire voir
dans cet Ouvrage, que la Religion
n'a rien que de doux & d'aimable.

7. *Supplément au Dictionaire de Morery.* M. Bernard avoit travaillé depuis quelques années à faire un Supplément au Dictionaire de Morery
des éditions de Hollande. Il avoit fait
pour cela un grand amas de materiaux qui demeurerent dans fon cabinet jufqu'en 1714. qu'une 4e. édition qui fe faifoit de ce Dictionaire, engagea les Libraires à le prier de leur
donner ce qu'il avoit de prêt, pour le
joindre au Supplément imprimé à Paris en 1714. Il le fit , & le tout joint
enfemble a fait deux volumes *in fol.*
qui parurent en 1716. à Amfterdam.

8. *Remarques fur les differentes éditions des Livres.* Elles font inferées
dans la Republique des Lettres du
mois de Novembre 1703.

Tome I. M

9. *Dissertation où l'on fait voir qu'u-
ne societé de vrais Chrétiens est propre à
se maintenir.* On la trouve dans la Republique des Lettres du mois de Juillet 1707.

Le Journal Litteraire ajoûte qu'il
a travaillé à l'Histoire abregée de
l'Europe, & ensuite aux Lettres historiques, dont il a fait les premieres
années.

V. Son Eloge par M. le Clerc, *Re-
publ. des Lettres 1718. May & Juin.
Nouvel. Litt. du 16. Juillet 1718. Europe sçav. tom. 4. Journ. Litter. tom. 10*

HENRI DODWEL.

HENRI DODWEL naquit
à *Dublin* en Irlande, vers la fin
du mois d'Octobre 1641. son Ayeul
paternel étoit Ministre, & son Pere
Guillaume Dodvvel avoit eu un Emploi honorable dans les troupes du
Roy d'Angleterre. Sa Mere étoit fille
du Chevalier *François Slingsby*, qui
s'est distingué par ses Exploits militaires.

En 1648. son pere & sa mere ayant
perdu leur bien en Irlande, pendant

les troubles de ce pays, le menerent en Angleterre, où ils efperoient ê-tre fecourus de leurs parens. On lui fit commencer fes études à *York*, où il demeura cinq ans. Pendant cet in-tervalle, il eut le malheur de perdre fon pere & fa mere, qui étoient re-tournez en Irlande, & il fe trouva réduit à une fi grande necefficé, que fouvent il n'avoit pas d'argent pour acheter des plumes, du papier, & de l'encre. Il fut dans cette trifte fi-tuation jufqu'à l'an 1654. que fon on-cle *Henri Dodvvel*, qui avoit deux Benefices dans la Province de *Suffolk*, le fit venir chez lui, & eut foin de fes études pendant deux ans.

M. Dodwel fut admis au College de la Trinité à *Dublin* l'an 1656. & il s'y diftingua par fon affiduité à l'é-tude, par fa regularité, & par fes charitez ; car ayant alors recouvré fon patrimoine, il fe vit en état de fuivre le penchant qu'il avoit à fou-lager les malheureux.

En 1666. il quitta ce College, par-ce qu'il refufa de recevoir les Ordres, conformément à fes Statuts. Un Evê-que qui avoit beaucoup d'eftime pour

M ij

lui (*Jeremie Taylor*) offrit de lui procurer une Difpenfe, mais il la refufa, croyant que ce feroit donner un
mauvais exemple, qui pourroit avoir
des fuites fâcheufes pour ce College.

En 1674. il paffa en Angleterre,
où il fe fit bien-tôt connoître par fes
Ouvrages. Les Sçavans le recherche-
rent, & il lia une étroite amitié avec
M. *Lloyd*, depuis Evêque de *Saint
Afaph*, qu'il accompagna en Hollande, lorfque ce Theologien fut
nommé Chapelain de la Princeffe
d'Orange.

En 1688. il fut fait Profeffeur en
Hiftoire à *Oxford* ; mais il fut privé
de cet Emploi en 1691. ayant refufé
de prêter ferment de fidélité au Roy
Guillaume & à la Reine *Marie*. Il fe
fepara même de l'Eglife Anglicane,
après que le Roy eut nommé des
Evêques pour remplir les Evêchez de
ceux qui ne vouloient pas reconnoître fon autorité, dans la penfée que
ces nouveaux Evêques, & ceux qui
fe joignoient à eux étoient fchifma-
tiques.

Il demeura encore quelque temps à
Oxford, après avoir perdu fa Chaire

de Profeſſeur, & ſe retira enſuite à H. Dot-
Cookham village ſitué près de *Mai-* v v e l.
denhead, dans le Comté de *Berk*, entre Londres & Oxford. Il fit connoiſſance à *Maidenhead* avec un Gen-
til-Homme du voiſinage, nommé
M. *Cherry*, qui avoit beaucoup de
ſçavoir & qui l'attira dans le village
de *Shoteſbrooke*, où il demeuroit. Ce
fut là qu'en 1694. M. Dodwel âgé de
52. ans, après avoir perdu ſes neveux,
qu'il vouloit faire ſes heritiers, épou-
ſa la fille de ſon Hôte de *Cookam*, qui
étoit fort jeune, & qu'il avoit inſ-
truite des principes de la Religion.
Il en a eu dix enfans, dont il ne reſte
que deux garçons & quatre filles.

Il demeura le reſte de ſa vie dans
le même lieu, ſans faire de plus longs
voyages que ceux de Londres &
d'Oxford, où il alloit pour conſul-
ter des Livres, & pour voir ſes amis.
Ses voyages ſe faiſoient ordinaire-
rement à pied, afin qu'il pût lire en
marchant, & les Livres qu'il portoit
alors dans ſes poches étoient la Bible
Hebraïque, le nouveau Teſtament
Grec, la Liturgie de l'Egliſe Anglicane, l'Imitation de J. C. les Médita-

tions de saint Augustin, &c. Il en étoit quelquefois si chargé, qu'un de ses amis disoit, en badinant, qu'il avoit sous son manteau des tablettes portatives, où il les rangeoit comme dans un cabinet.

Il jeûnoit trois jours de la semaine, le Mercredi, le Vendredi, & le Samedi ; & ses jeûnes étoient fort austeres, car il ne prenoit que du Caffé ou du Thé jusqu'à sept heures du soir, & il ne mangeoit point de viande à souper. Il jeûnoit de la même maniere pendant tout le Carême, excepté le Dimanche qu'il dînoit, mais sans viande. Ses amis eurent bien de la peine à lui persuader de renoncer à ses jeûnes deux ans avant sa mort. Après avoir observé, disoit-il, le Carême pendant quarante-neuf ans, faut il que je cesse de l'observer ? Ces jeûnes si frequens & si longs lui communiquerent une humeur chagrine, qui se faisoit principalement sentir, dans le temps qu'il les pratiquoit.

Ses Ouvrages font voir l'attachement qu'il avoit pour l'Eglise Anglicane, & pour la Hierarchie Ecclesiastique. Il étoit fort versé dans l'An-

tiquité, & on a dit de fes écrits auffi H. Dou-
bien que de ceux de Jofeph Scaliger, V V E L.
qu'il y a à profiter, lors même qu'il
fe trompe, *etiam cum errat, docet.*
Son ftile eft obfcur, & il n'avoit pas
le talent d'exprimer fes penfées avec
netteté, c'eft de quoi il fe plaignoit à
fes amis, leur difant qu'il étoit obligé d'être diffus pour fe faire entendre, & de faire de frequentes digref-
fions, pour ne rien laiffer fans explication. Ce défaut venoit fans doute
du peu d'ufage qu'il avoit du monde,
& du peu de foin qu'il avoit eu de fe
polir l'efprit par la converfation &
par le commerce des gens fçavans.

A près avoir joüi d'une parfaite
fanté, il fut attaqué d'une toux les
deux dernieres années de fa vie. Ce
mal augmenta par un voyage qu'il
fit à Londres au milieu de l'hyver;
enfin il fut attaqué de la fievre, & il
en mourut à *Shottefbrooke* le 7. Juin
1711. âgé de 70. ans.

Il a compofé un grand nombre
d'Ouvrages, où l'on trouve des fentimens fort finguliers.

1. *Prolegomena ad Tractatum Joannis Stearnii de Obftinatione, five Con-*

H. Dod- *stantia in rebus adversis.* M. Dodwel
VVEL. a cru ces prolegomenes necessaires,
pour défendre *Jean Stearne,* qui sem-
bloit par les louanges excessives qu'il
donnoit à la Philosophie Stoïcienne,
la preferer à la doctrine de l'Evangile.

2. Deux Lettres, l'une sur *la Réception des Ordres sacrez,* & l'autre sur
la Maniere d'étudier la Theologie, en
Anglois.

3. La Preface de l'Introduction à
la vie devote de saint François de
Sales, imprimée à Dublin en 1673.
en Anglois.

4. En 1675. il fit des *Considerations
sur les affaires du temps,* où il prétend
examiner jusqu'à quel point les Princes qui sont d'une Religion differente
de la Catholique doivent se fier à
ceux qui en sont ; en Anglois.

5. Deux Dissertations contre les
Catholiques Romains ; en Anglois.
Dans l'une il prétend prouver que les
Catholiques Anglois sont Schismati-
ques ; dans l'autre il tâche de répondre à six questions qu'un Catholique
avoit proposées à une Dame, pour
l'engager à embrasser la Religion
Catholique

Catholique. Londres ·1676. *in*-12. H. Dol-
1688. *in*-4°. WEL.

*6. La Séparation du Gouvernement
Epifcopal*, *faite par les Eglifes non-
conformiftes*, *démontrée Schifmatique* ;
*avec une Differtation fur le peché con-
tre le Saint-Efprit* ; en Anglois. Cet
Ouvrage lui fit beaucoup d'ennemis,
qui l'accuférent de favorifer les Catholiques ; il fut principalement attaqué par *Baxter*, à qui il répondit en
1681. par un Ouvrage intitulé :

7. Défenfe du Livre du Schifme, &
y joignit trois Lettres qu'il lui avoit
écrites en 1673. le tout en Anglois.
Il avoit commencé une Hiftoire des
premiers Schifmes de l'Eglife, pour
fervir de feconde partie à l'Ouvrage
de la Séparation Schifmatique ; mais
il ne l'a pas achevée.

8. En 1681. il fit réimprimer fes
deux Lettres fur la Réception des
Ordres facrez, & fur la maniere d'é-
tudier la Theologie, & y joignit une
Differtation fur *Sanchoniaton*, qu'il
prétend ne meriter aucune créance.

9. Differtationes Cyprianicæ. Oxonii
1684. *in*-8°. Ces Differtations qui
font très-eftimées, ont été jointes à

Tome I. N.

H. Dod-
VVEL.

l'édition de faint Cyprien, qui s'eft faite à Oxford en 1700. Une de fes differtations traite *De paucitate Martyrum*. Elle a été refutée par le P. Ruinart dans la Preface de fes *Acta Martyrum fincera*.

10. *De Jure Laicorum Sacerdotali Differtatio Londini* 1686. *in-*8°. avec un Ouvrage d'*Hugues Grotius*, *de Cœnæ adminiftratione ubi Paftores non funt*, que M. Dodwel combat; il fait voir contre Grotius, que les fonctions Sacerdotales appartiennent tellement aux Miniftres de l'Eglife, que les Laiques n'ont jamais eu permiffion de les exercer.

11. *Joannis Parfonii S. T. P. Ceftrienfis nuper Epifcopi Opera pofthuma; edenda curavit, & Differtationes novis additionibus auxit H. Dodvvellus, cujus etiam acceffit de fucceffione primorum Romæ Epifcoporum ufque ad annales Cl. Ceftrienfis Cyprianicos Differtatio fingularis. Oxonii* 1688. *in* 40.

12. *Differtationes in Irenæum. Oxonii* 1689. *in-*8°.

13. *Differtatio de Ripa Striga*, inferée dans l'édition de Lactance *de Mortibus Perfecutorum* de M. *Bauldry* à Utrecht 1692. *in-*8°.

14. *Prælectiones Academica in fchola* H. Dod-
Rhetorices Camdeniana. Oxonii 1692 V V E L.
*in-*8o. Ce font des remarques fur les
fix Hiftoriens de l'Hiftoire Augufte.

15. Il compofa auparavant un Ouvrage fur le nouveau Serment de Fidelité que le Roy Guillaume exigeoit
du Clergé.

16. En 1691. il écrivit à M. Tillot-
fon une Lettre fur le même fujet, qui
devint enfuite publique.

17. Plufieurs Evêques ayant été dépo-
fez, pour n'avoir pas voulu prêter ferment, M. *Dodvvel* fit paroître en Anglois une Differtation pour prévenir
le Schifme, par raport aux Evêques dé-
pofez. Cet Ouvrage ayant été attaqué,
il publia la Défenfe des Evêques dépo-
fez, & enfuite la Défenfe de cette
Défenfe.

18. *La Doctrine de l'Eglife Anglicane par rapport à l'Indépendance du
Clergé à l'égard du Magiftrat féculier
dans les chofes fpirituelles, conciliée
avec le ferment que l'on fait au Magiftrat, & la dépofition des Evêques Catholiques Romains, faite par le Magiftrat au commencement de la Réformation en Anglois.* Cet Ouvrage avoit

H. Dod-
vvel.   d'abord paru sous le titre de *Preface*
de la Défense de la défense des Evêques
déposez, mais il avoit été supprimé aussi tôt. Tous ces Ecrits faits en faveur
des Evêques , furent suivis de l'Ouvrage suivant sur le même sujet , qu'il
composa à la priere de ses amis.

19. *De Nupero Schismate Anglicano*
Parænesis ad exteros tam Reformatos ,
quam etiam Pontificios , quà jura Epis-
coporum vetera, eorumdemque à Magis-
tratu sæculari independentia omnibus
asserenda commendantur. Londini 1704.
in- 8°.

20. En 1694. il mit une Preface à
la traduction Angloise du Traité de
Degore Whear , de la *maniere de lire*
l'Histoire qu'on imprima cette année.

21. *Annales Velleiani , Quintilianei,*
Statianei , seu vitæ P. Vellei Patercu-
li, M. Fabii Quintiliani , P. Papinia-
ni Statii, obiterque Juvenalis protempo-
rum ordine disposita. Oxonii 1698. *in-* 8°.

22. *Annales Thucydidei & Xonophon-*
tei. Præmittitur apparatus cum vitæ
Thucydidis Synopsi chronologica. Oxo-
nii 1702. *in-* 4°.

23. *Chronologia Dionysio Halicar-*
nasseo addita à Cl. Hudson in editione
Oxoniensi. in-fol. 1704.

24. *De veteribus Græcorum Romano-* H. Doɒ·
rumque Cyclis. Oxonii 170t. *in*-40. V V E L,

25. *Lettre à un ami*, inſerée en
170t. dans la ſeconde édition de la
Défenſe du Canon du nouveau Teſtament par Jean Richardſon, où il
témoigne être fort éloigné des ſentimens de Jean Toland ſur ce ſujet ;
quoique celui-ci ſe fût ſervi de quelques paſſages tirez de ſes écrits , pour
les appuyer.

26. *Apologie des Ouvrages Philoſo-*
phiques de Ciceron. Londres 1702. *in*-8º.
en Anglois. Elle ſert de Preface à la
ttaduction Angloiſe du Traité de Ciceron *de Finibus*, faite par *Samuel*
Parker.

27. *Lettre ſur l'immortalité de l'A-*
me , contre l'Hypotheſe d'*Henry*
Layton.

28. *Geographiæ veteris Scriptores*
Græci minores cum interpretatione lati-
na , diſſertationibus, & annotationibus.
Oxonii. 1703. *in*-8º. L'Ouvrage eſt
de M. Hudſon , mais les Diſſertations ſont de M. Dodvvel.

29. *Traité de l'Uſage des Inſtrumens*
de muſique dans le Service de l'Egliſe.
En Anglois 1698. réimprimé en 1700.

H. Dod-
v v e l.   30. *Lettre à un ami, touchant l'usa-*
ge de l'Encens dans le Service public de
l'Eglise, où l'on fait voir que c'est une
innovation du moyen âge. En Anglois.
Londres 1711. *in-*8o.

31. *Dissertation contre les Mariages*
des personnes de differente Religion. En
Anglois. 1702.

32. *De Ætate Phalaridis & Pytha-*
goræ Exercitationes. 1704.

33. *La Communion occasionelle, ren-*
versant de fond en comble la Discipline
de l'Eglise primitive, & contraire à la
doctrine des plus anciens Ecrivains sur
l a Communion de l'Eglise. En Anglois,
1705. Il composa ce Livre pour com-
battre une opinion, qui ne regnoit
que trop alors, qu'on pouvoit com-
munier dans l'Eglise où l'on se trouvoit, de quelque créance qu'elle
fût.

34. En 1705. les Evêques qui
avoient été chassez de leurs Sieges se
trouvant réduits à un petit nombre,
il fit un Ouvrage Anglois intitulé :
Le Cas consideré de loin, où il se pro-
pose de montrer, que ceux qui s'é-
toient séparez de l'Eglise Anglicane,
pour conserver la Communion avec

ces Evêques , devoient après leur H. Dŏɒ-
mort , ou leur démiſſion volontaire , V V E L.
ſe ſoûmettre à ceux qui ſeroient en
place , & que ceux qui perſevere-
roient dans leur ſéparation , ſeroient
Schiſmatiques. La choſe étant arrivée , & n'y ayant plus d'Evêques dépoſez , il ſe réunit comme pluſieurs
autres à la Communion de l'Egliſe
Anglicane , & s'efforça d'engager
tout le monde à ſuivre ſon exemple.
Il compoſa pour ce ſujet l'Ouvrage
ſuivant, qui avoit été precedé d'une
Addition au Cas conſideré de loin, dans
laquelle il répondoit à quelques objections qu'on lui avoit faites.

35. *Déciſion d'un Cas conſideré au-*
trefois de loin, mais qui eſt preſentement
exiſtant, où l'on prouve, que c'eſt être
Shiſmatique, que de continuer à vivre
ſeparé de la Communion des Evêques
ſubſtituez à la place de ceux qui ont été
dépoſez, depuis la mort de Guillaume
Lloyd Evêque de Norvich ; avec un
Appendix, dans lequel on montre que
les Evêques dépoſez, quelque illegitime
que ſoit leur dépoſition, n'ont point en
droit de ſe donner des ſucceſſeurs. En
Anglois. Londres 1711. *in-8°.*

N iiij

36. *Julii Vitalis Epitaphium cum
notis Henrici Dodvvelli, & commentario G. Musgrave. Accedit Dodvvelli
Epistola ad Cl. GoeZium de Puteolana,
& Bajana inscriptionibus. Iscæ Dun-
moniorum & Londini* 1711. *in - 8°.*

37. *De Parma Equestri Woodvvar-
diana Dissertatio. Oxonii* 1713. *in-8°.*

38. *Discours Epistolaire, où l'on
prouve par les Ecritures, & par les premiers Peres, que l'ame est un principe
naturellement mortel, mais qui est actuellement immortalisé par le bon plaisir
de Dieu, pour les peines, ou pour les
récompenses, par son union avec l'Esprit
Baptismal; & où l'on fait voir que personne, depuis le temps des Apôtres, n'a
le pouvoir de donner ce Divin Esprit
immortalisant, excepté les Evêques. En
Anglois. Londres* 1706. *in - 8°.* M.
Dodwel, dans un discours qu'il avoit
publié sur le Mariage, avoit débité
que l'ame de l'homme est de sa nature
mortelle, & qu'elle n'est rendue im-
mortelle, que par un esprit d'immortalité, que Dieu y joint à l'égard
de ceux qui sont dans son alliance, &
qui le reçoivent dans le Baptême,
mais seulement lorsqu'il est admini-

ſtré par des Prêtres ordonnez par des H. Dod-
Evêques. Ainſi ceux qui n'ont point V V E L.
entendu parler de l'Evangile, demeu-
rent dans leur mortalité naturelle, &
leur ame meurt avec leur corps. Pour
ceux qui l'ont entendu , & qui ne ſe
ſont pas joints à une Egliſe Epiſcopa-
le , pour y recevoir cet eſprit d'immortalité , Dieu les conſerve bien ,
ſelon M. Dodwel , pour les punir ,
mais c'eſt comme par miracle, & non
en vertu d'aucune immortalité naturelle de leur ame. Ce ſçavant Homme
prétendoit par là attirer les Non-
Conformiſtes à la Communion Epiſ-
copale ; mais loin de les gagner par
des Paradoxes ſi étranges , il ſcanda-
liſa pluſieurs Epiſcopaux zelez , qui
n'avoient jamais ouï parler d'une
ſemblable doctrine , & s'attira de
grands reproches des Non-Confor-
miſtes. Pour expliquer mieux , &
pour appuyer ſa penſée , il publia le
Livre dont il s'agit , & qui eſt precedé d'un long avertiſſement , où il y
a des choſes qui ne ſont pas moins
étranges. Il étoit difficile qu'on laiſ-
fât l'Auteur tranquille dans ſes ſentimens , ſans les attaquer , auſſi le fu-

154 *Mem. pour servir à l'Histoire*
rent-ils par plusieurs Ecrivains, &
sur tout par M. Clarck. M. Dodwel
avoit dessein de leur répondre, mais
il n'a publié que l'Ouvrage suivant.

39. *Défense préliminaire du discours*
épistolaire sur la mortalité de l'ame. En
Anglois.

40. *Deux Lettres écrites à l'Evêque*
de Salisbury, avec les réponses de ce
Prelat En Anglois. *Londres* 1713.
*in-*12.

Sa Vie a été composée en Anglois
par *François Brokesby*, Bachelier en
Theologie, & imprimée à Londres
en 1715. *in-*8°. 2. vol.

JACQUES LE LONG.

JACQUES LE LONG naquit
à *Paris* le 19. Avril 1665. Etant
encore fort jeune, il eut le malheur
de perdre sa mere; & son pere, qui
se remaria, confia son éducaiton à un
Prêtre de ses parens, Directeur de
Religieuses à *Estampes*. Après qu'il
eut été deux ou trois ans sous la conduite de ce Prêtre, qui lui apprit les

premiers principes de la Langue Latine, ſon pere l'envoya à Malthe,
pour le faire admettre au nombre
des Clercs de l'Ordre de ſaint Jean
de Jeruſalem. A peine y fut-il arrivé, que la contagion ſe répandit
dans cette Iſle. Le jeune le Long
ayant rencontré par hazard des perſonnes qui alloient enterrer un
homme mort de la peſte, les ſuivit ou
par devotion, ou par une curioſité
naturelle aux jeunes gens. Dès qu'il
fut rentré dans la maiſon où il demeuroit avec d'autres François, on
en fit murer les portes, de peur qu'il
ne communiquât la funeſte maladie,
dont on croyoit qu'il ſeroit bien-tôt
attaqué. Mais cette eſpece de priſon
lui ſauva la vie; car pendant que la
contagion enlevoit un grand nombre de perſonnes des maiſons voiſi-
nes, le jeune le Long & ceux qui
étoient enfermez avec lui furent pré-
ſervez de la maladie.

Delivré de la crainte de la peſte, il
commença à s'ennuyer de la vie qu'il
menoit à Malthe, il s'imagina que
l'air y étoit contraire à ſa ſanté, il le
perſuada à ſes Superieurs, & il ob-

JACQUES
LE LONG.

tint d'eux une permission de retourner à Paris, pour y étudier les humanitez, la Philosophie, & la Theologie. Comme il n'avoit point fait de Vœux dans l'Ordre de Malthe, dès qu'il eut fini le cours ordinaire de ses études, il entra dans la Congregation des Prêtres de l'Oratoire.

Après son année d'épreuve, on l'envoya au College de *Jully* où il enseigna les Mathematiques; il passa ensuite au Seminaire de *Nôtre-Dame des Vertus*, où il employa à l'étude tout le temps qui lui restoit, après avoir assisté au Service Divin. Il s'y appliqua particulierement aux Mathematiques & à la Philosophie, d'où vint la grande liaison qu'il contracta avec le P. Malbranche.

On le fit ensuite venir à Paris, pour avoir soin de la Bibliotheque des Peres de l'Oratoire de saint Honoré. Personne n'étoit plus propre que lui à cet emploi, car il sçavoit nonseulement le Latin, le Grec, l'Hebreu, & le Chaldéen, mais encore l'Italien, l'Espagnol, le Portugais, & l'Anglois, & il étoit parfaitement instruit de tout ce qui regarde l'His-

toire de la Litterature , des Livres, & de l'Imprimerie. La Bibliotheque, dont il faiſoit ſes delices,
fut augmentée d'un tiers par ſes
ſoins, & il en fit pluſieurs Catalogues.

Comme il étoit d'un temperament
fort délicat, ſes travaux litteraires
l'affoiblirent de telle maniere, que
toutes les meſures qu'on prit dans la
ſuite pour rétablir ſa ſanté furent
inutiles. Il mourut d'une maladie de
poitrine le 13. Août 1721. âgé de 56
ans.

Pendant toute ſa vie il a partagé
ſon temps entre la priere & l'étude,
en donnant très-peu à la table & au
ſommeil. Une modeſtie, qui n'avoit
rien d'affecté, accompagnoit toutes
ſes actions & ſes paroles. Il avoit
beaucoup de penetration & de jugement, mais très-peu d'imagination ;
d'où venoit une eſpece de dégoût
pour la Poëſie, la Rhetorique, &
tout ce qu'on appelle communément
Ouvrages d'eſprit ; mais il aimoit à
découvrir la verité ſur toutes ſortes de matieres de Theologie, de
Philoſophie, de Mathematiques, &

JACQUES
LE LONG.

d'Histoire. Le P. Malbranche lui reprochoit quelquefois en badinant les
mouvemens qu'il se donnoit pour
découvrir une date, ou quelques faits
que les Philosophes regardent comme
des minuties. Mais la verité est si aimable, disoit le P. le Long, qu'on
ne doit rien negliger pour la découvrir, même dans les plus petites choses.

Catalogue de ses Ouvrages.

1. En 1708. il fit imprimer à Paris
chez Colombat la Methode Hebraique du *P. Renou* de l'Oratoire. *in* 8°.

2. *Bibliotheca sacra, sive syllabus
omnium ferme sacra Scripturæ editionum
ac versionum. Paris* 1709. *in-8o.* 2.
tom. Cet ouvrage aussi estimable par
lui-même, que par l'exactitude de
son Auteur, fut bien-tôt réimprimé
à Leipsic ; il y parut fort augmenté
par *Chrétien Frederic Boerner*, Docteur en Theologie, & Professeur en
Humanitez dans cette ville en 1709.
in-8°. 2. vol. Ce n'étoit là que la premiere partie de l'Ouvrage que le P.
le Long s'étoit proposé ; car il avoit
dessein d'y joindre une seconde partie, qui contiendroit la liste de tous

les Auteurs qui ont travaillé ſur l'E-
criture ſainte ; c'eſt ce qu'il a executé
dans une ſeconde édition qui s'eſt faite à Paris en 1723. en 2. vol. *in-fol.*
mais il n'a pas eu le plaiſir de la voir,
étant mort dans le cours de l'impreſſion.

3. *Diſcours hiſtorique ſur les principales éditions des Bibles Polyglottes. Paris* 1713. *in-*8°. Cet Ouvrage eſt fort
curieux, & met parfaitement au fait
du ſujet dont il s'agit.

4. En 1718. il fit imprimer un Ouvrage poſthume de M. Baillet, qui
contient l'*Hiſtoire des Démêlez du Pape Boniface VIII. avec Philippe le Bel
Roy de France, in-*12. Il y joignit
quelques Pieces curieuſes, qui peuvent ſervir à éclaircir ce point important de notre Hiſtoire.

5. *Bibliotheque Hiſtorique de la France, contenant le Catalogue de tous les
Ouvrages tant imprimez que mſſ. qui
traitent de l'Hiſtoire de ce Royaume,
ou qui y ont rapport avec des notes critiques. Paris* 1719. *fol.* Cet Ouvrage
eſt d'une prodigieuſe recherche ; il
doit avoir beaucoup coûté à l'Auteur,
puiſqu'il s'eſt donné la peine d'en

JACQUES copier tous les articles jusqu'à trois
LE LONG fois. Il n'est pas surprenant qu'il s'y
trouve des fautes, le peu qu'en rele-
vent quelques Journaux n'ôte rien
du merite de l'Ouvrage; ce qui éton-
nera peut-être, est qu'elles se trouvent
dans des choses qu'il étoit le plus facile de sçavoir. Le Pere le Long avoit
dessein d'en donner une seconde édition corrigée & augmentée, & il a
laissé là dessus plusieurs Memoires.

6. *Lettre du* 12. *Avril* 1720 *à M.*
Martin Ministre d'Utrecht. Inserée
dans le *Journal des Sçavans* du mois
de Juin de la même année.

Il se préparoit, lorsqu'il est mort,
à faire imprimer un Recueil des Historiens de France, dont il esperoit
donner deux volumes *in-fol.* par an.
Il avoit déja composé dans cette vûe
une Chronologie des Rois de France,
qu'il vouloit mettre à la tête, & il
avoit assemblé & mis en ordre un
grand nombre de Diplômes, de Lettres, de Chartes, & d'autres Pieces
qui concernent l'Histoire de France.

V. Son Eloge à la tête de sa Bibliotheque sacrée. *Journ. des Sçav. Janv.*
1724. *Mercure de Septembre* 1721.

JACQUES

JACQUES RHENFERD.

JACQUES RHENFERD naquit le 15. Août 1654. à *Mulheim*, ville du Duché de Berg dans la Weſtphalie, où ſon pere étoit Miniſtre. Il fut d'abord deſtiné à l'Egliſe , & dès l'âge de neuf ans on l'envoya à *Meurs* pour y faire ſes études. Après avoir demeuré en ce lieu ſix ans , & y avoir appris le Latin & le Grec , il alla à *Schwertam* chez un de ſes Parens , qui lui enſeigna les fondemens de la Langue Hebraique.

L'année ſuivante il alla à *Ham* , où il étudia ſous *Gulichius* grand Philoſophe , & grand Theologien, & ſous *Adrien Pauli* , Profeſſeur en Hiſtoire & en Langues Orientales. Ce dernier eut tant d'eſtime pour lui , qu'il lui confia l'éducation de ſes fils.

Trois ans après il alla à *Groningue* , pour y étudier la Langue Sainte ſous M. *Alting* , & y fut reçû Propoſant. En 1676. il paſſa à *Amſterdam* , où il demeura cette année là & la

Tome I. O

suivante; son dessein étoit non-seulement d'y enseigner les belles Lettres, mais principalement de s'avancer de plus en plus dans la connoiffance des Rabbins.

En 1678. & 1679. il fut Recteur
des Classes de *Franeker*, & M. *Teren-
tius* étant mort en 1678, il eut permission de faire des Leçons sur les
Langues Orientales. En 1680. il quitta *Franeker* & retourna à *Amsterdam*,
pour y enseigner de nouveau les Humanitez, & sur-tout pour avoir occafion de converser avec les plus fçavans Rabbins.

Le 8. Fevrier 1683. M. *Rhenferd*
fut nommé Professeur à *Franeker* dans
les Langues Orientales, & dans la
Philologie sacrée, ayant pour-lors
vingt-huit ans & demi, & il est demeuré dans cet emploi jusqu'à la fin
de sa vie. Son profond sçavoir, la
foule de ses Auditeurs, les beaux Ouvrages qu'il a donnés au Public, &
sur-tout ses manieres honnêtes &
pleines de franchise lui ont concilié
l'estime & l'amitié de tous ceux qui
l'ont connu.

Il garda le célibat pendant toute

sa vie. Quoiqu'il fût d'un tempera- J. RHEN-
ment fort & robuste, il devint ce- FERD.
pendant infirme, quelques années
avant sa mort; il fut même obligé
pendant six mois de garder le lit, ou
de se tenir sur un siege, à cause d'une
enflure, qui étoit tombée sur ses
pieds; enfin ses forces s'étant dissi-
pées peu à peu, il mourut le 7. Octobre 1712. âgé de 58 ans, après avoir
été près de trente ans Professeur, &
trois fois Recteur de l'Université de
Franeker.

Il avoit beaucoup de penetration,
d'esprit, & de bon sens, ce qui le
rendoit capable de toutes sortes
d'Arts & de Sciences, & sur-tout
une memoire ferme & fidelle. La
grande connoissance qu'il avoit des
Langues les plus difficiles en est une
preuve convainquante. Il ne se bornoit pas seulement à l'Hebreu dans
ses Leçons, il enseignoit encore le
Chaldéen, le Syriaque, l'Arabe, le
Persan, le Rabbinisme. Il aimoit
beaucoup le Grec, & l'entendoit fort
bien. Pour le Latin, il le parloit facilement & élégamment.

Les Ouvrages qu'il a donnés au
Public, sont;   O ij

J. Rhen-
ferd.

1. *De Viis Dei , seu de vera Reli-*
gione. C'est une These qu'il soûtint à
Groningue , avant que d'être reçû
Proposant.

2. *De sensu Apocalipseos Cabalis-*
tico. C'est encore une These qu'il
composa & soûtint en 1679. sous les
auspices de M. *Vander Waeyen.* Il y
fit voir que divers endroits de l'Apocalypse pouvoient s'expliquer par la
Cabale , & particulierement par les
dix *Sephiroths*, & montra par là sa
grande érudition dans le Rabbinisme.

3. *De Baptismo Adami.* C'est une
Oraison inaugurale , qu'il prononça
en 1683. lorsqu'il prit possession de
la Charge de Professeur à *Franeker.*

4. *Dissertationes Philologicæ de de-*
cem Otiosis Synagogæ. Franekeræ 1686.
in 4°. Cet Ouvrage est contre M.
Vitringa , & roule aussi bien que les
suivans sur des sujets fort peu interessans pour toutes autres personnes
que celles qui aiment le Rabbinisme.

5. *Archisynagogus Otiosus. Frane-*
keræ in-4°. 1687. Ce n'est qu'un petit Ouvrage de huit pages.

6. *Specimen animadversionum Cl.*

Vir. (*Vitringæ*) *decem viros Otiosos.*
Franekeræ 1688. *in-*4°. L'ouvrage dont
celui-ci n'est que le projet n'a pas
paru.

7. *Dispositio Scholastica argumento-*
rum, quibus probatur mortem corpora-
lem non esse pœnam peccati. Franekeræ.
1693. *in-*4°.

8. *Disputatio adversus Cl. Witsium*
de Guoldam Habba. 1693. *in-*4°. Comme M. Rhenferd se piquoit de ne
traiter que des matieres qui n'a-
voient point esté expliquées avant lui,
il choisissoit quelquefois des sujets assés steriles, ou dont l'utilité est un
peu mince, comme on le peut voir
par cet Ouvrage, & par plusieurs
autres. Cependant il ne laisse pas de
faire paroitre de l'érudition en cette
sorte d'ouvrage.

9. *Exercitationes Philologicæ de Fi-*
ctis Judæorum Hæresibus. Franekeræ
1694. *in-*4°.

10. *Disputatio Philologica de Se-*
thianis. Franekeræ 1694. *in-*4°.

11. *Disputatio Philologica de Anti-*
quitate Litterarum Judaicarum. Frane-
keræ 1696. *in-*4°. L'Auteur y prétend
contre *Joseph Scaliger, Louis Cappel,*

& *Samuel Bochard*, que les caracteres que nous avons aujourd'huy dans
nos Bibles, sont plus anciens que
ceux des Samaritains, & que les derniers ont été formez sur les Assyriens,
qui sont beaucoup plus beaux.

12. *Comparatio Anniversaria ex-
piationis Pontificis Maximi in veteri
Testamento cum unica atque æterna ex-
piatione Christi Domini. Franekeræ
1696. in-8°.* avec la traduction latine d'un Traité du Talmud sur les
sacrifices, fait par *Robert Seringham,*
& réimprimée par les soins de M.
Rhenferd.

13. *Investigatio Præfectorum & Mini-
strorum Synagogæ. Franekeræ 1700. in-4°*

14. *Dissertationum Philologico-Theo-
logicarum de stylo Novi Testamenti Syntagma, quo variorum de hoc genere Li-
belli continentur. Jacobus Rhenferdius
Collegit, & de suo addidit dissertationes
duas de sæculo futuro. Leovardiæ 1701.
in-4°.* Ces deux dissertations tendent
à faire voir que dans les anciens Rabbins, le siecle à venir signifie l'autre
vie.

15. *De Arabarchis & Ethnarchis
Judæorum Franekeræ. 1702. in-4°.*

16. *Differtatio de ratione obfervan-* J. RHEN-
di genuinam vocabulorum Hebraïcorum FERD.
fignificationem. Franekeræ 1704. *in-*4°.

17. *Periculum Palmyrenum, five*
Litteraturæ veteris Palmyrenæ indagan-
dæ & eruendæ ratio & fpecimen. Fra-
nekeræ 1704. *in-*4°. C'eft l'explication de quelques Infcriptions trou-
vées à Palmyre en caracteres inconnus.

18. *Differtatio de ftatuis, & Aris,*
falfis verifque Dei & hominum inter-
nunciis. Franekeræ 1705. *in-*4°.

19. *Obfervationes felectæ ad loca*
*Hebræa Novi Teftamenti, in-*4°. Ce
font trois differtations imprimées en
1705. 1706. & 1707.

20. *Rudimenta Grammaticæ Har-*
monicæ Linguarum Orientalium, He-
bræa, Chaldaica, Syriaca & Arabica.
Franekeræ 1700. *in-*4°.

21. *Conjectura de Tecto Sabbathi*
1707. *in-*4°. L'Auteur tâche d'y
donner l'explication du verf. 18. du
chap. 16. du quatriéme Livre des
Rois.

22. *Periculum Criticum, five Exer-*
citationes Criticæ in loca depravata, de-
perdita & vexata Eufebii Cæfarienfis
& Hieronymi de fitu & nominibus lo-

J. Rhen-
ferd. *corum Hebraïcorum. Franekeræ* 1707.
in-4°. Ce font des corrections fur
cet Ouvrage , & des cenfures de
quelques-unes des remarques de M.
le Clerc , qui lui a repondu dans la
Bibliotheque ancienne & moderne ,
to. 17. p. 122.

23. *Periculum Phœnicium , five an-*
tiqua Litteratura Phœnicum. Franekeræ
1706. *in-4°.* C'eft l'explication de
quelques Medailles Pheniciennes.

24. *Recit court & fincere de la pre-*
miere Origine des difputes inteftines qui
ont troublé les Eglifes des Pays Bas de-
puis quarante ans jufqu'à prefent En
Flamand , *Amfterdam* 1708. *in-8°.*
Rhenferd publia ce livre fous le nom
fuppofé d'*Irenæus Philalethes.* Il y
donne un détail des difputes qui ont
été entre *Vœtius* & des *Marets* d'une
part, & les Cartefiens & les Cocceïens
d'une autre fur la Philofophie de
Defcartes.

25. *Oratio de fundamentis & prin-*
cipiisPhilologia Sacra. Franekeræ 1711.
in-4°. Cette piece eft peu de chofe ,
il femble que l'efprit de l'Auteur commençât à baiffer , lorfqu'il l'a faite.

Tous ces Ouvrages ont été réim-
primés

primés ensemble à Utrecht en 1712. J. Rhen-
in-4°. avec l'Oraison Funebre de Ferd.
l'Auteur prononcée le 19. Octobre
1712. par M. *Ruard Andala*, Professeur ordinaire en Philosophie & en
Theologie à Franeker.

V. *Histoire Critique de la Rep. des
Letres, tom.. 3.*

PAUL CASATI.

PAUL CASATI naquit à *Plai-
sance* l'an 1617. La Noblesse de
son origine le distinguoit moins que
son esprit, son beau naturel, & sa
pieté. Il entra de bonne heure chez les
Jesuites, & y professa avec honneur.
Il Regenta à Rome les Mathematiques, & ensuite la Theologie. Il
étoit dans ce dernier emploi, lorsque
le P. *Gofvin Nikel* General de la Compagnie, le choisit pour aller en Suede
déguisé, conferer avec la Reine de
Suede *Christine.* Cette sçavante Princesse avoit demandé deux Jesuites, à
qui elle pût s'ouvrir des doutes que
la grace lui inspiroit, pour la tirer
de l'erreur où la naissance l'avoit en-
gagée. Le succès du Voyage du P. *Ca-*

Tome. I. P

sati fut la conversion de cette Princesse.

Le P. *Casati* retourna en Italie en
1652. Quoique ses Superieurs con-
nussent le rare talent qu'il avoit pour
les Sciences les plus sublimes, ils ne
pûrent se resoudre à priver la Compagnie des avantages qu'elle pouvoit
tirer de son Gouvernement. Il a été
Superieur en plusieurs Maisons, & a
occupé la premiere Dignité de l'Université de *Parme* pendant trente ans.
Deux Duchesses de *Parme* l'ont choisi
pour leur Confesseur. Malgré l'embarras de ces emplois, son goût pour
les Sciences l'y ramenoit continuellement; & comme on trouve toûjours
du temps pour ce qui plaît, le P. Casati a sçû en menager assés pour composer un grand nombre d'Ouvrages
tant en Latin, qu'en Italien.

Il est mort à *Parme* le 22. Decembre
1707. âgé de 91 ans.

Catalogue de ses Ouvrages.

1. *Vacuum proscriptum. Genuæ* 1649.

2. *Terra Machinis Mota. Romæ*
1655. Il fixe dans cet Ouvrage la mesure & la pesanteur de la terre.

3. *Fabrica & uso del compasso di pro-*

portione. La conftruction & l'ufage PAUL
du compas de proportion. *Boulogne* CASATI.
1664. réimprimée avec une addition
à Boulogne en 1685.

4. *Orazione Funebre nelle efequiè di
Don Paolo Conti Duca di Poli. In Par-
ma* 1666. Oraifon Funebre de D.
Paul Conti Duc de Poli.

3. *La Tromba parlante. In Parma*
1673. La Trompette parlante.

6. *Le Ceneri de l'Olympo ventilate.
In Parma* 1677. Les Cendres de
l'Olympe jettées au vent. L'Auteur
refute dans cet Ouvrage l'erreur vulgaire de la tranquillité du Som-
met de l'Olympe, Montagne de Thef-
falie, qu'on dit être fi grande, que le
moindre fouffle de vent ne s'y fait pas
fentir ; & la fable raconte que les cendres du facrifice annuel y demeuroient
l'année entiere fur l'Autel expofées à
l'air fans être diffipées.

7. *Mechanicorum Libri Octo. Lugduni*
1684. *in-*4º.

8. *De igne differtationes Phyficæ. Pars
prior. Venetiis* 1686. *in-*4º. *Pars pofte-
rior. Parmæ* 1695. *in-*4º. On trouve
dans cet Ouvrage moins de préven-
tion, & plus de liberté d'efprit ;

PAUL
CASATI.

qu'on n'en auroit attendu d'un homme élevé dans les principes des Peripateticiens, & dans le goût de la
Philosophie de l'Ecole. On y voit
beaucoup de lecture, quantité d'experiences, & plusieurs choses assez
bien pensées ; quoiqu'on ne puisse pas
dire, comme ont fait les Imprimeurs
d'Allemagne, qui en ont réimprimé
la premiere partie à Lipsic en 1688.
in-4°. qu'on y donne les fondemens solides de toute la Physique,
paroles qu'ils ont substituées à celles-
ci, qui sont dans l'édition de Venise, *Physicam Philosophandi Methodum
cum Aristotele consentire ostenditur ;*
c'est ainsi qu'en parle M. le Clerc
dans sa Biblioth. Uni. tom. 9.

9. *Hydrostaticæ dissertationes. Parmæ*
1695.

10. *De Angelis disputationes Theologicæ. Placentiæ* 1703.

11. *Opticæ disputationes. Parmæ*
1705. Ce que cet Ouvrage a de sin-
gulier, c'est que l'Auteur le composa
à l'âge de 88 ans, & étant devenu
aveugle.

V. son Eloge, *Mem. de Trevoux
Aoust* 1708.

PAUL PEZRON.

PAUL PEZRON nâquit en 1639.
à *Hennebont*, petite Ville du Duché de Bretagne, d'une famille diftin-
guée dans la Magiftrature. Il entra
en 1660. dans l'Ordre de Citeaux,
& fit l'année fuivante Profeffion
dans l'Abbaye de *Prieres*, d'où on
l'envoya à *Rennes* étudier en Philofophie fous les Jefuites. Il fut enfuite choifi pour venir étudier en
Theologie au College des Bernardins
de Paris ; il y paffa Bachelier, & fon
merite prévint fi fort en fa faveur,
fon Superieur Dom *Jouaud* Abbé de
Prieres, & Vicaire general de l'étroite Obfervance, qu'il le prit pour fon
Secretaire.

L'Abbé de *Prieres* étant mort en
1673. Dom *Pezron*, qui ne s'étoit
jetté dans le mouvement des affaires
que par obéïffance, rentra avec plaifir dans la folitude, & retourna dans
fon Monaftere de *Prieres*, où d'abord
on lui donna le foin des Novices,
avec la Dignité de Sous-Prieur.

PAUL] Quatre ans après en 1677. l'Abbé
PEZRON. de *Citeaux* voulut que tout l'Ordre
profitât des talens de D. Pezron, &
le nomma Sous-Prieur du College des
Bernardins de Paris. Le séjour de
cette Ville reveilla en lui le goût pour
les Sciences, qu'il avoit toûjours eu.
Mais comme les fonctions de sa Charge étoient un grand obstacle à cette
inclination, qui le portoit à s'y donner tout entier, il obtint d'en être
déchargé pour entrer en Licence : il la commença en 1678. & la
finit l'année suivante. Il reçut le Bon-
net de Docteur le 10 Avril 1682.

Aussi-tôt après sa Licence ses Superieurs l'engagerent à Regenter la
Theologie dans le College des Bernardins, & il ne quitta cet employ
que pour en être Superieur en 1686.
L'Ecriture Sainte avoit toûjours été
l'objet de sa curiosité, & la matiere
de son travail ; mais persuadé que la
parfaite connoissance de l'histoire
ancienne est necessaire pour penetrer
le veritable sens des Livres Divins, il
s'appliqua à la lecture des anciens
Historiens Grecs & Latins, & des
Ecrivains modernes qui ont travaillé,

pour les concilier avec les Ecrivains
Sacrés.

En 1690. il fut nommé Vicaire
General, ou Viſiteur des Maiſons
Réformées de l'Iſle de France, de
Picardie, & de Champagne. En 1697.
le Roy le nomma à l'Abbaye de la
Charmoye. On ſçait qu'il n'avoit fait
aucunes démarches pour l'obtenir ;
il ne la garda que ſix ans, & la remit
au Roy en 1703. avec un déſintereſ-
ſement ſi parfait, qu'il ne ſe reſerva
aucune Penſion.

Une ſechereſſe de poitrine qui l'a-
voit tourmenté toute ſa vie, l'emporta
le 10. Octobre 1706. à l'âge de 67.
ans.

Les Ouvrages qu'il a donnés au Public ſont :

I. *L'Antiquité des Temps rétablie,
& défendue contre les Juifs & les nouveaux Chronologiſtes. Paris* 1687. in-
4°. Le deſſein de ce Livre eſt de montrer que le monde eſt plus ancien que
ne le croyent les Chronologiſtes modernes, & que la Chronologie des
Septante s'accorde mieux avec l'Hiſtoire profane que celle de l'Hebreu.
Cet Ouvrage fit d'abord grand bruit,

P iiij

PAUL
PEZRON.

& selon le fort des bons Livres, il
eût beaucoup d'admirateurs & de critiques. Le P. Martianay Benedictin,
& le P. le Quien Dominicain écrivirent contre l'Antiquité des Temps;
le P. Martianay avec fa chaleur ordinaire, qui ne lui permit, ni de fe
refferrer dans fon fujet, ni d'adoucir
l'aigreur de fes invectives. Les objections du P. le Quien furent plus
précifes & plus moderées. Le P.
Martianay avoit écrit le premier, ce
qui détermina l'Auteur de l'Antiquité
des Temps à refuter fon Livre.

2. *Défenfe de l'antiquité des Temps,*
où l'on foûtient la tradition des Peres &
des Eglifes contre celle du Talmud, &
où l'on fait voir la corruption de l'He-
breu des Juifs. Paris in-4°. 1691. Cet
ouvrage auffi-bien que le précedent
eft rempli de recherches curieufes, &
l'Auteur s'y défend avec beaucoup de
modeftie. Le P. le Quien repliqua,
mais le P. Martianay porta la caufe à un
autre Tribunal; il défera en 1693. à
M. de Harlay Archevêque de Paris
les Livres & le fentiment du P. Pezron. Le Prélat ne fe laiffa pas prévenir, il communiqua au Défenfeur

P A U L

de la Chronologie des Septante le Memoire de ſon Adverſaire. Le P. Pezron. Pezron n'eut pas de peine à montrer qu'il défendoit un ſentiment commun à tous les Peres avant S. Jerôme, ainſi l'accuſation n'eut aucune ſuite.

3. *Eſſay d'un Commentaire litteral & hiſtorique ſur les Prophetes. Paris* 1693. *in-*12. Dans cet eſſay l'Auteur explique quelques chapitres d'Oſée, de Joel, d'Amos, d'Abdias, & d'Iſaïe.

4. *Hiſtoire Evangelique confirmée par la Judaïque & la Romaine. Paris* 1696. *in-*8°. 2. tomes.

5. *Antiquité de la Nation & de la Langue des Celtes, autrement appellés Gaulois. Paris* 1703. *in-*8°. Cet Ouvrage qui eſt rempli de recherches curieuſes, devoit faire partie d'un autre Ouvrage plus étendu ſur l'origine des Nations, que l'Auteur n'a pas eu le temps d'achever, & dont il fait lui-même le plan dans une Lettre à M. l'Abbé Nicaiſe, inſerée dans les nouvelles de la Republique des Lettres, Juin 1699.

6. *Diſſertation touchant l'ancienne demeure des Cananéens, & l'uſurpa-*

Le P. Pezron.

P A U L *tion qu'ils en ont faite sur les enfans de*
PEZRON. *Sem*, inferée dans les Mem. de Tre-
voûx de Juillet 1703. L'Auteur se
sert de cette usurpation pour justifier
la conduite de Dieu, qui ordonna
aux Israëlites d'exterminer les Cananéens.

7. *Dissertation sur les anciennes & ve-*
ritables bornes de la Terre promise, inserée dans les Memoires de Trevoux
de Juin 1705.

V. Son Eloge, *Mem. de Trevoux de*
Juillet 1707.

ANTOINE PAGI.

ANTOÎNE
P A G I.

A*NTOINE PAGI* nâquit à
Rognes petite Ville proche *d'Aix*
en Provence le dernier jour de Mars
1624. Il fit ses premieres Etudes à
Aix dans le College des Jesuites, qui
souhaiterent de le voir prendre parti
parmi eux ; mais il se détermina pour
les Conventuels de S. François, attiré
par un Oncle maternel, nommé le P.
Antoine Barrau, qui étoit de cet Ordre, où il étoit fort estimé, de même
que dans toute la Provence. Le P.

Pagi fit Profeſſion à Arles le dernier jour de Janvier 1641.

Ses Etudes de Philoſophie & de Theologie étant finies, il fut employé à les enſeigner, & entra peu de temps après dans les Charges de ſon Ordre, ayant été nommé Provincial dès l'âge de 29 ans, dignité à laquelle il eſt revenu trois autres fois.

Au milieu de ſes occupations Monaſtiques, il ſçût ſe menager du temps pour l'Hiſtoire Eccleſiaſtique, & la Romaine, qui faiſoit ſon attrait & ſes délices. Il forma de bonne heure le deſſein de la Critique de Baronius, & le premier volume en fut imprimé à Paris en 1689. & dédié au Clergé, qui aſſigna une penſion à l'Auteur. Pendant qu'il s'occupoit à perfectionner cet Ouvrage, les infirmités, compagnes ordinaires de la vieilleſſe, commencerent à l'attaquer. Heureuſement la foibleſſe du corps ne ſe fit point ſentir à ſon eſprit; arrêté dans ſon lit il s'appliquoit à faire des corrections & des additions à ce qu'il avoit compoſé auparavant, & reſolvoit les queſtions les plus difficiles qu'on lui propoſoit. Il eſt mort à Aix le 5. Juin 1699. âgé de 75. ans.

ANTOINE   Les Ouvrages qu'il a donnés au
PAGI.   Public, font:

1. *Differtatio Hypatica feu de Confu-*
libus Cæfareis, ex occafione Infcriptionis
Forojulienfis Aureliani Augufti. Lug-
duni 1682. *in-*4°. Cet Ouvrage plein
de remarques curieufes répand un
grand jour fur la Chronologie des
Confulats.

2. *D. Antonii Paduani Ord. Min.*
Sermones hactenus inediti de fanctis &
diverfis. Accedunt Vindiciæ Regularum
Coff. Cæfareorum. Avenione 1685. *in-*8°.

3. *Differtation fur les Confulats des*
Empereurs Romains. Inferée dans le
Journal des Savans du 11. Novembre
1686.

4. *Critica Hiftorico-Chronologica in*
Annales Ecclefiafticos Card. Baronii.
Paris. 1689. *fol.* Ce n'eft que le premier volume de l'Ouvrage entier,
qui a été imprimé après la mort de
l'Auteur par les foins de fon neveu le
P. François Pagi du même Ordre à
Anvers, c'eft-à-dire à *Geneve,* 1705.
4. vol. *in-fol. Ibid. Nova editio* 1726.
L'Ouvrage complet va jufqu'à l'an
1198. où finit Baronius.

V. fon Eloge *à la tête de la Criti-*
que de Baronius.

VINCENT PLACCIUS.

VINCENT *PLACCIUS* nâquit le 4. Fevrier 1642. à *Hambourg*, où ſon pere étoit Medecin ; il eut dès ſa premiere jeuneſſe du goût & du genie pour les Belles Lettres, & compoſa dès-lors des Vers, dont il n'eut point honte dans un âge plus meur, & dont il fit dans la ſuite imprimer un Recueil.

Après avoir fait ſes premieres Etudes à Hambourg, il alla en 1659. à *Helmſtad*, & enſuite à *Lipſik*, pour ſe perfectionner dans les ſciences. De-là il alla à Vienne en 1662. en Italie, & en France, cherchant à faire connoiſſance, & à lier commerce avec les Sçavans. Il prit à Orleans le degré de Licentié en Droit, car il s'étoit appliqué auparavant à la Juriſprudence, ſurtout à Lipſic. De retour en ſa Patrie en 1667. il s'occupa à plaider, ſans negliger cependant les Belles Lettres. En 1675. il fut fait Profeſſeur de Morale & d'Eloquence, emplois qu'il a rempli avec honneur pendant 24 ans.

Quoi qu'en divers endroits de ſes Ouvrages il ſe plaigne des vapeurs

Vincent d''une mélancolie noire, qui lui in-
Placcius terdisoit les études serieuses, & qui
demandoit d'autant plus de mena-
gemens, que sa mere & son frere sujets à la même maladie, en étoient
devenus fous; il ne demeura pas oi-
sif, & composa un grand nombre
d'Ouvrages. Cette mélancolie le rendoit chagrin, colere, sujet à beaucoup d'infirmités, à des maux de
ratte, à la colique, à la goute; il devint enfin asthmatique, & trois mois
avant sa mort une attaque d'apoplexie acheva de l'accabler : il mourut le
6. Avril 1699. agé de 59 ans.

Avec un semblable naturel, & parmi tant de maux, il se soutenoit par
l'amour de la gloire, mais sans envie
pour le merite des autres, dont il
jugeoit équitablement, leur donnant volontiers les éloges qu'ils me-
ritoient. Dans sa jeunesse il avoit
beaucoup de foy aux songes, & à
l'astrologie judiciaire; mais il s'étoit
désabusé un peu dans la suite de l'estime qu'il faisoit de ces sciences trom-
peuses, quoiqu'il eut toûjours quelque foiblesse à cet égard.

Sa nourriture pendant les douze
dernieres années de sa vie ne fut que

du lait ; & il en ufoit ainfi pour éviter
la goute qui le tourmentoit , & contre laquelle il avoit trouvé tout autre
remède inéficace. Il legua fes Livres ,
qui alloient à plus de quatre mille à
la Bibliotheque publique de Hambourg , & fes biens pour l'entretien
de quelques étudians , n'ayant point
été marié

Au refte, malgré la bile qui le do-
minoit , il étoit obligeant & affable ,
fort charitable à l'égard des pauvres,
aimant la verité & la candeur , &
fort attaché à l'inftruction de fes dif-
ciples ; il eft vrai qu'il s'expliquoit
plus clairement de bouche , que fur
le papier ; car fon ftyle eft un peu
obfcur , la multitude des chofes qui
fe prefentoient à fon efprit , lorfqu'il compofoit, y repandant de la
confufion.

Catalogue de fes Ouvrages.

1. *Atlantis retecta , five de naviga-*
tione Chriftophori Columbi in Americam
Poema. Hamburgi 1659. *in-*80.

2. *De Jurifconfulto perfecto liber unus*
exhibens officia & requifita Jurifconfulti,
adeoque elementa fcientiæ interpretandi
jura , fcientifice demonftrata. Augufte
1664. *in-*8°. Il avoit compofé cet

VINCENT PLACCIUS

Vincent.
Placcius

Ouvrage à Vienne en 1662. & il le publia en 1664. à Padouë, (quoique le titre porte *Augusta*) sous le faux nom de *Nomicus Pacemutus Analytico-philus*. Cet Ouvrage qui a son merite a été réimprimé à Hambourg en 1693. *in*-8°. avec quelques autres petits Ouvrages du même Auteur qui y a mis son nom.

3. *De interpretatione legum*, *disputatio inauguralis. Aureliis* 1665. *in* 4°.

4. *Carmina Puerilia & Juvenilia libris IV. Amstelod.* 1667. *in*-12.

5. *De Scriptis & Scriptoribus Anonymis & Pseu-donymis Syntagma. Hamburgi* 1674. *in*-4°. Ce n'estoit là que le prélude du gros Ouvrage qu'il a fait depuis.

6. *Typus accessionum moralium, sive institutionum Medecinæ moralis, desideratorum ejus scientiæ, cum primis vero præceptorum emendandi seipsum, elementa partite proponens. Hamburgi* 1675. *in*-8°. C'est assez la methode de l'Auteur de comparer la Morale à la Medecine, & d'appliquer à l'une les préceptes de l'autre, comme on le voit dans plusieurs de ses Ouvrages. On reconnoît là le gout Allemand.

7. *De Augenda Morali scientia Com-*

mentarius in Franciſci Baconis de Veru- Vincent *lamio de dignitate & augmentis ſcien-* Placcius *tiarum librum ſeptimum , exhibens Hiſ-toriæ Ethicæ Breviarium ab orbe condito. Francof. 1676. in-8°.*

8. *De Pſeudo-Magnanimitate Ariſtotelica. Programma 1676. in-4°.*

9. *De exiſtimatione cenſuraque mentium alienarum. Programma. 1677. in fol.*

10. *Philoſophiæ Moralis plenioris fructus præcipuus , qui eſt agnoſcere illius ope Philoſophiam non ſufficere Beatitudini ſolidæ ulli conſtituendæ , nedum acquirendæ , revelationem vero divinam ei neceſſariam, certiſque ſignis (in ſola Religione Chriſtiana deprehendendis) à falſâ quâlibet ſuperſtitione diſtinctam non poſſe non exiſtere. Adjecta eſt oratio inauguralis de Juvene Philoſophiæ Pracicæ auditore. Helmſtadii 1677. in-8°.*

11. *Corona Gymnaſtica in funere D. Mich. Kirſtenii. Programma 1678.*

12. *De actionibus tractatio. Hamburgi 1679. in-8°.*

13. *Excerpta Rhetoricarum acceſſionum. Hamburgi 1679. in-8°.*

14. *Homines à naturâ ad pacis non belli ſtatum ordinatos eſſe. Programma 1681. in-fol.*

Tome I. Q

Vincent Placcius

15. *Justiniani Imperatoris Institutiones reconcinnatæ. Francofurti. 1682. in-4°.*

16. *De utilitate exercitiorum publicorum Gymnasii. Programma 1683.*

17. *Demonstration de l'immortalité de l'ame de l'homme, par les seules lumieres de la nature,* (En Allemand) Francfort 1685. *in-8°.*

18. *Description de la Morale parfaite selon l'idée de la Medecine.* (En Allemand) Hambourg 1685. *in-8°.*

19. *Le regime des mœurs accommodé à celui de la Medecine.* (En Allemand) Hambourg 1685. *in-8°.*

20. *Excerpta bina Rhetoricarum accessionum. Hamburgi 1686. in 8°.*

21. *Theses ex Philosophia Morali de Gratitudine. Resp. A. Barthold Walthero Hamburgensi. 1686.*

22. *De discrepantia Aristotelicorum in designanda optimâ Republicâ. Programma 1687. in-fol.*

23. *De causis rarescentium exercitiorum publicorum in Gymnasio. Programma 1687. in-4°.*

24. *De seligendo studiorum genere in tanta varietate. Programma 1688. in-4°.*

25. *De Arte excerpendi liber singula-*

vis. *Hamburgi* 1689. *in-*8°. L'Auteur Vincent
y rapporte toutes les methodes differen-Placcius
tes dont on peut se servir pour faire
des Recueils.

26. *Invitatio amica ad Antonium*
Magliabechi, aliosque Reip. Litterariæ
Proceres super Symbolis promissis, aut
destinatis ad Anonymos & Pseudonymos
suos. Hamburgi 1689. *in* 8°.

27. *De comtemptu Logicæ apud eos*
qui in addiscendâ eâ multum temporis col-
locarunt. Progamma 1692.

28. *Corona Gymnastica in funere Rev.*
Johannis Surlandi Ecclesiastæ ad D. Mi-
chaelis, & Vir. Clariss. Henrici Siveri
& Jo. Vagetii Programma 1692.

29. *De connexione extremorum cum*
mediis. Programma 1693. *in-fol.*

30. *De jure naturali Usurarum Theses*
Resp. A. Nicolas Stampeel Hamburgen-
si. 1695.

31. *Accessiones Ethicæ. Juris natura-*
lis & Rhetoricæ. Hamburgi 1695. *in-*8°.

32. *De Antizelia, id est de malis in*
bonum imitandis Theses. Resp. Anto. Ni-
colao Lutkens 1697.

33. *Theatrum Anonymorum & Pseu-*
donymorum. Opus posthumum. Hambur-
gi 1708. *fol.* C'est l'Ouvrage le plus

Q ij

VINCENT PLACCIUS étendu que nous ayons sur les Pseudonymes & les Anonymes. M. Matthias Dreyer a pris le soin de le donner au public après la mort de l'Auteur, & on doit lui en sçavoir gré. Mais on peut dire que c'est plûtôt le plan & le canevas d'un bon Livre, qu'un bon Livre. 1°. Il y a une infinité de petites choses & de circonstances inutiles, qui ne servent qu'à grossir le volume & ennuyer le Lecteu. 2°. Il y a un défaut capital dans l'œconomie de l'Ouvrage. Il falloit qu'il fût par ordre alphabetique, & non par ordre des matieres. 3°. Les longues citations ne servent qu'à embroüiller le discours, & qu'à faire repeter deux fois la même chose. 4°. Les titres des Livres qui ne sont pas latins, y sont traduits en cette langue, de maniere qu'il est presque impossible de les trouver dans l'ordre où ils devroient être. 5o. M. Placcius se trompe en une infinité d'endroits; ajoutez à cela les fautes d'impression qui sont sans nombre. Ce sont là les choses que M. Bernard trouve à redire dans cet Ouvrage dont il loüe cependant l'utilité *Rep. des Lett. de Septembre* 1710.

V. son Eloge par *Jean Albert Fabri-* VINCENT *tius* à la tête de son Theatre des Ano- PLACCIUS nymes & des Pseudonymes. *Mem. de* *Trevoux. Avril* 1718. *Biblioth. Fa-* *briciana to.* 3. *p.* 136.

ESTIENNE BALUZE.

ESTIENNE BALUZE, E. BA-
nâquit à *Tulles* en 1631. Il appor- LUZE.
ta en naissant un esprit vif, enjoué,
& cependant capable de soutenir
l'étude la plus assiduë, & la moins
agréable. Jamais la vûë du travail
ne le rebutta, aussi n'en prenoit-il
jamais au dessus de ses forces.

A près avoir commencé ses Etudes
à *Tulles*, il alla les continuer à *Tou-*
louse, où il obtint une bourse dans
le College de S. *Martial*, & commença dès lors à composer quelques Ouvrages qui lui firent de la reputation.

En 1656. M. *de Marca* le fit invi-
ter à se rendre à Paris auprès de lui.
M. Baluze regarda cette invitation
comme une marque de distinction, &
crut que rien ne pouvoit lui être plus
avantageux, que de s'attacher à un
Prélat aussi capable, & aussi bien en

E. BA-
LUZE.

Cour que M. de Marca. Il s'y attacha
en effet, & avec tant de zele, qu'il
merita sa confiance, & qu'il parta-
gea quelquefois avec lui ses travaux.
Ce Prelat malheureusement ne vêcut
pas long-temps, & étant mort le
29. Juin 1662. M. Baluze se vit obligé de chercher un autre *Mecene*.

Il fut agréablement prévenu par
M. *le Tellier*, depuis Chancelier de
France, qui dans le dessein de l'attacher à l'Abbé *le Tellier* son fils, depuis Archevêque de Reims, lui fit
plusieurs gratifications, que la reconnoissance lui a toûjours fait publier. Differens incidens empêcherent cependant la réussite de cette affaire, & M. *Colbert* profitant de l'i-
naction de M. *Baluze*, le sollicita de
se charger du soin de sa Bibliotheque,
& l'obtint, après cependant que M.
Baluze en eut obtenu la permission
de M. *le Tellier*, sans l'agrément du-
quel il crut que la reconnoissance ne
lui permettoit pas de prendre ce nouvel engagement. Il y est demeuré,
jusqu'à ce qu'après la mort de M.
Colbert, ne trouvant plus les mêmes
agrémens auprés de l'Archevêque de

Roüen, à qui cette Bibliotheque E. B A- étoit échûë, il se défit tout-à-fait de L U Z E. cet employ. C'est à ses soins & à ses conseils, que l'on doit l'excellent Recüeil de MSS. & d'autres Livres qui se trouvent dans cette Bibliotheque.

En 1670. il fut nommé Professeur en Droit Canon au College Royal, & ce qui lui fait beaucoup d'honneur, c'est que cette Chaire fut érigée par le Roi en sa faveur.

L'Abbé *Faget* avoit en 1668. fait imprimer quelques Ouvrages de M. *de Marca* son parent, & avoit mis à la tête une vie de ce Prelat, où il disoit, que M. de Marca à l'article de la mort avoit ordonné au sieur Baluze de remettre tous ses papiers entre les mains du President de Marca son fils. Ces paroles exciterent la bile de M. Baluze, il s'en vengea par des Lettres très dures, qu'il écrivit contre l'Abbé Faget, qui y fit des repliques également aigres, & toutes remplies de personnalités qui ne firent honneur ni à l'un, ni à l'autre. Ces Lettres parurent dans l'Edition des Dissertations publiées par M. l'Abbé

E. BA-
LUZE. Faget, & réimprimées en Hollande
en 1669. On fut d'autant plus furpris de cette conduite de M. Baluze,
qu'il étoit d'un naturel doux & d'un
commerce fort aimable. Il voulut
conferver à la pofterité la memoire
de fa querelle avec l'Abbé Faget ; en
la faifant entrer dans la vie de M. de
Marca, qu'il mit à la tête de la nouvelle Edition de la Concorde du Sa-
cerdoce & de l'Empire.

Il donna en 1693. *Les Vies des Papes d'Avignon*, Ouvrage qui lui procura une recompenfe de fes travaux,
car le Roy le gratifia d'une penfion,
& lui donna la direction du College
Royal. Mais il ne joüit pas long-
temps des bienfaits de la Cour ; attaché depuis quelques temps au Cardinal de Boüillon, qui l'avoit chargé
d'écrire l'Hiftoire de fa Maifon, il
fut enveloppé dans fa difgrace ; il
reçût une Lettre de Cachet pour
Lyon, & tout ce que l'on put faire
en fa faveur fût d'empêcher un fi
grand éloignement. Il fut relegué
fucceffivement à Roüen, à Tours, &
à Orleans ; on le rappella après la
Paix, mais il perdit pour toûjours
la

la place de Directeur & de Profeffeur Estienne du College Royal auffi-bien que fa Baluze. penfion.

Quoi qu'éloigné de Paris , & âgé déja de plus de 80 ans, il ne demeura pas oifif ; rien ne put interrompre fes travaux litteraires , il faifoit même imprimer les Oeuvres de S. Cyprien fur lefquelles il avoit travaillé dans fon exil, lorfque la mort l'enleva le 28. Juillet 1718. à l'âge de 88. ans. Il eft enterré dans l'Eglife de S. Sulpice.

Quoique M. Baluze ait peu produit de fon fond dans les Ouvrages dont il a enrichi le public ; il eft cependant peu d'Ecrivains qui ayent travaillé plus utilement pour l'Eglife & pour la Republique des Lettres , par l'attention qu'il a eu à ramaffer de tous côtés d'excellens Manufcrits, à les conferer, & à les éclaircir avec érudition ; il s'étoit donné dès fa jeuneffe à cette forte de travail, & avoit toute la fagacité neceffaire pour y réüffir. Il étoit très verfé dans la connoiffance des Manufcrits , des Titres, & des Livres imprimez de tout genre, & fçavoit parfaitement

Tome I. R

ESTIENNE BALUZE.

l'Hiſtoire Eccleſiaſtique & profane, le droit Canonique ancien & moderne. Il fut lié pendant toute ſa vie à tout ce qu'il y eut de gens de Lettres en France, & dans les Pays Etrangers. D'un eſprit toûjours gay, il étoit aimable dans le commerce de la vie, & la vieilleſſe ne lui ôta rien de ſon enjouëment. Né avec un temperament délicat, il ſçut conſerver une ſanté toûjours égale, par la ſobrieté & le regime qu'il garda juſqu'à la mort ; il n'eut jamais d'auſterité ni pour lui ni pour les autres, il vivoit avec plaiſir, & mourut avec reſignation.

Son Teſtament s'eſt un peu reſſenti du caprice, dont il ne fût pas tout-à-fait exempt pendant ſa vie. Il a fait une femme étrangere ſa legataire univerſelle, & n'a preſque rien laiſſé à ſa famille, & à ſes domeſtiques. Il a ſouhaitté que ſa Bibliotheque fût venduë en détail, afin que les particuliers trouvaſſent aprés ſa mort ce qu'il avoit lui-même recherché & trouvé aprés la mort des autres.

Catalogue de ſes Ouvrages.

1. *Antifrizonius. Toloſa* 1652 *in-*12.

C'eft une critique des fautes répan- ESTIENNE
duës dans l'Ouvrage de *Pierre Frizon* BALUZE.
Docteur de Sorbonne, intitulé: *Gal-*
lia purpurata, qui avoit paru en 1638.

2. *Differtation fur le temps où a vêcu*
S. *Sadroc* (en latin *Sacerdos*) *Evêque*
de *Limoges. Tulles* 1655. *in-*12.

3. *Differtatio de Sanctis Claro ,*
Laudo , Ulfardo , Baumado , quorum
facra reliquiæ fervantur in Cathedrali
Ecclefia Tutelenfi apud Lemovices in-
8°. *Tutelæ.* 1656. *in-*12.

4. *Petri de Marca de Concordia Sa-*
cerdotii & Imperii , feu de libertatibus
Ecclefiæ Gallicanæ libri VIII. à Step.
Baluzio emendati. Parif. 1663.*fol. It.*
Parif. 1669. *fol.It.Parif.* 1704. *fol.* Il
s'étoit déja fait une édition des quatre premiers Livres en 1641. dans le
temps que l'Auteur étoit Prefident
au Parlement de Pau ; celle que M.
Baluze donna après fa mort en 1663.
eft bien plus correcte, & plus ample,
puifqu'il y ajoûta les quatre Livres
qui compofent la feconde partie ;
celle de 1669. fut encore augmentée ,
M. Baluze y ayant achevé le Traité
des Legats que M. de Marca n'avo t
fait que commencer , & y ayant j int

R ij

ESTIENNE quelques autres Pieces. L'édition de
BALUZE. 1704. comprend tout ce qui est dans
les précedentes, & de plus plusieurs
remarques curieuses que l'Auteur y a
mises pour refuter certains Auteurs
qui avoient attaqué les sentimensde
M. de Marca.

5. *Salviani Massiliensis & Vincen-*
tii Lirinensis opera, cum notis. Paris. 1663
in-8°. It. Paris. 1669. *in-8°. It. Paris.*
1684. *in-8o.* cette édition est la meilleure.

6. *Servati Lupi Presbyteri & Ab-*
batis Ferrariensis opera. Paris. 1664.
in-8°. Les difficultés qui sont dans
cet Ouvrage sont éclaircies par des
notes trés-judicieuses de M. Baluze.

7. *S. Agobardi Archiepiscopi Lug-*
dunensis opera. Item Epistolæ & opus-
cula Leidradi & Amulonis Arch. Lugd.
notis illustrata. Paris. 1666. *in-8o.* 2.
tom.

8. *Concilia Galliæ Narbonensis cum*
notis. Paris. 1668. *in-8°.*

9. *S. Cæsarii Arelatensis Episcopi*
Homiliæ 14. *notis illustratæ. Paris* 1669.
in-8°.

10. *Regionis Abbatis Prumiensis*
libri duo de Ecclesiasticis disciplinis. &

Religione Chriſtiana. Acceſſit Rhabani ESTIENNE
Archiep. Moguntini Epiſtola ad Heri- BALUZE.
*baldum Epiſc. Antiſſiodorenſem, cum
notis. Pariſ.* 1671. *in* 8°.

11. *Ant. Auguſtini Archiep. Tar-
raconenſis Dialogorum libri duo, de
emendatione Gratiani, cum notis. Pariſ.* 1672. *in* 80.

12. *Marii Mercatoris opera, cum
notis. Pariſ.* 1684. *in* 8°. Cet Ouvrage & les precedens ont été revûs
exactement ſur les Manuſcrits, &
éclaircis par des notes, ou hiſtori-
ques, ou textuelles, qui marquent
également l'exactitude de l'Auteur,
& la connoiſſance qu'il avoit de l'Hiſtoire, ſur tout de celle du moyen
âge.

13. *Miſcellanea, hoc eſt, collectio veterum monumentorum, quæ hactenus la-
tuerant, in variis Codicibus ac Bibliothecis. Pariſ. in* 8°. 7. vol. Le premier
a paru en 1678. le ſecond en 1679.
le troiſiéme en 1680, le quatriéme
en 1683. le cinquiéme en 1700, le
ſixiéme en 1713, & le ſeptiéme en
1715. Ces mélanges ſont fort eſti-
més, & on y trouve des pieces trés-
curieuſes.

R iij

ESTIENNE   14. *Petri Gallandi Vita Petri Castel-*
BALUZE. *lani magni Franciæ Eleemosinarii, eden-*
te cum notis D. Stephano Baluzio,
qui etiam duas ejusdem Castellani Ora-
tiones habitas in funere Regis Francisci I.
adjecit. Paris. 1674. in-8o.

15. *Capitularia Regum Francorum*
Addita sunt Marculfi Monachi & alio-
rum formulæ veteres & notæ doctissimo-
rum virorum. Paris. 1677. fol. 2. tom.

16 *Lucii Cæcilii Firmiani Lactantii*
liber ad Donatum Confessorem de mor-
tibus persecutorum ; nunc primum pro-
dit opera & studio Stephani Baluzii
cum notis. Paris. 1680. in-8°. Editio 2.
cum notis variorum Recensuit Paulus
Bauldri. Ultrajecti. 1692. in-8°.

17. *Epistolarum Innocentii I. I I.*
Pontificis Romani libri X I. accedunt
Gesta ejusdem Innocentii &c. Paris.
1682. fol. 2. tom. Il s'en faut beaucoup que cette édition soit complette, le recüeil des Lettres du Pape
Innocent III. étant composé de 19.
Livres. M. Baluze l'auroit rendüe
telle, si on ne lui eut refusé à Rome
la communication de ces Lettres,
qu'on conserve dans la Bibliotheque
du Vatican.

18. *Novæ Collectio Conciliorum cum* ESTIENNE *notis. Pariſ.* 1683. *fol.* Ce ne ſont que BALUZE. les Pieces qui manquent dans la Collection des Conciles du P. Labbe, ou qui y ſont défectueuſes.

19. *Marca Hiſpanica, ſive limes Hiſpanicus, hoc eſt Geographica & Hiſtorica deſcriptio Catalauniæ, Barcinonis, & circumjacentium populorum. Auctore Ill. V. Petro de Marca. Pariſ.* 1688. *fol* La mort de M. de Marca ayant interrompu l'impreſſion de cet Ouvrage, M. Baluze par reconnoiſſance pour ſon premier protecteur s'engagea d'achever cette édition. Il y ajoûta un quatriéme Livre, qui contient des choſes fort curieuſes.

20. *Petri de Marca Archiepiſcopi Pariſienſis opuſcula nunc primum in lucem edita. Pariſ.* 1681. *in-8°.* M. Baluze avoit déja fait réimprimer en 1669. quelques Diſſertations de ce Prelat, qui avoient paru pendant ſa vie, mais ces Opuſcules n'avoient pas encore vû le jour.

21. *Vitæ Paparum Avenionenſium. Pariſ.* 1693. *in-4°.* 2. *tom.* Cet Ouvrage eſt un des plus importans & des meilleurs qu'il ait donné au pu-

ESTIENNE blic. Il combat dans la Préface les
BALUZE. Auteurs, qui ont comparé le temps
que les Papes ont fait leur résidence
à Avignon, avec la captivité de Ba-
bylone, & il prétend que les Papes
ont droit d'établir leur Siege, où il
leur plaît. Il remarque aussi, que si
la Ville de Rome a eu sujet de se plain-
dre du long sejour que les Papes firent à Avignon, parce que cette absence la reduisit à une vaste solitude,
& à une déplorable pauvreté, les
François ne tirerent pas aussi grand
avantage de la residence que les Papes
firent en leur Païs; parce que les Italiens changerent leur frugalité en
luxe, & corrompirent l'innocence &
la simplicité de leurs mœurs, par des
vices, qui leur avoient été jusqu'a-
lors inconnus. Ce discours a pû con-
tribuer à faire mettre cet Ouvrage
dans *l'Index.*

22. *Histoire Genealogique de la Maison d'Auvergne, justifiée par des Chartes, Titres, Histoires anciennes & autres preuves autentiques. Paris* 1708.
fol. 2. *vol.* Cet Ouvrage est rempli de
recherches fort curieuses.

23. *Lettre pour servir de réponse à*

divers écrits, qu'on a ſemez dans Pa- ETIENNE
ris & à la Cour, contre quelques an- BALUZE.
ciens Titres, qui prouvent que Meſ-
ſieurs de Boüillon deſcendent en ligne
directe & maſculine des anciens Ducs
de Guyenne & Comtes d'Auvergne. Pa-
ris 1698. *fol.*

24. *Hiſtoriæ Tutelenſis libri tres. Pa-*
riſ. 1717. *in* 40. C'eſt une marque de
reconnoiſſance que l'Auteur a crû devoir donner à ſa patrie.

25. *Lettres au P. Tournemine ſur*
l'Edition de S. Cyprien qu'il prepare,
inſerées dans les Mem. de TREVOUX
Septembre 1714. & Mars 1713.

26. *Epiſtola ad V. C. Euſebium Re-*
nodotum de vita & morte Car. du Freſ-
ne du Cange.

27. *S. Cæcilii Cypriani Epiſcopi Car-*
thaginienſis & Martyris Opera ad M.
SS. Codices recognita & illuſtrata Stu-
dio & Labore Stephani Baluzii. Ab-
ſolvit poſt Baluzium ac Præfationem &
vitam S. Cypriani adornavit unus ex
Monachi Cong. S. Mauri Pariſ. 1726.
in fol.

V. ſon Eloge. *Europ. Scav. du mois*
d'Aouſt 1718. *Nouvelle Litteraires du*
8. *Octobre* 1718.

IGNACE - GASTON PARDIES.

IGNACE-GASTON PARDIES fils d'un Conseiller du Parlement de *Pau*, nâquit l'an 1638. Aprés ses premieres Etudes qu'il fit avec succés, il se fit Jesuite en 1652. à l'âge de 16. ans. Il enseigna plusieurs années les Belles Lettres & composa pendant ce temps-là plusieurs petits Ouvrages en Prose & en Vers, avec une grande délicatesse de pensées & de stile. Mais comme son genie & son gout le portoient plus particulierement aux sciences speculatives, il prit le parti de n'étudier les Belles Lettres, que dans la vûë de bien écrire sur ces matieres. Il s'attacha sur tout à se former un stile net, & concis, en quoi il a fort bien réüssi; car à la reserve de quelques mots un peu Provinciaux, son discours est élegant, clair & pur.

Il fit donc son capital de la lecture des Philosophes & des Mathematiciens tant anciens que modernes. Il posseda en peu de temps la Philo-

fophie Péripaticienne & Cartefienne, I. G. Par-
.& la profeffa avec beaucoup d'éclat. D I E S.
Quoiqu'il donnât dans le Cartefianifme il affecta d'eftre plûtôt inventeur,
que difciple de Defcartes. Comme il
avoit quelquefois fur la Phyfique des
fentimens qui paffoient alors pour
hardis, il trouva bien des contradic-
teurs. Du refte il donnoit à fes fentimens un tour fi plaufible, qu'il eut
été difficile de les condamner.

Il profeffa auffi les Mathematiques
en quelques endroits, & enfin à
Paris. Il avoit eu dés fa jeuneffe
beaucoup d'ouverture pour cette
fcience, & il y fit de grands progrés
par l'application qu'il y donna.

La gloire qu'il s'acquit par fes Ouvrages faifoit efperer de lui de grandes chofes, lorfqu'il fut prévenu par
la mort. L'an 1673. il reçut ordre de
fes Superieurs de prêcher & de con-
feffer les pauvres de Bicêtre pendant
les Fêtes de Pâques. Il y avoit alors
une efpece de malignité dans l'air, qui
avoit caufé quelques maladies parmi
ces pauvres. Soit contagion, foit fa-
tigue, foit l'un & l'autre, le P. Pardies revint à Paris frappé à mort,

I.G. PAR-
DIES.

& fut en effet enlevé en trés-peu de jours à l'âge de 35 ans.

Ses Ouvrages font :

1. *Horologium Thaumanticum duplex. Parif.* 1662. *in*-4°.

2. *Differratio de motu & natura Cometarum Burdigalæ* 1665. *in* 8°. Ces deux Ouvrages commencerent à donner une grande idée de la Science du jeune Mathematicien. Le premier contient deux Machines propres à faire des Cadrans.

3. *Difcours du mouvement local. Paris* 1670. *in*-12. *It. Paris* 1673. *in*-12. Ce traité eft d'autant plus confiderable, que le mouvement, qui eft la clef des Mechaniques, n'avoit pas été jufqu'alors approfondi d'une maniere capable de fatisfaire. Le P. Pardiés fut obligé d'y ajoûter quelques remarques juftificatives, parce qu'on l'accufoit d'y être Cartefién en un ou deux articles, chofe que les Peripateticiens d'alors pardonnoient peu. C'eft pour écarter ce foupçon de Cartefianifme qu'il s'eft tant appliqué dans ces remarques, & dans d'autres Ouvrages à contrequarrer Defcartes; auffi avoit-il coutume de dire, quand

on l'accuſoit d'être Carteſien, que
perſonne n'avoit plus refuté Deſcartes que lui. Cela étoit vrai, mais il
n'en étoit pas moins ſuſpect, & le
ſoupçon n'en étoit pas moins fondé ;
car il prenoit de Deſcartes ce qu'il y
trouvoit de bon.

4. *Elemens de Geometrie. Paris in-
12. 1671. It. 1678. It. 1696. It.* traduits en latin, & imprimés à Jene
1684. *in-12.* La clarté & la préciſion
font le merite de cet Ouvrage.

5. *Diſcours de la connoiſſance des Bêtes. Paris 1672. in-12.* On pourroit,
ſuivant M. Bayle, mettre cet Ouvrage parmi ceux qui ont été faits pour
l'opinion de Deſcartes. Car on y
trouve les raiſons des Carteſiens propoſées très-fortement & refutées très-
foiblement. Il n'eſt rien de plus ſedui-
ſant, dit le P. Daniel dans la ſuite du
Voyage du monde de Deſcartes, que
le Livre de la connoiſſance des Bêtes,
où l'Auteur mettant le Carteſianiſme
dans toute ſa force, ſur ce point, va
preſque juſqu'à convaincre ſes lec-
teurs, que non-ſeulement il n'eſt pas
beſoin d'ame pour marcher, pour
boire, pour manger, pour ſe plain-

dre , mais encore pour parler , &
pour parler aussi longtemps que le
fait un Prédicateur dans un Sermon
d'une heure , ou un Avocat dans un
long Plaidoyer. Ce Livre a fait passer
son Auteur parmi les Peripateticiens ,
pour un prévaricateur , qui étoit Cartesien dans l'ame , quelque application qu'il ait apporté à refuter le Car-
tesianisme dans la seconde partie de
son Livre , & à défendre l'ancienne
Philosophie sur le chapitre de l'ame
des Bêtes.

6. *Lettre d'un Philosophe à un Cartesien de ses amis. Paris.* 1672 *in*-12.
Le P. Pardies , qui ne perdoit aucune
occasion de se declarer contre Descartes , sans pouvoir persuader au monde , qu'il n'étoit pas Cartesien , voulant tâcher d'appaiser les Peripateticiens irrités contre lui , publia cet
Ouvrage qui n'étoit pas de sa façon
dans le fond , mais auquel il avoit
bonne part pour le stile , & qu'on lui
a même attribué. Il étoit du P. *Ro-
chon* Jesuite de la Province de Bour-
deaux.

7. Le P. Pardies publia la même
année 1672. à Paris *in*-12. une tra-

duction Françoiſe d'un Livre Italien
du P. Bartoli Jeſuite, qui traite des
miracles de S. François Xavier, & y
ajoûta une Préface curieuſe ſur la foy
dûë aux Miracles.

8. *La ſtatique ou la ſcience des forces
mouvantes. Paris* 1673. *in* - 12. Cet
Ouvrage fut fort bien reçû du public. Il ne faiſoit qu'une partie d'un
traité complet de Mechanique que
l'Auteur avoit deſſein de publier, &
qu'il s'étoit propoſé de diviſer en 6.
parties, dont il n'a donné que la premiere, qui eſt le diſcours du mouvement local, & la ſeconde, qui eſt
celui-ci. Le P. *Ango* Jeſuite donna
depuis en 1682 une partie du ſixiéme
traité, à ſçavoir la lumiere expliquée
dans le ſyſtême du mouvement d'on-
dulation; mais il le retoucha à ſa maniere, c'eſt-à-dire, qu'il mêla ſes idées
à celles du P. Pardies, ſans en ſuivre
ni la methode ni le ſtile.

9. *Deſcription & explication de deux
Machines propres à faire les Cadrans
avec une grande facilité. Paris* 1673.
in-12. Cette deſcription eſt tirée de
ſon *Horologium Thaumanticum.*

Une partie de ces Ouvrages a été

208 *Mem. pour servir à l'Histoire*
imprimée ensemble sous ce titre ;
*Oeuvres du R. P. Ignace-Gaston Par-
des J. contenant.* 1. *Les Elemens de
Geometrie.* 2. *Un discours du mouvement
local.* 3. *La statique ou la science des forces mouvantes.* 4. *Deux Machines propres à faire les quadrans.* 5. *Un discours
de la connoissance des Bêtes, avec une
table nouvelle pour l'intelligence des
Elemens de Geometrie selon Euclide.
Lyon* 1725. *in*-12.

V. son Eloge *Mem. de Trevoux
Avril* 1727.

GEORGE BULL.

GEORGE BULL, (en la-
tin *Bullus*) nâquit à *Wells* dans
la Province de Sommerset, le 25
Mars 16;4. d'une famille noble &
ancienne. Il fit ses premieres études
à *Wells* & à *Tiverton* dans la Province de Devon. Avant l'âge de 14. ans
il fut en état d'être admis dans l'Université d'*Oxford.* Il entra dans le College d'*Exeter* en 1648. & y fit paroître un génie extraordinaire pour la
dispute, ce qui lui attira l'estime de
ses Superieurs.   M.

M. Bull ne pouvant ſe reſoudre à préter le ſerment, que la Republique d'Angleterre exigeoit de tous les Membres de l'Univerſité, quitta Oxford au bout de deux ans, & ſe retira avec ſon Regent à *Nort-Cadbury* dans la Province de Sommerſet, où il continua ſes Etudes juſqu'à l'âge de dix-neuf ans. On le mit alors ſous la conduite du Curé *d'Ubley* dans la même Province; mais comme ce Curé étoit Puritain, & qu'il ne lui permettoit de lire que des Theologiens de ſon parti, M. Bull s'en dégoûta & le quitta au bout de deux ans.

Il reçût à l'âge de 21. ans les Ordres de Diacre & de Prêtre en un même jour par les mains du Docteur *Skinner* Evêque d'Oxford, qui avoit été chaſſé de ſon Siege. On offrit alors à M. Bull un Benefice de 120 écus proche de Briſtol; comme cette Cure étoit peu conſiderable, il l'accepta dans la penſée, que les Puritains l'en laiſſeroient joüir tranquillement. En 1658. il paſſa de cette Cure à celle de *Suddington Sainte Marie* près de *Cirencester*, à laquelle on joignit en

GEORGE BULL.

GEORGE 1662. le Vicariat de *Suddington Saint*
BULL. *Pierre*, qui y étoit contigu. C'est dans
ce poste qu'il posseda pendant 27 ans,
qu'il a composé la plus grande partie
de ses Ouvrages. L'amour qu'il avoit
pour le Cabinet lui fit trouver le
temps d'y travailler, malgré l'application avec laquelle il s'acquittoit des
devoirs de son ministere.

En 1678. il fut fait Prébendaire de
Glocester, cependant il n'en étoit pas
plus riche, parce que ces Benefices
lui rapportoient peu. Il s'étoit marié en 1658. & avoit une nombreuse
famille, il étoit fort charitable, & il
lui avoit fallu acheter une Bibliothéque, qui le mit en état de continuer
ses Etudes Theologiques. Tout cela
l'obligea à vendre son patrimoine, &
il se trouva bien-tôt réduit à un triste
état. Mais en 1685. on lui donna la
Cure d'*Avening* dans le Comté de
Glocester, qui valoit 800 écus de revenu. L'année suivante l'Archevêque
de Cantosberi, *Sancroft*, y ajoûta
l'Archidiaconé de *Landaff*.

La même année 1686. l'Université
d'Oxford resolut d'un commun accord de donner à M. Bull le titre de

Docteur en Theologie, quoiqu'il GEORGE
n'eut aucune Grade Academique, & BULL.
on lui fit cet honneur, pour lui té-
moigner la reconnoiffance qu'on
avoit du fervice qu'il avoit rendu à
l'Eglife, en publiant l'Apologie de la
Foi du Concile de Nicée.

Peu de temps après la révolution,
qui mit Guillaume III. fur le Thrône, on le fit Juge de Paix, employ
qu'il conferva, jufqu'à ce qu'il par-
vint à l'Epifcopat.

Ce fut la Reine Anne qui l'y éleva, en le nommant en 1705. à l'Evêché de *S. David.* Les infirmités de la
vieilleffe commençoient déja à fe faire
fentir à lui, mais il ne laiffa pas de
s'acquiter exactement de fes devoirs.
Sa fanté s'étoit beaucoup affoiblie par
fon application à l'étude, & alla toûjours en diminuant jufqu'à fa mort,
qui arriva le 28. Fevrier 1710. dans
la 76. année de fon âge. Il a laiffé un
fils & une fille. Le fils, qui fe nomme
Robert Bull, eft Prébendaire de *Glo-
cefter,* & Curé de *Tortvvorth.*

Les Ouvrages qu'il a donnés au public font :

1. *Harmonia Apoftolica feu binæ dif-*
S ij

GEORGE *sertationes , quàrum in priore Doctrina*
BULL. *D. Jacobi de Justificatione ex operibus*
explanatur & defenditur, in posteriore
consensus D. Pauli cum Jacobo liquido
demonstratur. 1669. *in-*12. L'Auteur y
défend la doctrine de S. Jaques sur
la justification par les Oeuvres.

2. *Examen censuræ ; sive responsio ad*
quasdam animadversiones antehac ine-
ditas in Librum cui titulus: Harmonia
Apostolica. 1675. *in-*12.

3. *Apologia pro Harmoniâ, contra*
declamationem Thomæ Tulli S. T. P. in
libro typis nuper vulgato, quem justifi-
catio Paulina, inscripsit. 1675. *in* 12.

4. *Defensio Fidei Nicænæ de æterna*
divinitate Filii Dei ex scriptis S. Pa-
trum, qui intra tria prima Ecclesiæ
Christianæ sæcula floruerunt. Oxonii
1685. *in-*4°. *It.* Amstelod. 1688. *in-*
4°. Cet Ouvrage qui a fait beaucoup d'honneur à l'Auteur, a été imprimé aux dépens de Jean Fell Evêque d'Oxford. Trois Libraires avoient
refusé de l'imprimer, ce qui avoit tellement decouragé M. Bull, qu'il ne
pensoit presque plus à le donner au
Public. Il y fait voir que les Peres
du Concile de Nicée n'ont point été

les Auteurs d'une nouvelle Doctrine, GEORGE comme quelques Ecrivains ont olé B U L L. les en accufer, mais qu'ils n'ont fait que fuivre celle qui leur a été tranf- mife par les Peres des trois premiers fiecles ; qu'il juftifie d'Arianifme.

5. *Judicium Ecclefiæ Catholicæ trium priorum fæculorum, de neceffitate cre- dendi, quod Dominus nofter Jefus Chrif- tus fit verus Deus, affertum contra M. Simonem Epifcopium aliofque.* Oxonii 1694. *in* 8°. It. *Amftelod.* 1697. *in* 8°.

6. *Primitiva & Apoftolica Traditio Dogmatis in Ecclefia Catholica recepti de Jefu Chrifti fervatoris noftri divini- tate, afferta atque evidenter demonftra- ta contra Danielem Zuickerum Boruf- fum ejufque nuperos in Anglia fectatores* Cet Ouvrage a été imprimé pour la premiere fois dans le Reciieil des Oeuvres de M. Bull que M. *Grabe* fit imprimer à Londres *in*-fol *en* 1703.

La vie de George de Bull a été écri- te en Anglois par *Robert Nelfon* & im- primée à Londres en 1713. *in* 8o.

GUILLAUME DELISLE

GUILLAUME DELISLE naquit à Paris au mois de Mars 1675. *Claude Delisle* son pere prit un soin tout particulier de son éducation, & dirigea lui-même ses études. Le fils ne pouvoit avoir de meilleur maître & le progrés de ses études répondit pleinement à l'habileté de celui qui les conduisoit. *Claude Delisle* mort en 1720. dans un âge trés avancé étoit l'homme de Paris qui avoit le plus de reputation pour enseigner l'Histoire & la Geographie. Son fils plus porté à cette derniere science fut secondé par ses soins dans le goût naturel qu'il se sentoit pour elle, & y fit en peu de temps de tels progrés que dés l'âge de huit ou neuf ans il dressoit & dessignoit lui-même des Cartes sur l'Histoire ancienne.

La Geographie avoit été comme abandonnée depuis la mort de *Nicolas Sanson*, & l'on n'avoit fait que copier les Cartes de ce grand homme; cependant ces Cartes étoient remplies

de fautes, parce que ie petit nombre
d'obſervations exactes que l'on avoit,
lorſquelles avoient été faites, n'é-
toit pas ſuffiſant pour regler toutes les
poſitions. Les diſtances itinaires qui
ſervoient à determiner la ſituation des
Villes étoient peu exactes & évaluées
par une eſpece d'eſtime aſſez imparfaite, la vraye quantité des meſures em-
ployées dans les differens Païs pour exprimer les diſtances, n'eſtant pas connuë. La ſituation des Villes, le cours
des Rivieres, & les ſinuoſités de leurs
contours, le giſement des côtes, &c.
tout cela étoit mal orienté, parce qu'il
les avoit marqué ſur la foy des Memoires dreſſés ſur des obſervations
faites avec la Bouſſole, par des gens à
qui la variation de l'aiguille aimantée
étoit inconnuë, ou du moins qui ig-
noroient la veritable quantité de cette
variation.

Outre ces défauts generaux, com-
muns à toutes les Cartes, celles de M.
Sanſon en avoient qui leurs étoient
particuliers. Car quoique la Geographie lui ait de grandes obligations, &
qu'on doive s'étonner qu'avec auſſi
peu de ſecours qu'il en avoit, lorſqu'il

commença, il ait porté cette science
aussi loin qu'il l'a fait, il faut cependant avoüer qu'il ne perfectionna pas
ses découvertes comme il l'auroit pû
faire. Il demeura toûjours attaché à ses
anciens préjugés, ses dernieres Cartes sont aussi imparfaites que les premieres, & sur le mauvais prétexte de
conserver l'uniformité dans ses Ouvrages, il mit toûjours dans ses Cartes les sources du Nil au delà de la
ligne, sous le tropique du Capricor-
ne, sur la foi de Ptolomée, quoique
la fausseté de cette opinion fût de-
montrée; & il donna à la haute Asie,
à la Chine, & à la Tartarie une étenduë & une disposition contraire au
témoignage de toutes les Relations
exactes. On vit toûjours dans ses Cartes la Terre *d'Yeço* plus proche de l'A-
meriqué qu'elle ne l'est en effet.

   Guillaume Delisle en étudiant la Geographie sentit ces défauts, & il se servit de cette connoissance pour éviter
d'y tomber. Il se crut obligé de faire
subir un nouvel examen à toute la Geographie, & de ne regarder tout ce
que nous avions d'ouvrages Geographiques & de Cartes que comme des
26

materiaux, dont il ne falloit ufer, G. DE-
qu'aprés s'eftre affuré du degré d'au- LISLE.
totité qu'il falloit leur donner. Il ne
reçût donc aucunes pofitions, ni aucunes fituations comme certaines, fans
s'eftre affuré des preuves fur lefquelles
elles étoient appuyées, & par là il fe
forma de l'univers un plan prefque
tout nouveau, tous les lieux de la
terre étant liés les uns aux autres, &
le deplacement de l'un entraînant ne-
ceffairement celui de prefque tous les
autres.

L'étenduë que l'on donnoit à nôtre
continent d'Occident en Orient étoit
trop grande, ainfi la pofition de tous
les lieux de la terre péchoit en longi-
tude. Les obfervations Aftronomi-
ques faites à la Chine rendoient cette erreur trés-fenfible ; mais les Geographes
peu familiarifés avec l'Aftronomie,
chicanoient encore fur l'exactitude des
obfervations. On ne pouvoit leur faire comprendre qu'entre deux obfervations exactes, faites, l'une à *Paris*,
& l'autre à *Pekin*, l'imperfection
des inftrúmens, ou les autres petits
incidens inevitables dans ces operations ne pouvoient produire une dif-

Tome I. T

Guil-
laume
Delisle.

ference plus grande, que celle qui pourroit se trouver entre deux observations faites dans le même lieu, & en même temps par deux des plus habiles Astronomes; ils ne pouvoient concevoir que cette dif- ference, à peine sensible dans ce dernier exemple, disparoîtroit entiere- ment, si elle se trouvoit répanduë sur une distance, comme celle d'ici à la Chine.

M. Delisle entreprit de les convain- cre par une methode qui fut davan- tage à leur portée: Il rassembla tout ce qu'il pût amasser de Journaux & de Routiers des navigations de la Mer Mediterannée, tant des routes faites de cap en cap, en suivant les Terres, que de celles qui traversoient cette Mer d'une extrêmité à l'autre dans tous les sens. Il traça toutes ces routes sur un même plan, les évaluant selon l'estime des Pilotes, & faisant les dé- ductions necessaires pour les courans connus, il les dirigea selon les Rhumbs de vent, ayant égard à la variation de la Boussole, & trouva que sur cette Carte dans laquelle il n'avoit fait au- cun usage des observations Astrono-

miques, l'étenduë de la Mer Medi- G. Delis-
terannée fe trouvoit précifément la le.
même que celle qu'il auroit fallu lui
donner en fuivant ces obfervations.

M. Delifle en fuivant une methode
fi parfaite & fi exacte ne pouvoit
manquer de faire de grands progrés.
A l'âge de 25. ans, en 1700. il publia
une Mappemonde, les Cartes de l'Europe, de l'Afie, de l'Afrique, & de
l'Amerique, une Carte de l'Italie &
fes deux globes d'un pied de diame-
tre. Le Globe celefte avoit été conf-
truit fur les obfervations les plus exactes des Aftronomes de l'Academie des
Sciences, & M. *Caffini* le pere avoit
dirigé l'Ouvrage.

Cette même année M. Delifle publia une Carte de l'Afrique ancienne
depuis *Carthage* jufqu'au détroit. Cette Carte étoit deftinée à éclaicir la
Notice des Evêchés de ce grand Païs.
Mais comme dans la plus grande
partie de l'Afrique les Evêchez n'é-
toient gueres que de groffes Cures,
cette Carte extrémement détaillée, &
fur laquelle toutes les routes des iti-
neraires anciens font marquées peut

G. Delis-eftre d'un grand ufage pour l'Hiftoi-
le. re ancienne.

M. Delifle a donne depuis une nouvelle Edition de fa Mappemonde &
de fes quatre parties du monde, beaucoup plus parfaite que la premiere. La
plûpart des changemens qu'il y a faits
font une fuite des premiers. Il y en a
même qu'il auroit voulu faire dès la
premiere Edition, mais une efpece
de honte l'avoit retenu; il avoit crû
devoir refpecter le prejugé, & ne le
choquer que fur les points où la force de fes preuves alloit jufqu'à l'efpece
de demonftration, qui a lieu dans la
Geographie.

Il avoit deffein de publier une introduction à la Geographie dans la
quelle il promettoit de donner les raifons des changemens qu'il avoit faits
dans fes Cartes; mais il ne l'a point
executé. Il y a cependant dans l'Hiftoire de l'Academie des Sciences quelques Memoires fur ce fujet. On trouve auffi dans les Journaux des Sçavans de l'année 1700. plufieurs Lettres fur cette matiere, avec deux autres à M. Nolin, qui l'accufoit de la-
voir pillé dans fa Mappemonde.

En 1701. il donna les Cartes d'Alle- G. Délis-
magne, & d'Eſpagne, celles de la le.
Turquie, de l'Arabie, & de la Perſe.
On trouve dans les Memoires de Trevoux, Juillet & Septembre 1701.
une Lettre à un de ſes amis où il lui
rend raiſon de la conſtruction de ſa
Carte d'Eſpagne.

En 1701. il fit paroître la Carte de
l'Angleterre, celle des Païs-Bas Catholiques, & celle des Provinces
Unies.

Cette même année il fût reçû à
l'Academie des Sciences en qualité
d'Eleve d'Aſtronomie, de laquelle il
paſſa enſuite à celle d'Aſſocié. Quoiqu'il ne fût pas Obſervateur, l'Academie crut avec raiſon pouvoir regarder comme un Aſtronome celui qui
avoit ſi utilement appliqué les ſpecu-
lations de cette Science à des choſes
d'un uſage univerſel & continuel,
comme la Geographie.

En 1703. il publia la Carte de la
France, où l'on vit combien il étoit
reſté d'erreurs dans les Cartes de Sanſon; parce qu'il avoit été deſtitué du
ſecours des obſervations. Cette même
année il publia encore une Carte de la

Pologne, une de la Hongrie, ou de la Turquie d'Europe Septentrionale, & quatre Cartes particulieres de l'Amerique, contenant toute la description de ce grand Païs.

En 1704. il publia la Carte particuliere du Diocese de Narbonne, celle du Païs d'Artois, & de la partie Septentrionale de la Picardie, celle du Comté de Flandres, celle du cours du Rhin depuis Basle jusqu'à Bonne en trois feüilles, & celle de la Souabe en trois feüilles.

En 1705. il mit au jour la Carte particuliere du Brabant, & des Païs voisins, celle de l'Inde, de la Chine, & des Isles de l'Asie & celle qui est intitulée : *Theatrum Historicum* en deux feüilles, representant la face des Païs situez entre le Fleuve *Indus* & l'Ocean, qui est à l'Occident d'Espagne, telle qu'elle étoit vers l'an 400. de l'Ere Chrestienne ; Epoque de la destruction de l'Empire Romain en Occident, & de la fondation des Royaumes, qui se sont élevez sur ses débris.

En 1706. il donna au public la

Carte de la Tartarie, Païs abſo- G. D'E-
lument inconnu juſqu'alors ; ſur LISLE.
laquelle on trouve un détail, auquel on ne ſe ſeroit pas attendu. Il donna en même temps la
Carte generale des Royaumes du
Nord, le Dannemarc, la Norvege,
la Suede, & la Laponie, en deux
feüilles, celles de la Moſcovie ou
Ruſſie en deux feüilles, & celle des
Pays du Hainaut, Namur & Cam-
breſis.

En 1707. il publia la Carte du
Piedmont & du Monferrat en deux
feüilles, celle de la Grece moderne,
ou de la partie Meridionale de la Turquie d'Europe, celle de l'Afrique en
trois feüilles, & celle du Dioceſe
de *Toul*, pour ſervir à la Geographie
du moyen âge.

En 1708. il publia une carte particuliere du Dioceſe de *Beziers*, & une
Carte de la Grece ancienne en deux
feüilles.

En 1709. la Carte particuliere de la
Bourgogne en deux feüilles, & une
Carte du Dioceſe de *Senlis*.

En 1710. le Royaume de Danne-

G. DE-
LISLE.

marc., & le Diocese de *Beauvais*.

En 1711. la Carte de la Prevôté &
Vicomté de *Paris*, celle du Dauphiné par rapport à la Geographie du
moyen âge, & celle des environs de
Rome, de tout le *Latium* & d'une
partie de l'Etrurie, pour servir à
l'Histoire Romaine.

En 1712. la Picardie Meridionale,
& une seconde Edition de la Picardie
Septentrionale, la partie Meridionale de la Guyenne, où sont le Bearn,
l'Armagnac, &c. & deux Cartes
pour la division de l'Empire de Con-
stantinople vers le huit & le neuviéme
siécle.

En 1713. la Champagne en deux
feüilles.

En 1714. la partie Septentrionale
de la Guyenne, ou le Bourdelois,
&c. une Carte de la partie de l'Univers connuë des Anciens, *orbis veteribus noti*, une Mappemonde en deux
feüilles, representant l'une l'Hemisphere Septentrional vû par le Pole,
& l'autre l'Hemisphere Meridional.

En 1715. La Carte de la Provence,
celle de la Suisse, l'Italie ancienne,
& la Sicile ancienne.

En 1716. le plan de *Paris* levé Geo- G. DE-
metriquement , & la Carte de la LISLE.
Normandie.

En 1717. la Carte particuliere de
la Hongrie, celle de la Sicile , & celle des Isles Antilles , qui appartiennent aux François.

En 1718. la Generalité d'Orleans
& la Carte de la Louisiane , ou Mis-
sissipi.

En 1719. la Carte du Maine & du
Perche.

En 1720. l'Anjou & la Principau-
té de *Neufchâtel* ; il publia aussi une
seconde Edition de sa Mappemonde
dans laquelle il avoit fait beaucoup de
changemens , dont il rendit compte
à l'Academie des Sciences.

En 1721. il publia une nouvelle
Edition de sa Carte de France.

En 1722. il donna au public en
deux feüilles la Carte de la Mer Caspienne , telle qu'elle avoit été envoyée
à l'Academie par le *Czar* , une Carte
particuliere de l'Indostan , ou des
Païs de *Malabar* , *Coromandel* , &c.
une seconde Edition de la Carte de
l'Isle de *Ceylan* , & de celle de l'Afrique & de l'Amerique ; ces deux der-

G. DE- nieres avec de très-grands change-
LISLE. mens.

En 1723. il donna une nouvelle
Edition de sa Carte d'Asie, aussi avec
des changemens considérables, parce
qu'il avoit acquis beaucoup de connoissances touchant ces Païs, depuis
qu'il en avoit donné la Carte en
1700.

Il publia aussi la même année la
Carte de la Retraite des Dixmille,
pour l'intelligence de Xenophon,
qui avoit été dressée pour l'usage du
Roi ; comme il y avoit beaucoup de
choses absolument nouvelles pour
la position & la distance des lieux, &
pour le cours des Rivieres, il rendit
compte de ces changemens dans une
dissertation luë à l'Academie des
Sciences. Ce fut aussi cette année qu'il
donna sa Carte de la Mer Caspienne,
& des Païs voisins de cette Mer, à
l'Ouest & au Sud, cette Carte comprenant la Georgie, la Mingrélie,
& une partie de l'Armenie, Païs,
qui n'avoient pas encore été bien connus, & sur lesquels il avoit amassé
des Memoires très-curieux.

En 1724. il donna une nouvelle

Edition de fon Europe, dans laquelle
il avoit auffi fait de très-grands changemens, dont il fe promettoit de rendre compte à l'Academie. Il donna
auffi une nouvelle Edition de fa Mappemonde ; mais en deux feüilles fe-
parées, & fur une plus grande échel-
le, auffi-bien qu'une Carte de la Per-
fe abfolument nouvelle & très détaillée. Ce grand Païs étoit demeuré inconnu, jufqu'à ce qu'il eut publié
cette Carte, & lorfqu'on comparoit
les Hiftoires & les Defcriptions des
Anciens, & les Relations des Voyageurs modernes avec les Cartes que
nous avions, on n'y reconnoiffoit
plus rien, & on croyoit qu'elles re-
prefentoient un autre Païs que la Per-
fe. M. Delifle avoit déja fait de
grands changemens à ce Païs dans les
Cartes qu'il avoit publiées, mais il
avoit toûjours fenti qu'il en falloit
encore faire de plus grands, & il ra-
maffoit tous les jours avec foin tout
ce qui pouvoit lui donner des lumieres fur ce Païs. La Carte de la Mer
Cafpienne levée par ordre du Czar
lui fit connoître que fes foupçons é-
toient conformes à la verité ; car de

G. DE
LISLE.

tous les Geographes il étoit le seul qui eut approché de la veritable figure, & de la veritable grandeur de cette Mer ; ainsi il ne balança plus à publier la nouvelle Carte de Perse ; il eût soin d'y tracer exactement les routes qu'il avoit tirées des Voyageurs modernes, & des Geographes Orientaux, dont il s'étoit fait donner des Extraits, & par là cette Carte, qui porte par elle-même la preuve de sa verité, est d'un très-grand usage pour la lecture de l'Histoire Orientale moderne, & même pour celle de l'ancienne.

En 1725. M. Delisle n'a publié que la Carte de l'Isle de Saint Domingue.

Telle est la suite de ses Cartes qu'on n'a pas voulu interrompre, pour parler de l'honneur qu'il reçût, lorsqu'il fut appellé pour montrer la Geographie au Roi, & pour aider les personnes chargées du soin de conduire les Etudes de ce jeune Prince. Le feu Roy avoit envoyé M. l'Abbé *Perrot* consulter M. Delisle sur le choix des Cartes, que l'on devoit

mettre entre les mains du jeune Dau- G. De-
phin , & ſur la methode que l'on LISLE.
devoit ſuivre , pour l'inſtruire des premiers élemens de la Geographie.
Lorſque ce Prince fut ſur le Thrône ,
& dans un âge un peu plus avancé ,
M. Deliſle fut chargé de travailler
avec lui ſur la Geographie ; il crut
qu'il ne pouvoit mieux remplir les
vûës de ceux qui l'avoient appellé ,
qu'en dreſſant pluſieurs Cartes , ſur
leſquelles il marqua les noms modernes & les noms anciens des mêmes
lieux , & dont les diviſions étoient
relatives à certaines époques détermi-
nées ; afin d'éclaircir entierement
l'Hiſtoire des temps auſquels elles
avoient rapport. Son travail fut ſi
agréable au Roy , que pour l'en re-
compenſer , il lui confera par Brevet
du 24. Aouſt 1718. la qualité de ſon
premier Geographe avec 1200 livres
d'appointemens ; qualité dont il n'y
avoit point encore d'exemple.

Le public a déja la Carte de la retraite des Dixmille , dreſſée pour l'u-
ſage du Roi. M. Deliſle comptoit de
publier dans la ſuite la Carte de l'Em-

pire des Perses sous Darius, celle de
l'Empire des Macedoniens sous Alexandre, & celle de l'Empire des Romains dans le temps de sa plus grande
étenduë. Il avoit aussi dressé plusieurs
Cartes pour servir à l'Histoire de
France, elles sont divisées selon les
divers partages de la Monarchie entre
les descendans de Clovis, & ceux de
Charlemagne.

Outre les Cartes qui ont paru separement, il en a fait qui ont été publiées dans des Ouvrages Historiques
pour lesquelles elles étoient destinées;
telles sont celles de l'Histoire Romaine du P. Catrou, & celles qui
ont paru dans l'Histoire de Malthe de M. l'Abbé de *Vertot*, ausquelles il a travaillé le jour même
de sa mort. Une foiblesse lui ayant
pris le 25. Janvier 1726. hors de
chez lui, on le ramena dans sa maison sans connoissance, & il mourut
le jour même âgé de 51. ans. Il n'a
laissé qu'une fille.

Il avoit trois freres qui ont pris
tous trois le parti des Sciences, les
deux plus jeunes se sont attachez à
l'Astronomie, & sont de l'Academie

des Sciences, l'un en qualité d'aſſo- G. DE-
cié, & l'autre en qualité d'Adjoint. LISLE.
Ils ſont actuellement à Peterſbourg
où ils ont été appellez par S. M. Cza-
rienne, en conſequence des projets
formez par le feu Czar, pour y établir une Obſervatoire & une Ecole
d'Aſtronomie. Le troiſiéme frere de
M. Deliſle s'eſt attaché à l'Hiſtoire.

V. l'Eloge de M. Deliſle inſeré
dans le *Mercure de Mars* 1726.

RICHARD SIMON.

RICHARD SIMON nâ- RICHARD
quit à *Dieppe* le 13. May 1638. SIMON.
Il fit ſes Etudes dans le Collège des
Prêtres de l'Oratoire de la même Ville, & entra dans cette Congregation
par le conſeil du P. *Fournier* Prêtre
de l'Oratoire, & Curé de S. Jacques à Dieppe, mais il en ſortit avant
que d'avoir achevé ſon année d'inſ-
titution. M. de la *Roque* depuis Offi-
cial de *Roüen* & ſon intime ami, n'eût
pas plûtôt appris cette nouvelle qu'il
l'alla trouver à Dieppe, & lui ayant
perſuadé de l'accompagner à Paris,

RICHARD ils y firent ensemble leur Theologie.
SIMON. Pendant ce temps M. de la *Roque*
fournit genereusement à son ami tous
les secours dont il eut besoin.

M. Simon ayant fini sa Theologie rentra dans l'Oratoire vers
la fin de l'année 1662. La mort
du P. *Bourgoüin* General de cette Congregation, arrivée quelques
temps après, & l'élection du P. *Se-*
nault, qui fut mis en la place du dé-
funt, firent naître au P. *Simon* la
pensée d'entrer dans la Compagnie de
Jesus; il postula dans cette vûë avec
assiduité au Noviciat des Jesuites de
Paris; mais lorsqu'il étoit sur le point
d'y être reçû en qualité de Novice,
le P. *Bertad* Superieur de l'Institution
le détourna de ce dessein.

Le P. *Senault* General de l'Oratoire envoya le Pere Simon enseigner la
Philosophie à *Jully*, d'où il vint à la
Maison de S. Honoré, pour y prendre soin de la Biblioteque conjointe-
ment avec le P. *le Cointe*, qui en étoit
Bibliothecaire. Après avoir demeuré
quatre ou cinq ans dans cette Maison,
il retourna à *Jully*, pour y professer
un nouveau cours de Philosophie.

Le

Le cours fini , il revint à Paris où il fut ordonné Prêtre en 1670. mais l'année ſuivante le P. *Senault* le renvoya à Jully , pour y demeurer auprés du Prince *Ceſar d'Eſte* , de la Maiſon de *Modene.*

RICHARD SIMON.

En 1678. M. Simon quitta l'Oratoire pour ſe retirer à *Bolleville* , dans le Païs de Caux , où il fit les fonctions de Curé pendant quatre ans. Il réſigna ce Benefice à la fin de 1681. & ſe retira à *Dieppe* , où il a vêcu juſqu'à ſa mort arrivée au mois d'Avril 1712.

Catalogue de ſes Ouvrages.

1. *Factum pour les Juifs de Metz.* *accuſés d'avoir tué un petit enfant Chrétien.* Ce Factum a été imprimé à Paris en 1670. mais comme il étoit devenu rare; on l'a réimprimé dans le premier tome de la Bibliotheque critique de *Sainjore.* Il ſemble fait plûtôt par un Theologien , que par un Juriſconſulte.

2. *Fides Eccleſiæ Orientalis , ſeu Gabrielis Metropolitæ Philadelphienſis Opuſcula cum interpretatione latina & notis. Pariſ.* 1671. *in - 4°. - It. Pariſ.* 1686. *in-*4°. Le but de cet Ouvrage eſt de faire voir que la créance de l'Egliſe Greque n'eſt pas differente de celle de

Tome I. V

RICHARD
SIMON.

3. *Ceremonies & Coutumes qui s'observent aujourd'huy parmi les Juifs, traduites de l'Italien de Leon de Modene, avec un Suplement touchant les Sectes des Caraites & des Samaritains de notre temps. Par D.* Recared Simeon *Paris* 1674. *in-*12.- *It.* Nouvelle Edition par le *Sieur de Simonville*, avec un Suplement intitulé : *Comparaison des Ceremonies des Juifs, & de la Discipline de l'Eglise. Paris* 1681. *in-*12. *It. La Haye* 1682. *in-*12. *It. Lyon* 1684. *in-*12. On trouve dans la seconde partie, qui est toute du Traducteur, des Parentheses & des Crochets dont voici l'origine. On avoit donné le Manuscrit à un Docteur de Sorbonne (*M. Pirot*) afin qu'il l'examinât. Il l'examina en effet, mais de telle maniere qu'il y ajoûta plusieurs choses. L'Auteur s'en étant apperçû, & voulant se reconnoître lui-même en lisant son Livre, enferma entre deux Crochets ce qui n'étoit pas de lui ; mais il est arrivé que les Imprimeurs ne comprenant rien à cela, ont oublié quelques-unes de ces Parentheses. *Bayle Rep. des Lett.*

4. *Voyage du Mont-Liban*, traduit RICHARD de l'Italien du *R. P. Jerôme Dandini*, SIMON. avec des *Remarques. Paris* 1675. *in*-12. *It. La Haye* 1684. *in*-12.

5. *Factum du Prince de Neubourg Abbé de Fescan*, contre les *Religieux de cette Abbaye*. M. Simon a profité dans cet Ouvrage de l'occasion qu'il n'a jamais negligée de dire du mal des Benedictins. Ce Factum a paru en 1674. & il a été réimprimé dans le quatriéme Volume de la Bibliotheque Critique de Sainjore.

6. *Histoire Critique du vieux Testament.* Elle a été imprimée pour la premiere fois à Paris en 1678. Mais elle fut supprimée par les intrigues de Messieurs du Port-Royal. Elzevir la réimprima l'année suivante, & elle parut en 1685. pour la troisiéme fois sous le titre de *nouvelle Edition*, *& qui est la premiere imprimée sur la copie de Paris, augmentée d'une Apologie generale, de plusieurs Remarques Critiques, & d'une réponse par un Theologien Protestant. Amsterdam* 1685. *in*-4°. Elle avoit été auparavant traduite en Latin par *Noël Aubert de Versé*, & imprimée à *Amsterdam* 1681. *in*-4°.

RICHARD
SIMON.

7. M. *de Veil*, Ministre d'Angleterre, ayant attaqué l'Histoire Critique en Controversiste, par une Lettre adressée à M. Boyle, de la Société Royale de Londres, le P. Simon y répondit par une autre Lettre imprimée la même année 1678. sous le nom de *l'Isle*; cette Lettre aussi bien que celle de M. *de Veil*, a été réimprimée à la suite de l'Histoire Critique de l'Edition de 1685.

8. M. *Spanheim* attaqua aussi l'Histoire critique par une Lettre à laquelle M. Simon repondit en 1679. par un écrit intitulé, *Reponse d'un Theologien de la Faculté de Paris à M. Spanheim.* Ces deux pieces ont reparu en 1689. avec les précedentes.

9. *Histoire de l'origine & du progrés des revenus Ecclesiastiques par Jerôme à Costa* (c'est le nom sous lequel M. Simon s'est déguisé). *Francfort* 1684. *in-*12. *It.* 1709. fort augmentée, 2. vol. *in-*12.

10. *Histoire Critique de la créance & des Coûtumes des Nations du Levant par le sieur de Moni.* (c'est-à-dire M. Simon). *Francfort* 1684. *in-*12. *It.* 1693. *in-*12.

11. *Novorum Bibliorum Poliglotto-* RICHARD
rum Synopsis. Ultrajecti 1684. *in* 8°. SIMON.
C'est un nouveau dessein de Bible
Polyglotte, ou plûtôt un extrait de
ce que celles de Paris & de Londres
contiennent, & le détail des Pieces
qu'on peut y ajouter.

12. *Ambrosii ad Originem Epistola*
de novis Bibliis Polyglottis. Ultrajecti
1685. *in*-8°. Cet Ouvrage roule
sur le même sujet que le précedent,
& y ajoute quelque chose.

13. *Disquisitiones Criticæ de Variis*
per diversa loca & tempora Bibliorum
Editionibus, quibus accedunt castiga-
tiones Theologi cujusdam Parisiensis ad
opusculum Isaaci Vossii de Sibilinis ora-
culis & ejusdem responsionem ad objec-
tiones nuperæ Criticæ sacræ. Londini
1684. *in*-4°. Il y a beaucoup d'ordre,
d'exactitude, & d'érudition dans cet
Ouvrage, & c'est un fort bon abregé de l'Histoire Critique du vieux
Testament.

14. *Opuscula Critica adversus Isaa-*
cum Vossium. Edimburgi 1685. *in*-4°.
M. Vossius ayant critiqué les sentimens que M. Simon a produits dans
son Histoire Critique dans un Ou-

RICHARD vrage intitulé : *Isaaci Vossii Responsio*
SIMON. *ad objecta nupera Criticæ sacræ.* M. Simon lui répondit dans une addition
à l'Ouvrage précedent, c'est cette réponse que l'on a donné sur une copie
plus exacte sous le titre *d'Opuscula*
Critica, on y a joint des extraits des
Disquisitiones Criticæ.

15. *Hieronymi le Camus Theologi*
Parisiensis judicium de nupera Isaaci
Vossii ad iteratas P. Simonii objectiones
responsione. Edimburgi 1685. *in*-4o. M.
Simon accoutumé à se masquer a pris
ici le nom de *le Camus* pour repliquer
à M. Vossius.

16. En 1685. M. Simon non content de la réponse qu'il avoit fait à
la Lettre de Spanheim contre son
Histoire Critique, en composa une
particuliere plus étenduë, qui a été
imprimée à la suite de l'Histoire Critique.

17. *Réponse au Livre intitulé : sen-*
timens de quelques Theologiens de Hol-
lande sur l'Histoire Critique du vieux
Testament, par le Prieur de Bolleville
Roter. 1686. *in*-4o. Cet Ouvrage est
contre M. le Clerc, qui avoit attaqué d'une maniere assez forte le P.

Simon, mais qui avoit avancé des RICHARD
chofes auffi hardies que lui. SIMON.

18. *De l'infpiration des Livres facrés*
avec une Réponfe au Livre intitulé
Défenfe des fentimens de quelques Theo-
logiens de Hollande. Roterdam 1687.
in-4°. Cet Ouvrage eft encore contre M. le Clerc.

19. *La créance de l'Eglife Orientale*
fur la Tranfubftantiation , avec une ré-
ponfe aux nouvelles objections de M.
Smith. Paris. 1687. in-12. L'Auteur
fait voir dans cet Ouvrage la conformité de la créance de l'Eglife Orientale fur le fujet qu'il traite avec celle
de l'Eglife Romaine. Il y joignit peu
de temps aprés un petit Supplement ,
pour répondre aux Journaliftes de
Hollande, qui en avoient donné une
analyfe infidele.

20. *Differtation Critique fur la nou-*
velle Bibliotheque des Auteurs Eccle-
fiaftiques , où l'on établit en même temps
la verité de quelques principes , que l'on
a avancés dans l'Hiftoire Critique du
vieux Teftament. Par Jean Reuchlin
(C'eft le nom fous lequel M. Simon
s'eft deguifé.) *Francfort 1688. in-12.*
C'eft une Critique fort vive de ce

RICHARD
SIMON.

que M. Dupin a avancé de contraire aux sentimens de M. Simon.

21. *Apologie pour l'Auteur de l'Histoire Critique du vieux Testament, contre les faussetés d'un Libelle publié par Michel le Vassor, Prêtre de l'Oratoire* 1689. Plusieurs personnes attribuent ce Livre au Neveu de M. Simon, & c'est sous le nom de ce Neveu qu'il a été imprimé. Quelque soit l'Auteur de cet écrit, il y prédit le changement de Religion du sieur le Vassor, sept ou huit ans avant qu'il soit arrivé.

22. *Histoire Critique du Texte du nouveau Testament. Rotterdam* 1689. *in-4°*.

23. *Histoire Critique des Versions du nouveau Testament. Rotterdam* 1690. *in-4°*.

24. *Histoire Critique des principaux Commentateurs du nouveau Testament depuis le commencement du Christianisme, jusqu'à notre temps. Rotterd.* 1693. *in-4°*.

25. En 1692. M. Simon composa une Lettre qui devoit être suivie de plusieurs autres, pour répondre aux difficultés proposées par M. Arnaud à M. Steyaert; mais il l'a suprimée.

26.

26. *Nouvelles obſervations ſur le tex-* RICHARD
te & les verſions du nouveau Teſtament. SIMON.
Paris. 1695. *in-4°.*

27. *Difficultés propoſées au P. Bou-*
hours ſur la Traduction Françoiſe des
quatre Evangeliſtes par le ſieur de Ro-
mainville. Amſterdam. 1697. *in-12.*
On a atribué cet Ouvrage à M. Simon.

28. On lui a auſſi attribué un volume de Lettres Critiques imprimées
à Baſle contre le P. Martianay & les
Benedictins de S. Maur.

29. *Lettres choiſies de M. Simon,*
où l'on trouve un grand nombre de faits
anecdotes de Litterature. Amſterdam in-
12. trois tomes. Le premier en 1700.
& réimprimé avec des augmentations en 1702. Le ſecond en 1704.
& le troiſiéme en 1705. Quoique le
titre de ces Lettres porte qu'elles ont
été imprimées à Amſterdam, la verité eſt qu'elles l'ont été à Trevoux.
M. Simon dans une Lettre inſerée
dans les nouvelles de la Republique
des Lettres du mois de May 1701. ſe
plaint du peu de ſoin qu'on a pris
de cette impreſſion, & declare qu'il
a de la peine à ſe reconnoître en plu-

sieurs de ces Lettres, qui ont été estropiées en des endroits importans.

30. *Nouveau Testament traduit en François avec des Remarques litterales & Critiques. Trevoux* 1702. *in*-8°. 2. vol. Cette traduction a été censurée par M. le Cardinal de Noailles & M. Bossuet, Evêque de Meaux.

31. *Remontrance à M. l'Archevêque de Paris sur son Ordonnance portant condamnation de la Traduction du nouveau Testament imprimée à Trevoux* 1702. *in*-8o.

32. *Moyens de réunir les Protestans avec l'Eglise Romaine, publiées par M. Camus Evêque de Bellay sous le titre de l'avoisinement des Protestans vers l'Eglise Romaine, Edit. nouvellement corrigée & augmentée de Remarques. Paris.* 1703. *in*-12. L'Ouvrage de M. de Bellay avoit déja été imprimé deux fois, à Paris en 1640. & à Roüen en 1648. mais il étoit devenu rare. L'Auteur y détruit les fausses idées que les deux partis se forment l'un de l'autre, & les raproche en faisant voir qu'il n'y a pas entre leurs sentimens bien expliqués tant de difference qu'on s'imagine ordinairement.

33. *Bibliotheque Critique, ou Recueil* RICHARD *de diverſes Pieces Critiques, dont la plu-* SIMON. *part ne ſont point imprimées, ou ne ſe trouvent que trés difficilement, publiées par M. de Sainjore, qui y a ajoûté quelques Notes. Amſterdam ,* (c'eſt-à-dire , Nancy) 4. tomes *in*-12. les deux premiers en 1708. & les deux autres en 1710. Ce Livre a été ſuprimé par Arreſt du Conſeil.

34. *Nouvelle Bibliotheque choiſie , où l'on fait connoître les bons Livres en divers genres de Litterature , & l'uſage qu'on en doit faire. Amſterdam* 1714. *in*-12. 2. *tomes.* C'eſt une ſuite de la Bibliotheque Critique de M. Simon dont on a changé le titre , parce que les premiers volumes avoient été ſuprimés. On reconnoît par tout le genie de M. Simon , ſon ſtyle , ſon rabinage , ſon attachement pour certains Livres ſinguliers qui n'ont ſouvent d'autre prix , que celui de leur rareté , ſon attention à crier contre les Benedictins comme contre des fauſſaires, certain goût en fait de Litterature , qu'un autre auroit peine à contrefaire. Il y a au reſte dans ces volumes comme dans les précedens ,

quantité de faits litteraires curieux, & qui auroient quelquefois merité, que l'Auteur les eut un peu plus appuyés. L'Auteur ne s'y est pas oublié, il s'y donne de l'encens à pleines mains, & si on ne le reconnoissoit à sa maniere d'écrire, on donneroit volontiers cet article à M. Barat, à qui l'Auteur de la Preface attribuë la plus grande partie de cet Ouvrage. C'est à Paris qu'il a été imprimé, quoique le titre porte Amsterdam. C'est ainsi qu'en parle le Journal litteraire tome 3. p. 224.

35. *Jugement de la nouvelle Edition du Dictionnaire Universel de M. l'Abbé Furetiere faite par Messieurs Basnage de Bauval, & Huet*, inserée dans les Memoires de Trevoux de Mars 1701.

36. *Nouvelles Remarques Critiques sur le Dictionnaire Universel, pour répondre à une Lettre de M. de Bauval inserée dans le Journal des Sçavans, & à une Lettre de M. Huet inserée dans les Memoires de Trevoux, qui s'impriment à Amsterdam.* Elles se trouvent dans le Suplement du mois de Septembre 1701. des Memoires de Trevoux.

37. M. Simon a fait aussi la vie du

P. Morin de l'Oratoire, qui a été imprimée à la tête du Livre intitulé : *Antiquitates Écclefiæ Orientalis. Londini.* 1682. *in - 8°.* Cette vie eft une cruelle fatyre non feulement de ce grand homme, mais encore de route la Congregation de l'Oratoire.

V. Son Eloge. *Journal Liter. to.* 3 *p.* 225.

JEAN TOLAND.

JEAN TOLAND naquit dans un Village nommé *Redcaftle*, proche de *Londonderry* en Irlande, 1671. Il en a toûjours paffé pour fils d'un Prêtre Catholique, & quand on lui réprochoit fa naiffance, il fe contentoit de répondre qu'il n'étoit pas fils d'une femme publique. Au refte il fçavoit trés-bien le lieu commun des illuftres bâtards, & il en faifoit l'Eloge en homme qui prenoit intereft à leur caufe.

Il fut élevé dans la Religion Catholique jufqu'à l'âge de feize ans, c'eft-à-dire, jufqu'en 1687. qu'étant allé étudier dans l'Univerfité de *Glafkow*

X iij.

JEAN TOLAND. & ensuite dans celle *d'Edimbourg*, il embrassa la religion Protestante. Ayant été reçû Maître-és-Arts à *Edimbourg* en 1690. il alla à *Leyde*, muni d'un temoignage de Protestantisme, & y étudia l'Histoire Ecclesiastique sous le sçavant Professeur *Frederic Spanheim.*

Le jeune Toland étoit déja possedé d'une passion demesurée d'aquerir de la reputation, à quelque prix que ce fût. M. *Locke* lui avoit reconnu ce défaut, & ne put s'empêcher d'en avertir M. *Molineux*, celebre Mathematicien d'Irlande dans une Lettre où il lui recommandoit M. Toland. On dit que celui-ci s'étoit mis en tête dés sa jeunesse de devenir chef de Secte, & qu'à l'âge de 14. ans il se flattoit de n'arriver pas à 40. sans avoir fait autant de bruit en Angleterre, qu'en avoit fait Cromvel, & sans y avoir excité autant de troubles.

Aprés avoir fait quelque séjour en Hollande, M. Toland repassa en Angleterre, où il se vanta d'avoir merité l'estime & l'amitié de plusieurs sçavans Hommes des Provinces-

Unies ; mais M. *Limborch* & M. *le* J E A N
Clerc, qu'il nommoit en particulier, T O L A N D.
declarerent , le premier qu'il ne l'a-
voit jamais vû , & l'autre qu'il ne
l'avoit vû que deux fois , & que bien
loin d'applaudir à fes nouvelles opinions , il les avoit combattues.

Le coup d'eflai de M. Toland contre la Religion eu pour objet les Ec-
clefiaftiques qu'il attaqua dans une
Satyre violente , intitulée : *La Tribu*
de Levi. On lui oppofa d'abord un
Poëme Anglois fous le titre de *Rab-*
fache Vapulans , où l'on fait un terri-
ble portrait de fon efprit & de fes
mœurs. On y trouve une particulari-
té de fa vie , qu'on n'ofe pas donner
comme vraye , parce qu'elle eft rap-
portée dans un écrit fatyrique. C'eft
que s'étant jetté dans les troupes du
Duc de *Monmouth ,* qui eut la tête
tranchée en 1685. il fut fait prifon-
nier , & condamné à avoir le fouet
tous les ans dans toutes les villes du
Comté de Dorfet. Le jeune Toland
effrayé de la rigueurde ce fupplice, demanda à fes Juges d'être pendu , &
ceux-ci fléchis ou par le courage qu'il
témoignoit , ou par la confideration

J E A N de son âge, car il n'avoit alors qu'en-
T O L A N D. viron quinze ans, ordonnerent qu'il
fût relâché. On ne fait gueres de cas
des vers de M. Toland, dont la veine
n'avoit que peu ou point de grace;
il écrivoit mieux en profe, quoiqu'il
n'y excellât pas.

Le premier Ouvrage qui parut de
lui dans ce dernier genre fut *la Reli-*
gion Chétienne fans myftere, ou Traité
dans lequel on fait voir qu'il n'y a rien
dans l'Evangile de contraire à la raifon,
ni même qui furpaffe fes lumieres, & que
les Dogmes du Criftinianifme ne peu-
vent pas être proprement appellez des
Myfteres. (en Anglois). *Londres*
1696. in-8°. Il n'y a rien que de general dans cet Ouvrage; il falloit
que M. Toland, pour aller à fon but,
prouvât du moins par quelque exemple que les Myfteres du Chriftiani-
me ne furpaffent point les efforts de
la raifon humaine, & ne font point
au-deffus de l'intelligence des fimples.
Mais c'eft ce qu'il prétendoit faire
dans les deux autres parties qui devoient fuivre celle-ci, & qui n'ont
pas cependant paru.

Il paffa en Irlande en 1697. aprés

y avoir envoyé un grand nombre J E A N
d'exemplaires de ſon Livre. C'eſt TOLAND,
dans ſa patrie, qu'il voulut jetter les
fondemens de ſa Secte. Il ſe flattoit
d'avoir aſſez de merite pour être Pro-
phete en ſon pays ; mais ſon impru-
dence, ſon indiſcretion, ſa vanité,
ſes mauvaiſes mœurs déconcerterent
ſes deſſeins. Il lui manquoit ſur-tout
deux qualitez eſſentielles à un chef de
Secte, la prudence & l'hypocriſie. Le
Docteur *Pierre Brovvn* écrivit contre
lui, & excita le Magiſtrat à punir un
homme, qui venoit ériger en Irlande une Ecole d'impieté. Le Livre de
M. Toland fut condamné au feu le 9.
Septembre 1697. & la Sentence fut
executée deux jours aprés. Il y eut même ordre de l'arrêter, mais il ſe ſauva en Angleterre, où le Docteur *Pay-
ne* réfuta ſon Livre par ordre de l'Archevêque de Cantorbery. Le Docteur
Stillingfleet, Evêque de Worceſter,
le prenant pour un Socinien, écrivit
auſſi contre lui pour la défenſe de la
Trinité.

Le danger que M. Toland avoit
couru en Irlande, ayant rallenti ſon
zele contre le Chriſtianiſme, il reſo-

J E A N
OLAND.

lut de laisser la Religion en repos, &
de tourner son esprit inquiet du côté
de la Politique. Il se jetta donc dans
le parti des Whigs les plus outrez,
qui passent pour Républicains. On
eut dit, qu'il ne vouloit ni Dieu ni
Roy.

Dans la vûë de servir son parti, il
donna en 1699. une édition des Oeuvres de *Milton*, à laquelle il joignit la
vie de cet Auteur. Cette vie qui passe
pour assez bien écrit lui attira de nouveaux ennemis, parce qu'il y avança
deux choses, qui choquerent beaucoup de monde. La premiere est que
le Livre intitulé *le Portrait du Roy*,
n'est pas de Charles I. mais du Docteur *Gaudens* Evêque d'*Exeter*, qui le
publia sous le nom du Roy, pour relever la constance & la magnanimité
de ce Prince, qu'on disoit avoir composé ce Livre en prison. La 2. est la
consequence que M. Toland tira de
cette supposition. Il en prit occasion
de dire, qu'il ne s'étonnoit plus après
cela que des imposteurs eussent eû la
hardiesse, dés les premiers temps du
Christianisme, de produire de faux
écrits, sous les noms de Jesus-Christ,

& de ſes Diſciples , ou ſous d'autres JEAN
noms reſpectez; ajoûtant qu'il y avoit TOLAND.
lieu de douter, ſi parmi les Livres qui
portent le nom des Apôtres , ou de
quelque homme Apoſtolique , il n'y
en avoit point encore , dont la fauſ-
ſeté n'eût pas été decouverte.

Les Royaliſtes zélez s'éleverent
alors contre M. Toland qu'ils accuſe-
rent d'un double crime de leze-Majeſ-
té, l'un contre la Religion , & l'autre contre le Roy Charles I. Le Docteur *Vakaffe* , & le D. *Offspring Black-
hall* ſoûtinrent que Charles I. étoit
veritablement l'Auteur du Portrait
Royal. D'autres Sçavans prirent la
défenſe de la Religion, & le Docteur
Eſtienne Nye publia en 1700. un Livre anonyme , intitulé : *Hiſtoire &
défenſe du Canon du nouveau Teſtament.*
M. *Richardſon* écrivit auſſi ſur le même ſujet. M. Toland prit la plume
pour ſe defendre contre quelqu'un de
ſes adverſaires , & publia l'*Amyntor,
& défenſe de la vie de Milton,* a Londres 1699. *in-*8°.

Ce fut à la recommandation de
quelques perſonnes de qualité, que
M. Toland mit au jour en 1699. un

JEAN
TOLAND. Ouvrage militaire, qui contient un projet, & les moyens de dresser & d'entretenir en Angleterre une Milice de soixante mille hommes, aussi propre à servir dans l'occasion, que des troupes reglées. Mais ce projet fut rejetté par des raisons de politique. On craignit qu'au lieu de rendre l'Angleterre redoutable aux Etrangers, on ne la rendît redoutable à elle-même, à cause des divers partis qui la divisent, & à qui il seroit dangereux de mettre les armes à la main.

Les opinions de M. Toland faisant du bruit en Angleterre, la convocation du Clergé en demanda la condamnation dans un memoire presenté aux Evêques en 1700. & contenant les propositions dangereuses, que l'on avoit extraites de ses Livres. Les Prélats y en ajoûterent une, qui étoit échappée au Clergé, & qui n'étoit pas de moindre consequence que les autres. Cette proposition portoit que les saintes Ecritures ne commandent point la Foi, & qu'on n'est point obligé d'acquiescer à tout ce qu'elles contiennent, qu'elles sont seulement, comme les autres Livres, des moyens

destinez à donner aux hommes de J E A N
certaines connoissances; proposition TOLAND.
qui tend à faire regarder l'Ecriture,
comme un livre purement humain.

Comme il se vit poursuivi, il ré-
tracta la proposition que les Evêques
avoient indiquée, & tâcha de se tirer
d'affaire, en expliquant ou modifiant
les autres. Quoiqu'on pût le soupçon-
ner en cela de mauvaise foi, les Evêques ne jugerent pas à propos de fletrir
ni sa personne ni ses écrits par une
condamnation dans les formes; ce
qui donna lieu à quelques jugemens
peu avantageux aux Prélats; il cour-
rut même des écrits là dessus.

En 1700. il publia les Ouvrages de
Jacques Harrington, & mit à la tête
la vie de cet Homme sçavant, à la
verité, mais du moins aussi ennemi
de l'autorité du Roy, que *Milton*. On
vit aussi paroître dans le même temps
un Poëme de sa façon, sous le titre
de *Cliton*, ou *de la Force de l'Eloquence*.
Ce Poëme où l'on trouve le Déisme,
ou l'Atheisme tout pur, courut quelque temps en manuscrit avant que
d'être imprimé.

M. Toland varioit ses occupations;

JEAN
TOLAND.

mais elles avoient toûjours pour objet la Religion, ou la Politique. Il publia en 1701. *l'Art de gouverner par Partis. Londres in-8°.* Il y a de fort bonnes choses dans cet ouvrage où l'Auteur condamne fort la maxime *Divide & Impera.*

La même année il fit imprimer *Anglia Libera. Londres 1701. in-12.* (en Anglois.) Cet Ouvrage tend à justifier la conduite du Parlement d'Angleterre, qui avoit appellé à la Couronne la Maison de Brunzvic. Il publia dans le même temps un autre Ouvrage intitulé, *Paradoxes d'Estat,* qui tend au même but.

Aprés avoir publié ces deux Ouvrages où il témoignoit son zéle pour la Maison d'Hannover, il jugea à propos d'en recueillir les fruits. Il fit donc un voyage Hannover en 1701. lorsque le Lord *Macclesfield* y porta l'Acte du Parlement, qui declaroit l'Electrice, heritiere presomptive des trois Royaumes. Il eut l'honneur de presenter à cette Princesse son *Angleterre Libre,* & en reçut des presens considerables, aussi bien que de l'E-

lecteur depuis Roy d'Angleterre. JEAN
Il fit imprimer à ſon retour une *Re-* TOLAND.
lation des Cours de Pruſſe & de Hanovre,
qui fut traduite l'année ſuivante en
François, & imprimée à la Haye
1706. *in-8°.*

Il retourna en Angleterre en 1702.
où il publia un Livre intitulé *Vindi-*
cius Liberius. C'eſt une Apologie contre
les accuſations du Clergé. Il y reconnut que ſes Livres contenoient quelques propoſitions temeraires, & pria
qu'on les lui pardonnât Il tâcha d'en
excuſer ou d'en juſtifier d'autres, proteſtant toûjours de la ſincerité de ſa
Religion, & de ſon attachement pour
les Rois.

Ses *Lettres à Serena* parurent en
Anglois en 1704. La premiere traite
de l'origine & de la force des Préjugez. La ſeconde de l'immortalité de
l'ame, dont l'opinion, ſelon M. Toland, vient des Egyptiens ; deux autres roulent ſur le Syſtême de la Philoſophie de Spinoſa, &c. L'Auteur y
donne, comme à ſon ordinaire, dans
les Paradoxes les plus étranges.

En 1707. il fit réimprimer *la Phi-*
lippique, que *Matthieu Scheiner,* Cat

dinal de *Sion*, prononça dans le Conseil de Henri VIII. en 1514. pour détourner ce Prince de faire la paix avec Louis XII. & il le fit dans le déssein de ranimer l'ancienne haine des Anglois contre les François, & d'encourager la Nation à empêcher la paix que la France proposoit à l'Angleterre.

Il parut en 1709. un Ouvrage de M. Toland, écrit en Latin, intitulé : *Adeisidæmon, sive Titus Livius à superstitione vindicatus. Annexæ sunt origines Judaibæ. Haga Comitum.* La premiere partie qui est intitulée : *Adeisidæmon*, l'homme sans superstition, tend à justifier Tite-Live accusé de superstition, à cause des frequens miracles qu'il rapporte. C'est là que l'Auteur tâche de prouver que les Athées sont moins dangereux à un Estat que les superstitieux. Proposition qu'il semble avoir eû principalement en vûe dans la composition de son Livre. Dans la seconde partie il recherche l'origine des Juifs, & a la hardiesse d'avancer que Moyse & Spinosa ont eu à peu prés les mêmes idees de la Divinité. Il est vrai que pour se moins commettre, il veut paroître rapporter

ſer les ſentimens de quelque autre, plû-JEAN
tôt que les ſiens. Ces deux diſſertations TOLAND.
furent réfutées par pluſieurs Sçavans,
& la ſeconde le fût entre autres par
M. *Huet* Evêque d'Avranches, qui
y avoit été attaqué, dans une lettre
écrite ſous le nom de M. *Morin*, &
inſerée dans les Memoires de Trevoux
de Septembre 1 1709.

En 1715. il écrivit en faveur des
Juifs. Son Ouvrage eſt intitulé : *Rai-*
ſons pour naturaliſer les Juifs dans la
grande Bretagne, & dans l'Irlande,
ſur le même pied que toutes les autres
Nations, où l'on trouve auſſi une défenſe
de *Juifs* contre les préjugez du peuple
dans tous les pays. in-8°. Il promettoit
de publier la traduction d'un Traité
compoſé en Italien par le Rabbin *Si-*
meon Luzzatto il y a plus de 60. ans,
& preſenté au Senat de Veniſe, pour
le rendre favorable aux Juifs, qui contient mille particulaires curieuſes touchant les Juifs ; mais il ne s'eſt point
acquité de ſa promeſſe. *Nouvell. Litt.*
tom. 2. pag. 167.

En 1718. M Toland mit au jour
un nouvel Ouvrage intitulé : *Le Na-*

Tome I. Y

*Zaréen ou de Christianisme Judaïque ;
Payen & Mahometan , contenant l'Histoire de l'ancien Evangile de saint Bar-
nabé , & de l'Evangile moderne des
Mahometans , attribué à cet Apôtre ,
qui avoit été inconnu aux Chrétiens jufqu'à prefent. On explique par occasion
le plan original du Christianisme par
l'Histoire des Nazaréens , dont on peut
se servir heureusement pour terminer plusieurs disputes touchant la Religion Chrétienne ; Religion Divine , mais qui a été
fort corrompue. On y a joint une Réla-
tion d'un manuscrit Irlandois des 4. E-
vangiles , & un abregé de l'ancien
Christianisme d'Irlande. en Anglois. Londres.* 1718. *in* 8°. Il paroît que le but
de l'Auteur en publiant ces faux Evan-
giles a été de faire douter des verita-
bles, & d'étendre le nom de Chrétiens,
à tous ceux qui en ont quelqu'un, vrai
ou faux. Cet Ouvrage fut auffitôt
combattu par M. Mangey fçavant
Anglois , qui publia la même année
des observations fur ce Livre , & enfuite par M. Pearson dans un Ouvrage intitulé , *Antinazarenus*

En 1720. M. Toland fit imprimer

ſon *Tetradymus* à Londres *in* 8°. Ce
ſont quatre Diſſertations ; dans la
premiere deſquelles il prétend prouver que la colonne de nuée & de feu
qui dirigeoit la marche des Iſraëlites
dans le deſert, n'étoit point une choſe miraculeuſe, que ce n'étoit autre
choſe que de la fumée & du feu qui
ſervoient de ſignal, l'un pendant le
jour & l'autre pendant la nuit, & que
ce ſignal étoit en uſage parmi d'autres Nations Orientales, comme il
paroît par *Q. Curce* qui dit d'*Ale-*
xandre : Perticam , quæ undique conſpici
poſſet , ſupra Prætorium ſtatuit , ex qua
ſignum eminebat pariter omnibus conſpi-
cuum. Obſervabatur ignis noctu , fumus
interdiu lib. 5. (*chap.* 2.) Cette diſſertation eſt intitulée : *Hodegus* ſuivant
le goût de l'Auteur , qui , quoique
mediocrement habile dans la Langue
Grecque, s'en ſert le plus qu'il peut.
La ſeconde qui porte le nom de *Cli-*
dophorus , a pour but de montrer que
les Philoſophes de tous les ſiécles ont
eu la prudence de cacher leurs ſentimens, ou de ne les montrer qu'à propos ; qu'ils ont eu une double Philoſophie, l'une *exoterique* , ou pour le

JEAN
TOLAND.

dehors, & l'autre *esoterique*, ou pour le dedans ; la premiere ouverte & publique, accommodée aux préjugez populaires, & la derniere particuliere & secrete, qui ne se communiquoit qu'à un petit nombre de personnes intelligentes & discretes, ausquelles on enseignoit tout sans déguisement ; si l'Auteur n'attribuoit cette sorte de politique qu'aux Philosophes Payens, on pourroit en convenir sans consequence ; mais le comble de l'impieté est qu'il l'attribue aux Apôtres, & à Jesus-Christ même. La troisiéme Dissertation intitulée : *Hypatia*, contient l'Histoire de cette sçavante Dame d'Alexandrie ; on juge bien que saint Cyrille n'y est pas épargné. La quatrieme, qui porte le nom de *Mangoneutes*, est une défense du *Nazarenus*, contre M. *Mangey*.

On peut dire que l'impieté & la folie de M. Toland alloient toûjours en augmentant, il en donna une preuve par son *Pantheisticon, sive formula celebranda societatis Socratica in tres particulas divisa qua Pantheistarum, sive Sodalium continent* I. *Mores & axiomata*. II. *Numen & Philoso-*

phiam. LII. *Libertatem & non fallen-* JEAN
tem legem neque fallendam. Præmittitur TOLAND.
de antiquis & novis Eruditorum Sodali-
tatibus, ut & de univerfo, infinito, &
æterno Diatriba. Cofmopoli 1720. *in-*
8°. Ce Livre contient une efpece de
Symbole, où l'on trouve pour article
de la Trinité, la fanté, la liberté, &
la verité, & une efpece de Liturgie
Bacchique, compofée de plufieurs
endroits d'Horace & de Juvenal, à
l'imitation de la Liturgie de l'Eglife
Anglicane, qu'il a voulu tourner en
ridicule. Il n'en a fait tirer que peu
d'exemplaires, afin fans doute
qu'en les diftribuant lui-même il pût
les placer en des mains fûres, & qui
en connuffent le prix ; mais il n'a pas
eu honte d'écrire de fa main à la tête
d'un exemplaire de fon Livre, dont
il fit préfent à un Seigneur Anglois,
cette priere impie que je rapporterai
comme un échantillon de celles qui
font contenues dans le *Pantheifticou.*
O *fempiterne Bacche, qui refficis &*
recreas vires deficientium, adfis nobis
propitius in pocula poculorum. Amen.

Il fit dans le même temps une traduction du Livre de *Jordanus Brunus.*

intitulé ; *Spaccio della Bestia trioma-*
phante , dont il faisoit un grand cas ,
montrant en cela plus de passion pour
l'Atheisme , que de discernement ; il
en vendit les exemplaires très-chers ,
ayant eu la précaution de n'en faire
imprimer qu'un petit nombre , afin
d'en tenir le prix fort haut.

Outre les Ouvrages dont il a été
parlé ci-dessus , il a publié encore un
Livre qui a pour titre : *Déclaration*
de l'Electeur Palatin , en faveur de ses
sujets Protestans , notifiée à Sa Majesté,
la Reine de la grande Bretagne , &c.
precedée d'un discours historique , sur les
causes des innovations & des griefs de
Religion , que son Altesse Electorale a
depuis peu si heureusement redressez. Le
but de ce discours est de montrer que
l'Electeur Palatin n'étoit point du
tout persecuteur des Protestans. Ce
Prince en étoit accusé , & comme il
avoit besoin de l'amitié de la Reine
d'Angleterre & des Etats Generaux ,
M. Toland entreprit de l'en justifier.

Il a traduit en Anglois l'*Eloge de*
la Princesse Sophie Electrice Douairiere
d'Hannover , publiée en latin dans le
sixiéme tome de l'Histoire critique

de la Republique des Lettres, & l'a JEAN
fait imprimer en 1714.   TOLAND.

Il promettoit divers Oüvrages qui
n'ont pas vû le jour ; *la Republique des
Juifs* ; une *Hiſtoire du Canon des Livres
ſacrez* ; une *Profeſſion de Foi* , où il
devoit expliquer tous les articles de
ſa croyance ; un petit Ouvrage de
Mathieu Scheiner , qui a pour titre :
De la Perfidie des Princes , & qu'il devoit enrichir de notes ; deux *Lettres
ſur la neceſſité où étoient la grande Bretagne & les Provinces-Unies de maintenir leurs alliances , & de conſerver la
paix entre-elles :* enfin des *Remarques ſur
l'origine & ſur les progrez de la Religion Chrétienne.* Il marque auſſi dans
ſon *Tetradymus* , qu'il avoit traduit
en Anglois *le diſcours de Syneſius Evêque de Ptolemaide ſur le gouvernement ;*
mais il ne l'a pas publié.

On lui avoit attribué l'*Anatomie de
l'Etat de la grande Bretagne* ; mais le
Public a été détrompé ſur cet article.

M. Toland depuis ſon retour d'Allemagne a toûjours vécu à Londres ,
ſe trouvant quelquefois ſi à l'étroit ,
que ſon état ne differoit gueres de la
mendicité. Un violent rhumatiſme ,

JEAN
TOLAND.

qui se changea enfin en jauniffe accompagné de fièvre, l'emporta le 21 Mars 1722. On trouva fur fa table une petite Differtation latine contre les Medecins , dans laquelle il dit beaucoup de mal des Huiles & des Emetiques. Sa colere contre ces remedes venoit de ce qu'il attribuoit fa mort au trop grand ufage qu'on lui en avoit fait faire.

Sa vie a paru en Anglois après fa mort ; elle eft écrite par un Libraire nommé *Curl* , qui , quoiqu'il fe dife de fes intimes amis , doit ne l'avoir connu que fort imparfaitement ; rien en effet de plus trivial , ni de plus fautif que cette vie. Celle que M. *Mosheim* a donnée en latin en 1722. à Hambourg , du vivant même de M. Toland , eft bien plus exacte ; on en peut voir l'extrait *dans le sixiéme tome de la Bibliotheque Germanique* , avec les additions du Journalifte , & dans le *Journal de Lipfic* 1722.

JEAN-

JEAN-BAPTISTE DU HAMEL.

JEAN-BAP. DU HAMEL fil de *Nicolas du Hamel*, Avocat, nâ quit à *Vire* en baſſe Normandie l'an 1624. Il fit ſes premieres études à *Caen*, ſa Rhetorique & ſa Philoſophie à *Paris*. A l'âge de dix-huit ans il compoſa un Traité, où il expliquoit d'une maniere fort ſimple les trois Livres des Spheriques de *Theodoſe*. Il y ajoûta une Trigonométrie fort courte & fort claire, dans le deſſein de faciliter l'entrée de l'Aſtronomie. Il falloit que l'inclination, qui le portoit aux Sciences fût déja bien génerale, puiſqu'elle s'étendoit juſqu'aux Mathematiques, ſi peu cultivées en ce temps-là.

A l'âge de dix-neuf ans il entra dans la Congregation de l'Oratoire, il y fut dix ans, & en ſortit pour être Curé de *Neuilly ſur Marne*. Pendant l'un & l'autre de ces deux temps, il joignit aux devoirs de ſon état une grande application à la lecture. La Phyſique, de la maniere dont on l'en-

Tome. I.   Z

seignoit alors, n'étoit qu'une espece de compilation de question vagues, épineuses, steriles ; on l'avoit dépouillée de tous les agrémens, qui pouvoient la faire aimer. M. du Hamel entreprit de les lui rendre, & de faire renaître l'estime qu'on lui devoit, & c'est ce qu'il a executé par plusieurs Ouvrages où la solidité des recherches est relevée par une latinité pure & exquise.

En 1663. il quitta sa Cure de *Neuilly*, après l'avoir possedé dix ans. En 1666. M. *Colbert* proposa, & fit approuver au Roy l'établissement de l'Academie Royale des Sciences. Il falloit à cette Compagnie un Secretaire qui fût digne d'elle, & qui pût lui servir d'Interprete auprès du Public. Le choix de M. Colbert pour cette fonction tomba sur M. du Hamel.

M. *Colbert de Croissy*, Plenipotentiaire pour la paix d'*Aix-la-Chapelle*, l'y mena avec lui en 1668. Après cette paix M. du Hamel l'accompagna en Angleterre, où M. de Croissy alla être Ambassadeur. Ce fut là qu'il forma des liaisons étroites avec les

grands Hommes , qui y floriſſoient
alors, ſur-tout avec Meſſieurs *Boyle*,
Ray & *Willis*. Il paſſa enſuite en Hollande & revint en France , rempli
d'une infinité de connoiſſances & de
découvertes , dont il a depuis orné ſes
Ouvrages.

En 1697. ſes infirmitez l'oblige-
rent à demander d'être déchargé de
l'emploi de Secretaire de l'Academie
des Sciences , & il contribua fort à le
faire tomber ſur M. de *Fontenelle* ,
qui remplit ſi dignement cette place.

Jamais homme ne fut plus infati-
gable que M. *du Hamel* ; il a eu la plume à la main juſqu'à la fin de ſa vie.
Il eſt mort le 6. Août 1706. âgé de
près de 83 ans , ſans aucune maladie , & comme par la ſeule neceſſité
de mourir.

Il alloit tous les ans à *Neuilly ſur
Marne* , viſiter ſon ancien troupeau,
& le jour qu'il y paſſoit étoit celebré
dans tout le village comme un jour
de Fête. Pendant qu'il fut en Angleterre , les Catholiques Anglois qui
alloient entendre ſa Meſſe chez l'Am-
baſſadeur de France , diſoient com-

munément: *Allons à la Messe du Saint Prêtre.* Le Cardinal *Antoine Barberin*, Grand Aumonier de France, le fit Aumônier du Roy en 1656. Il fut pendant toute sa vie dans une extrême consideration auprès des plus grands Prelats; cependant il n'a jamais possedé que de très-petits Benefices.

Il a été Professeur Royal de Philosophie, emploi dans lequel il a eu M. *Varignon* pour successeur.

Catalogue de ses Ouvrages.

1. *Astronomia Physica. Parisiis* 1659. *in-4°.*

2. *De Meteoris & Fossilibus per Dialogos. Paris.* 1659. *in-4°.* Ces deux Traitez sont des Dialogues, dont les personnages sont *Theophile*, grand Partisan des Anciens, *Menandre*, Cartesien passionné, & *Simplicius*, Philosophe indifferent entre les deux partis. Ce Philosophe tâche le plus souvent de les accorder ensemble; hors de là il est en droit par son caractere de prendre dans chacun ce qu'il y a de meilleur. L'Astronomie Physique est un Recüeil des principales pensées des Philosophes tant anciens que

J. B. DU HAMEL.

modernes, ſur la lumiére, ſur les couleurs, & ſur les ſyſtêmes du monde. Tout ce qui appartient à la Sphere, à la Theorie des Planetes, au calcul des Eclipſes y eſt expliqué màthematiquement. Le Traité des Meteores & des Foſſiles raſſemble auſſi tout ce qu'en ont dit les Auteurs, qui ont quelque reputation dans ces matieres. On y découvre que M. du Hamel avoit une grande connoiſſance de l'Hiſtoire naturelle & de la Chymie. On lui reprocha d'avoir été peu favorable à *Deſcartes*; *Theophile* le traite en effet aſſez mal. M. du Hamel répondit que c'étoit *Theophile* entêté de l'Antiquité, & incapable de goûter aucun moderne, & que jamais *Simplicius*, c'eſt-à-dire lui-même, n'en avoit mal parlé.

3. *De conſenſu veteris & novæ Philoſophiæ. Pariſ.* 1663. *in-4°. It. Oxonii* 1668. *It. Rothomagi* 1675. L'on a dans ce Livre des Extraits, où l'on peut s'inſtruire en peu de temps de ce que les Philoſophes ont répandu en pluſieurs volumes.

4. *Reginæ Chriſtianiſſimæ Jura in Ducatum Brabantiæ & alios Ditionis Hiſ-*

J. B. DU
HAMEL.

panicæ Principatus. Parif. 1667. *in·*12. C'eſt une traduction du François.

5. *Diſſertation contre les Privileges de l'Abbaye de S. Germain des Prez. Paris* 1668. Quelque nombreux qu'ayent été les Ouvrages de M. du Hamel, il n'a jamais écrit pour attaquer qu'une ſeule fois, & il eſt bon qu'il l'ait fait, pour laiſſer au moins un exemple de la moderation que l'on doit garder en pareille occaſion. Ce fut à la ſollicitation de M. de *Perefixe* Archevêque de Paris, qu'il compoſa cet Ouvrage, pour défendre les droits de ce Prelat, contre les exemptions de l'Abbaye de *S. Germain des Prez* ; il a paru en même temps en Latin & en François, & c'eſt la ſeule fois que M. du Hamel a écrit en cette derniere langue.

6. *De corporum affectionibus cum manifeſtis, tum occultis libri duo. Parif.* 1670. *in·*12.

7. *De Mente Humana. Parif.* 1673. *in·*12.

8. *De corpore animato libri quatuor. Parif.* 1673. *in·*12. Il falloit entendre dans cet Ouvrage qu'on lui reprochoit de ne point décider les

queſtions, & d'être indéterminé en- J. B. DU
tre les differens partis. Il promet de HAMEL.
ſe corriger ; mais il faut avoüer qu'il
ne paroît pas avoir tenu exactement
parole.

9. *Philoſophia vetus & nova ad uſum
Scholæ accommodata. Pariſ.* 1678. *in-
12. 4. tomes. It. Auctior. Pariſ.* 1681.
*in-*12. 6. *tomes. It. Pariſ.* 1684. *in-*4°.
2. *tomes. It.* 5. *Editio. Amſtelod.* 1700.
*in-*12. 6. *tomes.* M. du Hamel travailla à cet Ouvrage par ordre de M.
Colbert. On y voit un aſſemblage
judicieux des ſentimens anciens &
nouveaux. Pluſieurs années après la
publication de ce Livre, qui avoit eu
en Europe tout le ſuccès imaginable,
des Miſſionaires, qui l'avoient porté
aux Indes Orientales, écrivirent
qu'ils y enſeignoient cette Philoſophie avec beaucoup de ſuccès, principalement la Phyſique, qui eſt des
quatre parties du cours entier, celle
où les Modernes ont le plus de
part.

10. *Opera Philoſophica & Aſtrono-
mica. Norimbergæ.* 1681. *in-*4°. 4. *vol.*
C'eſt un Recüeil des Ouvrages Philo-
ſophiques & Aſtronomiques de M. du

Hamel, imprimez auparavant à Paris.

11. *Theologia speculativa & practica, juxta S. S. Patrum Dogmata pertractata. Paris. 1691. in-8°. 7. vol.* Il y avoit déja long-temps qu'il se reprochoit de donner tout son temps à la Philosophie profane ; mais enfin il finit cet Ouvrage dont le projet avoit été formé dès le temps qu'il publia ses premiers Livres, mais dont l'execution avoit toûjours été interrompuë. Il reünit dans cet Ouvrage la Theologie positive avec la Scholastique, comme il avoit reüni dans un autre la Philosophie experimentale avec la Philosophie de l'Ecole ; personne n'etoit plus propre à menager cette double reünion. Ce travail presque immense lui en produisit un autre ; on souhaita qu'il tirât de son corps de Theologie un abregé de ce qui étoit le plus necessaire aux jeunes Ecclesiastiques que l'on instruit dans les Seminaires. Touché de l'utilité du dessein, il l'entreprit, quoiqu'âgé de soixante dix ans, & sujet à une infirmité, qui de temps en temps le mettoit à deux doigts de la mort.

Il fit même beaucoup plus qu'on ne   J. B. DU
lui demandoit, il traita quantité de HAMEL.
matieres, qu'il n'avoit pas fait entrer
dans fon premier Ouvrage, & en
donna un prefque tout nouveau fous
ce titre.

12. *Theologiæ Clericorum Seminariis
accommodatæ fummarium. Parif.* 1694.
in-12. 5. vol.

13. *Inftitutiones Biblicæ, feu fcripturæ facræ Prolegomena, una cum felectis
annotationibus in Pentateuchum fine
textu. Parif.* 1698 *in-12. 2. vol.* Il a
ramaffé dans ces Prolegomenes tout
ce qu'il y a de plus important à fçavoir
fur la Critique de la Bible. Ses Notes
fur le Pentateuque font bien choifies,
peu chargées de difcours, curieufes
feulement lorfqu'il faut qu'elles le
foient, pour être inftructives, &
mêlées de fentimens de pieté, qui
partoient auffi naturellement du cœur
de l'Ecrivain, que du fond de la matiere.

14. *In Pfalmos Commentarii cum textu. Parif. & Rothomagi* 1701. *in-12.*

15. *In libros Salomonis & Ecclefiafti-
cum Annotationes cum textu. PARREN-
& Rothomagi* 1703. *in-12.*

J. B. DU
HAMEL.

16. *Regiæ scientiarum Academiæ Histo-ria. Paris. 1698. in-4º. It. Auctior. Paris. 1701. in-4º.* Cette Histoire commence à l'établissement de l'Academie en 1666. & va dans la premiere Edition jusqu'en 1696. Cette Edition ayant été bientôt enlevée, M. du Hamel en fit une seconde beaucoup plus ample, augmentée des quatres années qui manquoient à la premiere pour finir le siecle, & dont les deux dernieres font une traduction de l'Histoire Françoise de M. *de Fontenelle*, qui lui avoit prêté son Manuscrit.

17. *Biblia sacra Vulgatæ Editionis, una cum selectis ex optimis quibusque interpretibus notis, Prolegomenis, novis tabulis Chronologicis & Geographicis. Paris. 1706. in fol.* Cette Bible par la beauté de l'Edition, & par le choix des Notes semble l'emporter sur toutes celles qui l'ont précedée.

V. son Eloge dans *le Supplément du Jour. des Sçav.* de Fevrier 1707. & dans les *Memoires de l'Academie des Sciences.*

NICOLAS LE NOURRY.

NICOLAS LE NOURRY nâ-
quit à *Dieppe* en Normandie
l'an 1647. Il fit ſes premieres études
dans le College des Prêtres de l'O-
ratoire de cette Ville, où ayant formé le deſſein de ſe conſacrer à Dieu,
il entra dans la Congregation de S.
Maur, & y fit Profeſſion le 8. Juillet 1665. à l'âge de 18. ans dans
l'Abbaye de *Jumieges.*

Après le cours ordinaire des études, ſes Superieurs l'envoyerent dans
le Monaſtere de *Bonne-nouvelle*, où
il fit, à la priere de D. *Jean Garet*, la
Préface du *Caſſiodore* que ce Pere
donna en 1679. Il paſſa de là à
l'Abbaye de *S. Ouen* de Rouen, &
y travailla avec D. *Jean du Cheſne*,
& D. *Julien Bellaiſe* à l'édition de
S. Ambroiſe; mais ces Religieux
ayant été ſeparez dans la ſuite on
confia le ſoin de cette édition à D.
Jacques du Friſche, & on lui aſſocia
le P. *le Nourry*, qu'on fit venir à
Paris pour ce ſujet. Le fruit de leur

NIC. LE travail fut une édition exacte des
NOURRY Oeuvres de ce Pere en 2. tom. *in fol.*
imprimés à *Paris*, le premier en 1686.
& le second en 1690.

L'édition de *S. Ambroise* ne fut à
D. *le Nourry* que comme un ache-
minement à son grand Ouvrage de
l'Apparat à la Bibliotheque des Peres.
Apparatus ad Bibliothecam maxi-
mam Patrum veterum & scriptorum
Ecclesiasticorum Lugduni editam : In
quo quidquid ad eorum scripta & Doc-
trinam, variosque scribendi modos &
docendi pertinet, dissertationibus cri-
ticis examinatur & illustratur. Il en
fit d'abord imprimer deux volumes
in 8°. à *Paris*, l'un en 1694 & l'autre en 1697. mais cr. ignant que la
quantité des materiaux qu'il avoit
assemblés ne multipliât trop le nombre des volumes, il refondit ce qui
avoit déja paru, & en composa avec
ce qu'il avoit préparé jusques là
2. volumes *in fol.* qui furent imprimez à *Paris*, l'un en 1703. & l'autre en 1715. On voit regner dans
tout cet Ouvrage le goût d'une saine
& judicieuse critique. Le P. *le Nour-*
ry n'y a éclairci que ce qui regarde les Ouvrages des Peres des quatre

premiers ſiecles de l'Egliſe.

Il donna en 1710. un nouvel Ouvrage, *Lucii Cæcilii Liber ad Donatum Confeſſorem de mortibus perſecu-
torum, Hactenus Lactantio adſcriptus
ad Colbertinum codicem denuo emenda-
tus. Acceſſit diſſertatio, in qua de hu-
jus libri auctore diſputatur, & omnia
illius loca dubia illuſtrantur. Pariſ.*
1710. *in* 8°. Le P. *le Nourry* prétend
dans ſa Diſſertation ôter cet Ouvrage à Lactance, à qui il a toûjours été
attribué. Il a été attaqué vivement
ſur ce ſujet dans des réflexions ſur
ſon édition du Traité de la mort
des Perſecuteurs inſerées dans *le
ſeptiéme tome du Journal litteraire,
page* 1. mais il y répondit dans le
Journal des Savans de Juin 1716.

Quoique D. *le Nourry* travaillât
fortement au troiſiéme volume de
ſon Apparat, la déference qu'il avoit
pour des perſonnes de conſideration
& de merite le porta à ſe charger de
la reviſion des Oeuvres de S. Ambroiſe, dont l'édition étoit entierement épuiſée; il y travailloit actuellement, lorſqu'il mourut à S. Germain des Prés le 24. Mars 1724. âgé
de 77. ans.

NIC·LE Il étoit naturellement officieux;
NOURRY fa probité, & fa prudence lui avoient
merité la confiance de M. le Cardinal *de Noailles*, qui lui avoit confié
la direction de plufieurs Maifons
Religieufes.

V. fon Eloge. *Journal des Sçavans
d'Août* 1724. *Bibliot. Mauriana. Bibliot. Hift. des Aut. de la Cong. de
S. Maur.*

CASIMIR OUDIN.

CASIMIR
OUDIN.
CASIMIR OUDIN étoit
d'une famille originaire de
Rheims; il nâquit à *Mezieres* fur la
Meufe le 11. Fevrier 1638. fon pere étoit Tifferand, & vouloit lui
apprendre fon métier, mais fon goût
le portoit à l'étude, & il s'y appliqua
malgré fes parens.

Après avoir fait fa Rhetorique,
il fe retira (en 1656.) chez les Pre-
montrés, & fit fon Novicat dans
l'Abbaye de *S. Paul de Verdun*; deux
ans après, il fit Profeffion le 11. Novembre 1658. Il fut enfuite envoyé
en France, pour y étudier en Philo-

fophie & en Theologie ; il y demeu- CASIMIR
ra pendant quatre ans, mais il eut OUDIN.
des Maîtres fi ignorans, qu'il n'y fit
aucun progrès. Il s'appliqua après
à l'Hiftoire Ecclefiaftique, qui étoit
fon étude favorite.

Après avoir paffé une vingtaine
d'années comme caché parmi ceux
de fon Ordre, il eut une occafion
de fe faire connoître. Ses Superieurs
l'ayant envoyé en 1678. dans l'Abbaye de *Bucilli* en Champagne,
Louis XIV. paffa par cet endroit
le premier Mars 1680. & s'arrêta
à l'Abbaye pour y dîner. Comme
aucun des Religieux n'ofoit s'appro-
cher du Roi pour le complimenter,
& pour faire les honneurs de la maifon, le P. Oudin fe chargea de cette
commiffion, & s'en acquita fi bien
que le Roi & toute la Cour furent
extrêmement furpris de trouver dans
un lieu fi fauvage, & fi folitaire,
un homme qui eut tant d'efprit &
de politeffe, & le Roi fut fi content de la reception qu'on lui avoit
faite, qu'il fit donner cinquante
Louis d'or pour l'Abbaye.

Le P. Oudin s'étant fait connoî-

tre par là, *Michel Colbert* Chef &
Réformateur general de l'Ordre de
Premontré, l'envoya en 1681. pour
faire la visite de toutes les Abbayes
& Eglises de l'Ordre, & pour tirer
des Archives tout ce qui pourroit
servir à son Histoire. Il fut donc
dans tous les Monasteres des Pays
Bas, & revint en France avec un
grand nombre de pieces.

En 1682. il alla faire les mêmes
recherches en Lorraine, en Bourgogne, & en Alsace. En 1683. il fut
envoyé à Paris, où il lia amitié avec
les Benedictins de la Congregation
de S. Maur, & avec divers autres
Sçavans.

Pendant son séjour à Paris, il s'occupa à rassembler tous les Ouvrages
des anciens Moines de Lerins, qui
avoient été élevez à l'Episcopat; ce
Recueil étoit prêt à paroître, lorsqu'une maladie fâcheuse, qui lui
survint, & qui le tourmenta pendant dix mois, en empêcha l'impression. Il publia en 1686. un Supplément des Auteurs Ecclesiastiques
omis par Bellarmin, Ouvrage qui
lui fit beaucoup d'honneur.

Il

Il quitta la France en 1690. & Casimir
alla à *Leyde* où il embraffa la Reli- Oudin.
gion Prétendue Réformée, & où il
fut fait fous-Bibliothecaire de l'Univerfité. Il y a vêcu jufqu'à fa mort
arrivée au mois de Septembre 1717.
dans la 79. année de fon âgé.

Ses Ouvrages font :

1. *Supplementum de fcriptoribus vel
fcriptis Ecclefafticis à Bellarmino omiffis ad annum 1460. vel ad artem Ty-
pographicam inventam. Parif. 1686.
in 8°.*

2. *Veterum aliquot Galliæ & Bel-
gii fcriptorum opufcula facra nunquam
edita, jam vero è Mff. Bibliotheca-
rum Galliæ in lucem prodeuntia. Lugd.
Bat. 1692. in 8°.*

3. *Trias differtationum Criticarum.
Lugd. Bat. 1718. in 8°.*

4. *Commentarius de fcriptoribus
Ecclefiæ antiquis, illorumque fcriptis
adhuc exftantibus in celebrioribus Eu-
ropæ Bibliothecis à Bellarmino, Poffe-
vino, Phil. Labbæo, Guil. Cavæo,
Lud. Elliæ Dupin, & aliis omiffis.
Lipfiæ 1722. in fol. 3. vol.* L'Auteur
avoue dans la Préface de cet Ouvrage, qu'il avoit commis beaucoup de

CASIMIR
OUDIN.

fautes dans le Supplément de Bellarmin, dont on l'avertit, ou dont il s'apperçût lui-même. Il entreprit depuis de composer un corps complet, autant qu'il seroit possible, & fit pour cela des dissertations particulieres sur les Ouvrages de divers Auteurs Ecclesiastiques, c'est ce qui compose cet Ouvrage ; mais M. le Clerc prétend que l'Auteur ne sçavoit pas assez de Grec ni de Latin pour entendre les Ouvrages sur lesquels il a travaillé. Il est vrai que les dissertations sont le plus souvent tirées d'ailleurs, mais il ne laisse pas d'y avoir bien des fautes, sans celles de l'impression, qui sont en fort grand nombre.

V. son Eloge. *Nouvell. Litter. du* 12. *Mars* 1718. *Nova Litteraria Lipsiensia divulgata idibus Januarii* 1718.

GUILLAUME BLANCHARD.

G. BLAN-
CHARD.

GUILL. BLANCHARD Avocat au Parlement, étoit fils de *François Blanchard*, connu dans la République des Lettres par *les Eloges des Présidens à Mortier du Parle-*

ment de Paris depuis l'an 1331. *jufqu'en* G. BLAN-
1647. Ayant efté reçû Avocat en 1674. CHARD.
il confacra fes premieres années à la
Plaidoirie. L'emploi que fes talens lui
procurerent au Palais auroit fuffi pour
occuper tout entier un Avocat moins
laborieux ; après avoir fatisfait à ce
qu'exigeoit de lui la défenfe de ceux
qui lui confioient leurs affaires, il trouva encore du temps pour fe livrer à
des recherches curieufes & utiles.

Le fruit de ces recherches a efté une
Table Chronologique , contenant un Re-
cüeil en abregé des Ordonnances , Edits,
Declarations & Lettres Patentes des Rois
de France , qui concernent la Juftice , la
Police & les Finances , avec la date de
leur enregiftrement dans les Greffes des
Compagnies Souveraines , depuis l'an
1115. *jufqu'en* 1688. *Paris* 1688. *in*-4°.
Cette premiere Edition n'eftoit, pour
ainfi dire , qu'un coup d'effai ; mais
l'Auteur voyant que le Public , qui
fentoit toute l'utilité de cet Ouvrage,
fouhaittoit de lui quelque chofe de
plus complet, travailla pendant plufieurs années à le perfectionner. Il
en donna une nouvelle Edition fous
le titre de.

G. BLAN-
CHARD.

*Compilation Chronologique, conte-
nant un Recüeil des Ordonnances, E-
dits , Declarations, & Lettres Patentes
des Rois de France , qui concernent la
Justice, la police & les Finances depuis
l'an 987. jusqu'à present. Paris 1715.
fol. 2. vol.* On ne peut parcourir cette
compilation sans estre étonné du
grand nombre de Livres, de Regis-
tres , & autres pieces, que l'Auteur
a esté obligé de lire pour cette seconde
Edition : cependant M. Blanchard a
fait de nouvelles recherches depuis
1715. & a trouvé dequoi y faire un
grand nombre d'additions importantes. Il se disposoit, lorsqu'il est mort,
à donner cet Ouvrage au Public avec
ces augmentations. Son dessein étoit
d'y ranger les titres des Lettres Patentes par ordre de matiere , & d'y
faire entrer les Edits & Declarations
depuis 1715. jusqu'au temps où il
feroit publier cette nouvelle Edition.

M. Blanchard s'estoit encore appliqué à l'Histoire, surtout à celle
des familles. Habile Henealogiste,
il connoissoit les bonnes Maisons
non seulement de la France , mais

encore du refte de l'Europe Il a au- G. BLAN-
gmenté *les Eloges des Prefidens à Mor-* CHARD.
tier, que François Blanchard fon pere avoit publiés. Il a auffi laiffé une
Hiftoire où il parle des Chanceliers,
des Gardes des Sceaux, des Confeillers, des Avocats, & des Procureurs
Generaux depuis l'établiffement du
Parlement jufqu'à prefent, & une
Hiftoire des Maiftres des Requeftes,
qui font entre les mains de fon fils
Avocat au Parlement. Il eft mort le
14 Septembre 1724.

V. fon Eloge *Jour. des Sçav.* de Fé-
vrier 1725.

PAUL DE RAPIN

De Thoyras.

PAUL *de Rapin de Thoyras* nâquit
à *Caftres* le 25 Mars 1661. La fa- P. DE RA-
mille de *Rapin* eft originaire de Sa- PIN DE
voye & y a fubfifté en divers bran- THOYRAS
ches jufqu'à ces derniers temps. On
ne pretend parler ici que de celle qui
fut tranfplantée en France, où quatre freres de ce nom s'établirent fous
le regne de François I.

P. de R. de   L'un étoit Ecclesiastique & fut Au-
Thoyras mônier de la Reine *Catherine de Me-*
dicis.

Ses freres, dont un seul a laissé de
là posterité, professerent la Religion
P. Reformée. L'aîné *Philibert de Ra-*
pin, Bisayeul de celui dont il s'agit,
fut Gouverneur de *Montauban*, &
l'un des Chefs des Reformez dans les
Provinces du Dauphiné, Provence,
Languedoc, & Guienne.

Pierre de Rapin, Baron de *Mau-*
vers, fils de *Philibert*, fut Gouverneur du *Mas-Granier*, l'une des villes de sûreté que l'on avoit accordé
aux Reformez en Guienne. Il eut un
très-grand nombre d'enfans.

Son second fils, *Jacques de Rapin*,
Sieur de Thoyras, fut le seul de sa fa-
mille, qui s'attacha à l'étude. Il fut
Avocat en la Chambre de l'Edit de
Castres, & en a fait les fonctions,
tant dans cette Ville, qu'à *Castelnau-*
dary, & à *Toulouse*, pendant plus
de cinquante ans, & jusqu'à sa mort.
Il a laissé plusieurs enfans de *Jeanne*
Pelisson, fille d'un Conseiller de la
Chambre de Castres; & sœur de
George & *Paul Pelisson*, qui sont assez

connus, ſur-tout le dernier, laquel- P. DE R. DE
le après avoir été long-temps enfer- THOYRAS
mée dans un Convent, fut enfin
conduite par ordre du Roy à *Geneve*,
où elle mourut en 1705.

M. *de Rapin* dont il eſt ici queſtion
étoit leur fils puîné. Après avoir fait
ſes premieres études à *Puylaurens*, &
à *Saumur*, il ſe rendit auprés de ſon
pere au commencement de 1679.
dans le deſſein de s'appliquer ſerieuſement au Droit. Mais avant que d'y
avoir fait aucun progrès, il ſe vit en
quelque ſorte obligé, comme une infinité d'autres jeunes gens, à ſe faire
recevoir Avocat, ſur l'avis qu'on
eut d'un Edit, qui parut bientôt
après, où il étoit ordonné d'étudier
cinq ans dans une Univerſité, avant
que de recevoir le degré de Docteur.

Cette même année la Chambre de
l'Edit fut ſupprimée, ce qui obligea
la famille de M. *de Rapin* de ſe tranſ-
porter à *Toulouſe*. L'état des P. Réformez devenant de jour en jour plus
fâcheux, M. *de Rapin* pria ſon pere
de conſentir qu'il renonçât à la Profeſſion d'Avocat, pour prendre celle
des Armes; à quoi ſon pere répondit

P. DE R. DE d'une maniere, qui, fans lui refufer
THOYRAS abfolument fa demande, tendoit à
gagner du temps ; ainfi il fe paffa
quelques années, fans qu'il fut rien
décidé là-deffus.

L'an 1685. fon pere mourut, &
deux mois après l'Edit de Nantes
fut révoqué. Alors M. *de Rapin* fe
retira dans une maifon de Campagne avec fa mere & fes freres, &
paffa vers le mois de Mars 1686. en
Angleterre avec fon plus jeune frere.

Il n'y avoit en ce tems-là rien à
efperer pour lui en Angleterre, de
forte qu'il paffa en Hollande, &
entra dans une Compagnie de Ca-
dets François, qui étoit à *Utrecht*,
commandée par M. *de Rapin* fon coufin germain.

Peu de tems après que la guerre
eut été déclarée (en 1689.) il fut fait
Enfeigne dans un Regiment Anglois
& enfuite Lieutenant. Il fervit d'Ai-
de de Camp à M. *Douglas* Lieutenant General, qui étoit devenu fon
Colonel, & eut beaucoup de part
à fa confiance.

A l'affaut de *Limerick* il reçut un
coup de moufquet dans l'épaule.

Cette

Cette bleſſure, quifût d'une cure longue & difficile, lui fut très-préjudiciable, parce qu'elle le mit hors d'état de ſuivre en Flandres M. *Douglas*, qui vouloit l'y mener, & qui ayant beaucoup de bonne volonté pour lui, pouvoit alors lui procurer un avancement conſiderable. Cependant on lui donna une Compagnie.

En 1693. Mylord *Portland*, qui avoit oui parler de lui, réſolut de le mettre auprès de ſon fils, aujourd'hui *Duc de Portland*, en qualité de ſon Gouverneur; ainſi, lorſque M. *de Rapin* y penſoit le moins, il reçut en Irlande où il étoit, un ordre du Roi *Guillaume III.* de ſe rendre en Angleterre, pour exercer cet emploi. Il perdit par là l'eſperance de parvenir à ce que pluſieurs de ceux qui ſervoient avec lui ont obtenu, & le dédommagement qu'il en a eu, a conſiſté en ce qu'on lui permit de ceder ſa Compagnie à ſon frere qui mourut en 1719.après avoir étéLieutenantColonel dans unRegiment de Dragons Anglois. Il eſt vrai que le Roi lui accorda enſuite une penfion de cent livres fterlin, jufqu'à ce qu'il l'eût pourvû de quelque chofe de meilleur, ce qui n'eft point arrivé ; ainfi il en a joui jufqu'à la mort de ce Prince, après quoi fes heritiers l'ont amortie en lui donnant une Charge, dont il a tiré une fomme affez modique.

Il fe maria en 1699. pendant qu'il étoit auprès du jeune Lord ; mais ce mariage n'empêcha pas qu'il ne l'accompagnât en Italie. A fon retour il paffa quelques années à *la Haye.* En 1707. il fe tranfporta avec fa famille à *Wezel*, où il a paffé le refte de fes jours.

Quoiqu'il fût d'un temperament robufte, l'affiduité & l'application avec laquelle il travailloit à fon Hiftoire d'Angleterre a abregé fes jours. Il eft mort le 16. Mai 1725. âgé de 64. ans, laiffant un fils & fix filles.

M. *de Rapin* étoit naturellement ferieux, quoiqu'il ne fût pas ennemi d'une joye moderée. Il aimoit la Mufique, dont il avoit acquis une connoiffance affez étendue. Les Mathematiques, principalement cette partie qui regarde les Fortifica-

tions, l'ont occupé aſſez long tems.
Il entendoit l'Italien , l'Eſpagnol ,
& l'Anglois, ce qui joint au Latin
& au Grec , auſquels il s'étoit appliqué dès ſa jeuneſſe , l'a mis en état
de lire dans leur propre langue les
Auteurs qu'il a été obligé de con-
ſulter pour compoſer ſon Ouvrage.
Dans les differentes ſituations où il
s'eſt vû , il s'eſt étudié à profiter de
tout le loiſir qu'il a pû ménager ,
pour l'employer à la lecture , & à
rechercher la ſocieté de ceux dont la
vie étoit reglée , & qui ſe plaiſoient
à reflechir. Cette conduite lui a , à
la verité , attiré quelquefois l'indig-
nation de quelques-uns de ſes Superieurs , qui auroient ſouhaité qu'il
eût paſſé ſon tems avec eux à des
occupations frivoles : mais elle lui a
été d'un autre côté fort avantageuſe,
en lui procurant l'amitié de pluſieurs
perſonnes de merite , dont quelques-
uns étoient dans des poſtes fort con-
ſiderables.

Les Ouvrages que l'on a de lui ,
ſont :

Diſſertation ſur les Whigs & les
Torys. La Haye 1717. *in* 12. Cette

PAUL DE Dissertation est bien écrite, & très-
RAPIN DE propre à faire connoître l'esprit des
THOY- Partis qui divisent l'Angleterre.
RAS.
Les Extraits des dix-sept volumes
des Actes d'Angleterre de Rymer,
inserez dans la Bibliotheque choisie,
& dans la Bibliotheque ancienne &
moderne.

L'Histoire d'Angleterre. La Haye,
in 4°. 1724. 8. *vol. tom.* 9. *&* 10.
La Haye 1727. *in* 4°. Cette Histoire va jusqu'à la révolution qui
se fit sous Jacques II. Le stile en
est clair & coulant ; les faits y sont
fort bien narrez, & les principes
des actions bien démêlez : on y ad-
mire sur-tout une impartialité, qui
la rendra toûjours estimable aux
personnes de bon goût, & qui se
trouve dans peu d'Historiens. On
l'a réimprimée à *Trevoux* sous le titre de *la Haye* en 10. vol. *in* 4°.
1726. & 1728. On a ajoûté à cette
édition la *Dissertation sur les Whigs
& les Torys*, les extraits des Actes
de *Rymer*, & l'Eloge de l'Auteur.
Tiré de la *Bibliotheque Germanique,*
tom. 10.

LUDOLF KUSTER.

LUDOLF KUSTER nâquit
l'an 1670. à *Blomberg*, petite
Ville du Comté de Lippe dans la
Weftphalie, de *Ludolf Kufter*, Magiftrat du lieu. Si-tôt qu'il eut 14.
ans, on l'envoya à *Berlin*, où il fit
fes premieres études avec beaucoup
de fuccès. Il paffa de *Berlin* à *Francfort fur l'Oder*, & y demeura quelques années.

De retour de *Berlin*, il fut choifi
pour élever les enfans de M. le Comte de *Schvverin*, qui, lorfqu'il les
quitta, lui procura une penfion de
400. livres de l'Electeur de Brandebourg. Il alla enfuite à *Utrecht* en
1696. & y compofa quelques Ouvrages. Ayant amaffé quelque argent
par la compofition de ces ouvrages,
& en donnant quelques leçons à la
Nobleffe Allemande, fur le Droit
public, il quitta *Utrecht* en 1699.
paffa en Angleterre, & de-là vint
en France au commencement de l'année fuivante. Il s'y occupa princi-

B b iij.

LUDOLF
KUSTER.

palement à conferer *Suidas* avec trois manuscrits de la Bibliotheque du Roi, & tira de ce riche trefor plusieurs fragmens, qui n'avoient pas encore vû le jour.

Sur la fin de 1700. il retourna en Angletetre, & acheva en quatre ans l'édition de *Suidas*, qui lui fit beaucoup d'honneur, & qui engagea l'Université de *Cambrige* à lui donner le titre de Docteur. Il alla ensuite à *Berlin*, où le Roi *Frederic I.* à qui il avoit dédié son *Suidas*, lui donna la Charge de Professeur aux Belles Lettres, & le titre de son Bibliothecaire. Il se brouilla mal-à-propos, comme il l'a souvent reconnu depuis, avec d'autres, qui portoient le même titre, & qui en vertu de leur ancienneté, ne vouloient pas lui ceder le pas, & se dégoûta de son emploi, quoiqu'on lui eût donné deux mille francs de pension, & qu'il ne fût presque obligé à rien. Il étoit naturellement un peu changeant, & outre cela il n'étoit nullement propre à faire sa cour aux Ministres du Prince, qualité qui lui auroit été necessaire pour

vivre avec quelque agrément dans LUDOLF
ce pays-là. KUSTER.

Il quitta donc *Berlin*, & alla à
Amfterdam où il vêcut quelque tems
en penfion, & prit enfuite une maifon. Il avoit gagné quelque argent
par l'édition de fon *Suidas*, mais il
l'eut bien-tôt dépenfé dans une ville
où tout eft cher, & par bonté pour
quelques-uns de fes parens, quoique d'ailleurs il y vêcut très-fruga-
lement.

Ennuyé d'*Amfterdam*, il alla à
Rotterdam, où il efperoit fubfifter
plus aifément ; mais il vit bien-tôt
qu'il s'étoit trompé. Il alla quelque
tems après à *Anvers* conferer avec
les Jefuites fur des doutes qui lui
étoient venus fur la Religion. Les
inftructions de ces Peres le convain-
quirent de la verité de la Religion
Catholique, & il vint à *Paris* où il
abjura l'Herefie le 25. Juillet 1713.
dans l'Eglife du Noviciat des Jefuites. Le Roi le gratifia d'une penfion de deux mille livres, & par
une diftinction particuliere, le fit
recevoir Affocié furnumeraire de
l'Academie des Infcriptions. Mais

LUDOLF
KUSTER.

il n'a pas joui long-tems de fon nouvel établiffement. Il eft mort le 12.
Octobre 1719. d'un abcès dans le
pancreas, à l'âge de 46. ans.

M. *Kufter* étoit d'un très bon naturel, doux & paifible, il ne luî
manquoit que d'avoir lû davantage
dans le grand Livre du monde, &
de le connoître mieux qu'il ne faifoit. Il entendoit parfaitement le
Latin, & écrivoit bien dans cette
Langue; mais la litterature Greque
étoit fon fort, auffi s'étoit-il borné
prefque uniquement à cette forte
d'étude, dont il faifoit fes délices;
il regardoit l'*Hiftoire* & la *Chrono-*
logie des mots Grecs (c'étoient fes
expreffions ordinaires) comme ce
qu'il y avoit de plus folide pour un
Sçavant. De-là vient qu'il mépri-
foit les autres Sciences, & M. Themifeul rapporte dans fes Lettres,
que ce zélé Grammairien trouvant
un jour le Commentaire Philofophi-
que dans la Boutique d'un Libraire,
le rejetta en difant: ce n'eft qu'un
Livre de raifonnement: *Non fic itur*
ad Aftra.

Catalogue de fes Ouvrages.

1. *Historia Critica Homeri. Fran-* LUDOLF *cofurti* 1696. *in* 8°. Cet Ouvrage KUSTER, marque affez de lecture & de fça- voir ; cependant M. *Kufter* n'en fit pas grand cas dans la fuite du tems, lorfqu'il eut acquis une plus grande érudition ; il trouvoit qu'il s'étoit trop preffé de prendre place parmi les Auteurs. Il a pris dans ce Livre le nom de *Neocorus*, qui fignifie en Grec *Sacriftain*, *Kufter* a la même fignification en Allemand. Le Livre fuivant a paru fous le même nom.

2. *Bibliotheca novorum Librorum à menfe Aprili* 1697. *ufque ad finem anni* 1699. *Ultraječti* 5. *tom. in* 8°. M. *Kufter* travailla d'abord feul à ce Journal, mais comme il l'occu- poit trop, parce qu'il travailloit en même-tems à d'autres Ouvrages, il s'affocia *Henri Sike*, qui a été de- puis Profeffeur en Hebreu à *Cambri- ge*. Cette focieté ne dura que juf- qu'au mois de Juin 1699. auquel M. *Kufter* laiffa cet ouvrage à M. *Sike*, qui ne le continua que pendant les fix derniers mois de cette an- née-là.

3. *Jamblici de vita Pythagora Liber*

Mem. pour servir à l'Histoire

LUSDOLF
KUSTER.

grace & latine cum nova versione ;
emendationibus, & notis L. Kusteri.
Accedit Porphyrius de vita Pythagoræ
cum notis L. Hostenii & C. Rittershu-
sii, itemque Anonymus apud Photium
de vita Pythagoræ. Amstelod. 1707.
in - 4°. Les notes de M. Kuster ne
font que des notes de critique, dans
lesquelles il rétablit une infinité de
passages.

4. *Suidæ Lexicon græce & latine,*
recensuit, emendavit, notis illustravit,
versionem latinam Porti correxit L. K.
Cantabrigiæ 1705. fol. 3. vol. L'Auteur
a fort bien reussi dans cet ouvrage,
dont les difficultez auroient rebuté
un Sçavant moins laborieux. M. Gronovius l'attaqua cependant sur certaines choses, & M. Kuster lui répondit.

5. *Diatriba L. K. in qua editio*
Suidæ Cantabrigiensis, contra Cavil-
lationes Jacobi Gronovii Aristarchi
Leydensis defenditur : inserée dans le
24. tome de la Biblioth. choi-
sie p. 49. *It.* separément *in - 12. It.*
Nouvelle édition augmentée sous le
titre de *Diatribe Anti-Gronoviana.*
Amstelod. 1712. in-8°.

6. *De Mufao Alexandrino Diatri-* LUSDOLE
ba. Cette Piece a efté inferée dans KUSTER
le 12e. tome des Antiquités Gre-
ques de M. Gronovius.

7. *Ludovici Savoti differtationes de
nummis antiquis lingua Gallica in Latinam tranflata à L. Neocoro*, inferées
dans le onziéme tome des Antiquités Romaines de Grævius.

8. *Pictura antiquæ fepulchri Nafo-
niorum in via Flaminia delineata & in-
cifa à Petro Sancto Barrolo*, *explicata à Joanne Petro Bellorio*; *ex Ita-
licâ linguâ in Latinam tranftulit L.
Neocorus* inferée dans le douziéme
tome des Antiquités Romaines de
Grævius.

9. *Ariftophanis Comediæ undecim
Græce & Latine.* *Amftelod* 1710.
fol.

10. *Novum Teftamentum Milii
variantibus lectionibus auctum & meliori
ordine difpofitum.* *Amftelod.* 1710.
fol.

11. *Epiftola in quâ Præfatio quam*
V. C. J. P. [Jacobus Perizonius]
*noviffimæ differtationi fuæ de ære gravi
propofuit refellitur.* *Lugd. Bat.* 1713.
in 8o.

LUDOLF KUSTER.

12. *De vero usu verborum mediorum apud Græcos eorumque differentia à verbis activis & passivis; adnexa est Epistola de verbo Cerno. Paris.* 1714. *in* 12. Cet Ouvrage roule sur des questions Grammaticales, que l'Auteur traite comme quelque chose de fort important.

13. *Explication d'une inscription Greque envoyée de Smyrne*, inserée dans les Memoires de Trevoux du mois de Septembre 1715.

14. *Examen Criticum Editionis novissimæ Herodoti Gronoviana*, inseré dans le tome 5. de la Bibliotheque ancienne & moderne p. 383.

On a imprimé en Hollande sous le nom de M. Grævius, & sous le titre de *Nova cohors Musarum*, un petit traité que M. Kuster composa en 1699. pour l'instruction de quelques jeunes Seigneurs ausquels il vouloit donner quelque connoissance des belles Lettres & des bons Auteurs; l'Editeur a ajouté dans l'imprimé des choses qui n'augmentent pas le merite de l'Ouvrage, qui est peu considerable par lui-même.

V. son Eloge. *Memoires de Trevoux*

PIERRE HEYLIN.

PIERRE HEYLIN nâquit   PIERRE
à *Burford* dans la Province d'Ox-   HEYLIN.
ford le 29. Novembre 1600. & y
commença fes études. Il y fit de fi
grands progrés, qu'à l'âge de fix ans
il compofoit déja fort bien en latin.
On l'envoya à *Oxford* à l'âge de 14.
ans, pour y étudier en Philofophie.
En 1615. il entra dans le College de
la *Madeleine*, où dans la fuite il fut
aggregé.

Il vint en France en 1625. & n'y
fit qu'un fejour de cinq femaines. Il
dit dans un de fes Ouvrages, que lorfqu'il commença fes études de Theologie, il crut qu'il n'y avoit point de
meilleure methode que celle que le
Roi Jacques recommandoit. On
n'ignore pas que ce Prince n'étoit pas
fâché de paffer pour habile Theologien. Cette methode confiftoit à étudier les Ouvrages les plus conformes

PIERRE à la Doctrine & à la Discipline de l'E-
HEYLIN. glise Anglicane & à lire les Peres, les
Conciles, les Scholastiques, & les
Livres de Controverse ; il est éton-
nant que l'étude de l'Ecriture Sainte
ne paroisse point dans cette methode.

En 1627. Heylin disputa dans l'U-
niversité d'Oxford sur ces deux Questions : *An Ecclesia unquam fuerit in-
visibilis ? An Ecclesia possit errare ?* Il
prouva la visibilité de l'Eglise, d'une
maniere qui déplut au Docteur *Jean
Prideaux*, Professeur en Theologie.
Ce Professeur répondit foiblement
aux argumens de Heylin, parce que
celui-ci l'avoit mené dans le Pays de
l'Histoire, qui ne lui étoit pas si connu que la Scholastique. Le Professeur
fut sur tout choqué de l'entendre appeller Bellarmin : *Nobilissimus Cardi-
nalis* ; il s'emporta contre lui, l'appella *Bellarminianus, Papicola, Pontificius,*
&c. & dit à ses Ecoliers, qu'il avoit
pris beaucoup de peine en vain, puisqu'on donnoit le titre de *nobilissimus*
à un Cardinal qu'il avoit refuté pendant plusieurs années.

Heylin fut fait Chapelain du Roy
en 1629. à la recommandation du

Docteur *Laud* alors Evêque de *Bath* PIERRE
& *de Wells*, qui lui donna plufieurs HEYLIN.
avis, & l'avertit entr'autres chofes,
que le Roi n'aimoit pas les Chape-
lains qui portoient des habits de foye,
& de fatin. Ce Prince le fit dans la
fuite (en 1631.) Prebendaire de *Weft-
minfter*. Il prit le degré de Docteur
en Theologie en 1633.

La Guerre ayant éclaté contre le
Roi Charles I. il fe refugia dans la
Ville *d'Oxford*, auprés de ce Prince,
auquel il eftoit fort attaché, car on
avoit donné ordre de l'arrefter. On
faifit tous fes biens, enforte que ne
fachant de quoi vivre, il fut obligé
de vendre tout ce qui lui reftoit. Enfin ne pouvant plus fubfifter à *Oxford*, il en fortit, & erra en divers
lieux, tantôt en habit de Païfan
tantôt en habit de Gentilhomme. Il fut dans cet embarras & dans
la difette jufqu'au rétabliffement de
Charles II. car on le rétablit alors
dans tous fes Benefices. Il eft mort
le 8. May 1663. aprés avoir raconté
à fa femme un fonge qui lui paroiffoit
un préfentiment de fa mort. Il avoit
perdu la vûë quelque temps auparavant.

PIERRE
HEYLIN.

Il obſervoit exactement le Carême,
& les Fêtes de l'Egliſe. On a de lui
un grand nombre d'Ouvrages, entr'autres,

1. *Une Geographie*, qui ne lui coû-
ta que deux mois de travail, & qui
parut *in-4°*. en Anglois en 1621.
Quoiqu'elle fût pleine de fautes, elle
ne laiſſa pas d'eſtre bien reçûë du public, parce qu'alors ces ſortes de Livres eſtoient aſſez rares. Elle fut
impriméefois la ſecondefois en 1624.
& pour la troiſiéme en 1627. L'Auteur y ayant fait de grandes augmentations la publia ſous une autre forme
& ſous le titre de *Coſmographie*, en
quatre Livres, en 1652. *in-folio*; cette Coſmographie a eſté augmentée
encore aprés ſa mort par *Edmond Bo-
hun*, & imprimée à Londres *in-folio*
en 1703.

2. *L'Hiſtoire des cinq articles* (deci-
dés par le Synode de Dordrecht) *ou
éclairciſſement ſur la créance des Egliſes
d'Occident, & particulierement de l'E-
gliſe Anglicane, touchant les cinq points,
en quoi conſiſte ce qu'on appelle l'Armi-
nianiſme*. En Anglois. Cet Ouvrage
qui ſeroit fort bon, s'il y avoit moins
de

de controverſe, a eſté traduit en Fla- PIERRE
mand par *Gerard Brand* le fils, & im- HEYLEN.
primé en cette Langue à Rotterdam.
1687. *in-8*°

3. *Cyprianus Anglicus*, ou *Apologie de Guillaume Laud Archevêque de
Cantorbery.* (en Anglois) *Londres*
1670.

4. *Hiſtoire de la Reformation d'Angleterre depuis Henry VIII. juſqu'à
Elizabeth.*

V. ſa vie. *Memoires Litt. de la
Grande Bretagne,* tome 12.

GILLES MENAGE.

GILLES MENAGE nâ- GILLES
quit à *Angers* le 15. Août 1613. MENAGE.
de *Guillaume Menage* Avocat du
Roy dans la même Ville, & de
Guione Ayrault ſœur de Pierre Ayrault Lieutenant Criminel.

Dés ſa plus grande jeuneſſe il ſit
paroiſtre tant d'inclination pour l'é-
tude, que ſon pere ſe crut obligé de
n'épargner rien, pour lui donner
une éducation conforme à de ſi belles diſpoſitions. La memoire prodi-

Cc

GILLES
MENAGE.

gieuse qu'il avoit ne contribua pas peu à ses premiers progrés, & on a remarqué en lui ce merveilleux talent jusqu'à la fin de sa vie.

Lorsqu'il fut en âge, son pere lui fit apprendre les premiers élemens de le Langue Latine, & sans s'arrêter à lui faire faire des Thèmes, comme on fait ordinairement, on lui fit lire & expliquer les meilleurs Auteurs de la belle latinité. C'est de cette maniere qu'il fit ses Humanitez, d'où il passa à l'étude de la Philosophie, dans laquelle il fit un progrès extraordinaire. Pour le délasser quelquefois de sa trop grande application, son pere lui donna des Maîtres de Musique & de Danse ; mais il ne put réüssir ni dans l'une, ni dans l'autre ; il avoit même si peu de dispositions à la Musique, qu'il ne lui fût pas possible d'apprendre jamais aucun air.

Il s'appliqua avec plus de succès à l'étude du Droit, & plaida à Angers en 1632. Dans cette même année ayant été amené à Paris par M. *Loyauté*, ami particulier de son

pere , il fut reçû Avocat au Parle- GILLES
ment, où il plaida plusieurs Cau- MENAGE.
ses, une entr'autres pour M. *Senge-*
bere son Maître de Droit, qui vouloit répudier sa femme pour cause
d'adultere.

Quelque temps aprés il alla aux
Grands Jours de Poitiers en qualité
d'Avocat , mais à son retour ayant
été attaqué d'une sciatique , &
d'ailleurs dégoûté de cette Profession , il quitta le Barreau ,
& s'en retourna à *Angers* pour
faire appliquer le feu sur son
mal.

Aprés son entiere guerison , son
pere croyant lui faire plaisir se démit de sa Charge d'Avocat du Roi
en sa faveur ; M. Menage ne voulut
pas la refuser, étant chez lui ; mais
si tôt qu'il fut de retour à Paris , il
lui en renvoya les Provisions. Ce refus
mit son pere dans une grande colere contre lui ; mais M. l'Evêque
d'Angers les raccommoda dans la
suite. Ce fut dans ce temps-là qu'il
declara le dessein qu'il avoit d'embrasser l'Etat Ecclesiastique , pour le-

Ce ij,

GILLES quel il avoit toûjours eu beaucoup de
MENAGE. penchant.

Peu de temps après il fut pourvû
de quelques Benefices , entre autres du Doyenné de S. *Pierre d'An-*
gers , que son pere avoit possedé.

Il s'appliqua alors à l'étude des
Belles Lettres avec une ardeur extraordinaire , il rechercha la connoissance des Sçavans, & commença à se faire un nom dans le monde.
Cependant son pere ne s'étant pas
trouvé disposé à continuer la dépense necessaire pour l'entretenir à Paris , il craignit que son retour en
Province ne fût la ruine de ses esperances, & un obstacle à sa fortune ;
& pour l'éviter il chercha les moyens
de subsister à Paris indépendamment
du secours de sa famille. Il les trouva par l'entremise de M. *Chapelain* ,
de l'Academie Françoise, qui le fit
entrer dans la Maison de M. le Cardinal *de Retz*, qui n'étoit alors que
Coadjuteur de l'Archevêché de Paris. Il joüit dans cet état du repos
necessaire à ses études, & y eut tous
les jours de nouvelles occasions de

faire paroître fon érudition & fon efprit.

Il demeura plufieurs années chez M.
le Cardinal de Retz fans y recevoir
aucune récompenfe de fes affidui-
tez ou de fes fervices. Comme plufieurs perfonnes s'étoient attachées
à ce Prélat , dans l'efperance qu'il
feroit un jour chargé du Gouvernement de l'Etat , & qu'ils auroient
alors part aux premieres Dignités
du Royaume , M. Menage, qui fe
moquoit ouvertement de leurs pré-
tentions & de leurs projets, ne man-
qua pas de fe broüiller avec eux.
Leur mefintelligence alla un jour fi
avant, qu'il reçût de l'un d'eux une
injure dont il demanda reparation au
Cardinal , ou du moins fon congé ,
& il obtint le dernier.

Depuis ce temps-là il ne vit plus
que rarement ce Prélat , loüa un
appartement dans le Cloître de Nôtre-Dame , & y tint tous les Mer-
credis une Affemblée, qu'il appelloit
fa *Mercuriale* , où il eut la fatisfaction de voir toûjours un grand con-
cours de gens de Lettres , tant François , qu'Etrangers. Les autres jours

GILLES il alloit affiduement au Cabinet de
MENAGE. Meſſieurs *DuPuy*, & après leur mort
à celui de M. *de Thou*.

Parlant naturellement beaucoup &
aimant à débiter ce qu'il ſçavoit, il
ne laiſſoit qu'à peine la parole aux
autres dans toutes ces Aſſemblées.
Pour s'en excuſer il diſoit que quand
il étoit en Anjou, il y paſſoit pour
taciturne, parce que les autres y par-
loient encore plus que lui. Sa memoire lui fourniſſoit ſur toute ſorte de
ſujets des Vers Grecs, Latins, Italiens, & François, & quantité de
bons mots, qu'il avoit appris dans ſa
jeuneſſe, & il les repetoit ſouvent;
ſes contes paroiſſoient étudiez, parce
qu'il les exprimoit preſque toûjours
en mêmes termes.

Il demeuroit encore chez M. le
Cardinal de Retz, lorſqu'il reçût la
nouvelle de la mort de ſon pere arrivée le 18 Janvier 1648. Etant l'aîné
il eut de ſa ſucceſſion une Terre qu'il
vendit ſoixante mille livres à M. *Ser-*
vien alors Surintendant des Finances, qui au lieu de lui en payer le
prix, lui en paſſa un Contrat de con-
ſtitution de trois mille liv. de rente.

Peu de temps après il obtint par   Gilles
Arrêt du Grand-Confeil le Prieuré Menage.
de *Montdidier*, qu'il avoit requis en
vertu d'un Indult qu'un Confeiller
de fes amis lui avoit donné. Quand
il fut en poffeffion paifible de ce Benefice, il le réfigna à M. l'Abbé de
la *Vieuville*, depuis Evêque de *Rennes*, qui pour l'en recompenfer fit
créér en fa faveur une penfion de
quatre mille livres fur deux Abbayes.
L'agrément du Roi neceffaire pour la
création de cette penfion, ne fut accordé à M. *Menage*, qu'après qu'il
eût affuré M. le Cardinal *Mazarin*,
qu'il n'avoit eu aucune part aux Li-
belles, qui avoient couru contre ce
Miniftre, & contre la Cour, durant
les troubles de Paris.

Dans le même temps il fut chargé
par M. le Cardinal *Mazarin*, & par
M. *Colbert* de faire un rôle des
gens de Lettres, comme celui qui les
connoiffoit le mieux. Cette recherche ne produifit rien alors, mais
quelques années après elle eut fon
effet, & il fut gratifié pour fa part
d'une penfion de deux mille livres,
qui ne lui fut payée que pendant

GILLES
MENAGE.

les quatre premieres années.
Cette augmentation confiderable de
revenu lui procura un plus grand
repos, & un plus honnête loifir que
jamais, pour travailler à plufieurs
Ouvrages qu'il donna fucceffivement
au public ; elle lui fut auffi d'une
grande utilité pour fournir aux grandes dépenfes qu'il fit pour les imprimer, car la plûpart le furent à fes dépens.

Il eut plufieurs conteftations avec
divers Sçavans, qui l'attaquerent en
differens temps, comme l'Abbé
d'*Aubignac*, M. *Boileau*, M. *Cot-
tin*, M. *Salo*, le P. *Bouhours*, M.
Baillet ; mais tous ces differens particuliers n'eurent rien d'auffi dangereux pour M. Menage, que l'affaire
que lui attira en 1650. une Elegie latine à M. le Cardinal *Mazarin*, où
parmi les loüanges qu'il lui donne,
on prétendoit avoir trouvé une Satyre injurieufe contre une députation que le Parlement fit alors à ce
Miniftre. Elle fut portée à la Grande Chambre par des Confeillers,
qui propoferent d'en déliberer ; mais
M. le Premier Préfident *de Lamoi-
gnon*

gnon à qui M. Menage avoit protefté que la piece avoit été faite trois mois avant la députation, & qu'il ne s'y a-giffoit point du Parlement, empêcha que la chofe eut aucune fuite.

Outre la reputation que fes Ouvra-ges lui donnerent, ils lui procure-rent une place dans l'Academie de *la Crufca* de Florence. Il auroit pû en avoir une dans l'Academie Françoife dès le temps de fon inftitution, fans fa *Requête des Dictionnaires.* Mais le fouvenir de cette piece ayant été effacé par le temps, & la plû-part des Academiciens qui y étoient nommés étant morts, il fut pro-pofé en 1684. pour remplir une pla-ce vacante dans cette Compagnie, & n'en fut exclus que par la rencon-tre d'un Competiteur, [M. *Bergeret*] car de tous ceux qui ne donnerent point leur voix à M. Menage, il n'y en eut pas un feul, qui ne reconnut qu'il la meritoit.

Il n'étoit pourtant plus gueres en état d'aller à l'Academie, parce qu'il avoit eu une cuiffe démife par une chute, & qu'il ne fortoit pref-que plus de fa Chambre, où il te-

Tome I. D d

GILLES noit tous les jours une espece d'Aca-
MENAGE. demie.

Au mois de Juillet 1692. il lui survint un rhume, qui fut suivi d'une
fluxion de poitrine, qui fut d'abord
jugée mortelle, & dont il mourut le
23. Juillet de la même année âgé de
79. ans.

Les Ouvrages qu'il a donnés au
public, sont :

1. *Origines de la Langue Françoise.*
Paris 1650. *in-4°.* Il n'épargna rien
pour faire bien imprimer, & fort
correctement cet Ouvrage ; il a travaillé toute sa vie à l'augmenter,
mais il n'eut pas la satisfaction de le
voir imprimé de nouveau ; la nouvelle Edition ne parut que deux ans
aprés sa mort, avec les *Origines*
Françoises de M. de Caseneuve, un
discours de la Science des étymologies
par le P. Besnier Jesuite, & une liste
des noms de Saints, qui paroissent éloi-
gnés de leur origine, & qui s'expri-
ment diversement selon la diversité des
lieux, par M. l'Abbé Chatelain. Pa-
ris 1694. *fol.*

2. *Miscellanea. Paris. in-4°.* 1652.
C'est un Recüeil de diverses pieces

Grecques, Latines & Françoises, tant
en Vers qu'en Prose, qu'il avoit com-
posées en differens temps, & sur divers sujets. Trois entre autres firent
beaucoup de bruit.

Gargilii Macronis Parasito-Sophistæ
Metamorphosis, & vita Gargilii Ma-
murræ Parasito-Pædagogi. Il entendoit sous ce nom *Pierre de Montmaur*
Professeur en L'angue Greque, contre lequel beaucoup d'autres Sçavans
s'étoient exercés à faire des Satyres.
Il y a beaucoup d'esprit dans ces Pieces, dont la premiere est en Vers,
& la seconde en Prose, mais trop d'é-
rudition.

La Requête des Dictionnaires. On
peut dire que c'est une Piece des plus
ingenieuses, qui ayent paru en ce
genre. Il ne l'entreprit par aucun
mouvement de haine ni d'envie contre l'Academie Françoise, mais seulement pour se divertir, & pour ne
point perdre les bons mots qui lui
étoient venus dans l'esprit. Aussi
la supprima-t-il ; elle fut long-temps
cachée parmi ses papiers ; mais enfin elle lui fut enlevée, & à son
insçû l'Abbé *Montreüil* la fit impri-

GILLES-
MENAGE.

mer. Cette Piece empêcha qu'il n'eut une place à l'Academie, dés le temps de son institution; sur quoi M. de *Monmor* Maistre des Requestes dit un jour plaisamment, que c'estoit à cause de cette Piece qu'il falloit le condamner à en estre, comme on condamne un homme qui a deshonoré une fille, à l'épouser.

3. *Offervazioni sopra l'Aminta del Taso.* 1653. *in-4°.*

4. *Diogenes Laertius Græce & Lat. cum Commentario. Londini. fol.* 1663. M. Menage fit d'abord imprimer à Paris avec beaucoup de soin & de dépenses ses observations & corrections sur Diogene Laerce à dessein seulement de les mettre au net, pour les envoyer en Angleterre, où elles ont esté imprimées avec le *Diogene Laerce.* Il les augmenta depuis si considerablement, qu'il donna envie aux Libraires de Hollande de réimprimer cet Auteur qui parut à Amsterdam en 1692. en 2. tomes *in-4°.* Cette Edition est bien plus correcte & plus ample que la precedente: c'est un des meilleurs Ouvrages de M. Menage.

5. *Poëmata* 2. *Editio. Parif.* 1656. GILLES
in-12. Ses Poëfies avoient déja paru MENAGE.
dans fes *Mifcellanea.* Le nombre en
eſt augmenté dans cette Edition, &
encore plus dans les fuivantes. 3.
Edit. 1658. *in*-8o. 4. *Edit. Elzevir*
1663. *in.* 12. 5. *Edit. Parif.* 1668. *in*-
8o. 6. *Edit. Parif* 1673. *in* - 8o.
7. *Edit. Paris* 1680. 8. *Edit. Am-*
ſterd. 1687. *in*-12. C'eſt la feule
que M. Menage reconnoît pour fon
veritable Ouvrage. Tant d'Editions
ne font pas une bonne preuve du merite de fes Poëfies. Car quoiqu'elles
fuffent fon Ouvrage favori, il ne
pouvoit s'empêcher d'avoüer qu'il
n'eſtoit pas Poëte, mais feulement
Verfificateur, & qu'il faifoit des Vers
en dépit des Mufes. Il avoit en effet
le genie trop froid & trop fterile
pour y réüffir, & M. Defpreaux le
raille dans fa feconde Satyre de fon
affectation à fe fervir de ces phrafes
Poëtiques ; *en charmes feconde, à nulle*
autre pareille, chef-d'œuvre des cieux,
& autres femblables, qui reviennent
à tout moment dans fes Poëfies
Françoifes. M. le Clerc a avancé
dans fon *Parrhafiana* que les Vers

Dd iiij

GILLES Italiens de M. Menage estoient pitoya-
MENAGE. bles, & qu'ils avoient esté sifflez en
Italie; mais les Auteurs du Journal
des Sçavans (Janvier 1724.) prétendent que cela n'est pas vrai; il est
certain au contraire, disent-ils, que
les Italiens en font beaucoup de cas,
& regardent comme un prodige,
qu'un homme né François ait fait
de si bons Vers dans une Langue
étrangere. Il est cependant à remarquer que M. Menage ne pouvoit
parler Italien. On dit que quand
quelque homme de Lettres d'Italie
venoit à Paris, il ne manquoit pas
de lui rendre visite, mais qu'il ne
pouvoit répondre deux mots en Italien, quoiqu'il fût membre de l'A-
cademie de *la Crusca.* Morhof prétend qu'il a pillé beaucoup de choses
des Poësies Latines de Vincent Fabri-
cius qu'il a fait entrer dans les sien-
nes; plusieurs autres lui ont repro-
ché les vols qu'il a fait sur les Anciens. Ce qu'il y a de plaisant, c'est
qu'à la mode des Poëtes, qui se font
des Maîtresses en l'air, ayant choisi
pour la sienne Mademoiselle *de la
Vergne,* depuis Madame la Comtesse

de *la Fayette*, il l'apelloit en latin G**ILLES** *Laverna*, nom de la Déeſſe des vo- M**ENAGE**. leurs ; ce qui donna lieu à cette Epi-gramme.

> *Leſbia nulla tibi eſt, nulla eſt tibi*
>   *dicta Corinna,*
> *Carmine laudatur Cynthia nullâ*
>   *tuo.*
> *Sed cum Doctorum compiles ſcrimia*
>   *Vatum ;*
> *Nil mirum, ſi ſit culta Laverna*
>   *tibi.*

6. *Recüeil des Eloges faits pour M. le Cardinal Mazarin. Paris. fol.* 1666. Les heritiers de M. le Cardinal Ma-zarin jetterent les yeux ſur M. *Mena-gè*, ſur M. de *la Menardiere*, & ſur deux autres pour faire un choix des meilleures pièces de Poëſie, qui avoient eſté compoſées à ſa loüange, afin de les faire imprimer en un volu-me, qui fut un monument éternel de la veneration que la France avoit euë pour lui. Ces quatre Sçavans travail-lerent enſemble certains jours de la ſemaine pendant pluſieurs mois, & mirent à part un aſſez grand nombre de pieces pour faire un juſte volu-me. L'Edition ne fut point débi-

GILLES. tée, on ne tira qu'un petit nombre
MENAGE. d'exemplaires, qui furent diftribuez
aux perfonnes de la premiere qualité.
Les trois autres qui avoient travaillé à ce Recüeil eftant morts bien-tôt
aprés, M. Menage s'en attribua toute la gloire.

7. *Origini della Lingua Italiana,*
Parigi 1669. *in*-4°. 2. *Edit.* 1685.
in Geneva. fol. Il n'entreprit cet Ouvrage que pour faire voir à l'Academie de *la Crufca*, qu'il n'étoit pas
indigne de la place qu'elle lui avoit
donné dans fon corps. L'Edition de
Geneve contient des additions con-
fiderables.

8. *Juris civilis Amœnitates. Parif.*
1664. *in*-8°. 2. *Edit.o. Parif.* 1667.
in-8°. 3. *Edit. Francofurti & Lip-*
fiæ 1680. *in*-8°. M. de Salo ayant fait
de ce Livre un extrait dont M. Menage ne fut pas content, celui-ci en
prit occafion dans la Préface de fes
obfervations fur Malherbe de traiter le Journal des Sçavans de *Ga-*
zette & de Billevezées Hebdomadaires.
C'eft en effet fort peu de chofe que
ces Amenités; outre que Crenius
prétend (*animadv. Philol. fafc.* 10.)

qu'il a copié hardiment les *Parerga* G1LL£S
de *Scipion Gentilis.* MENAGE.

Les Poëfies de Malherbe avec des
Notes. Paris 1666. *in-8°.* Seconde
Edition retouchée. *Paris.* 1689. *in-12.*
3e. *Edition Paris* 1722 *in* 12 3. *tom.*
M. Chevreau rapporte dans fes Oeuvres mêlées (p. 103.) qu'ayant laiffé
pendant quelques mois fes obfervations fur les Poëfies de M. Malherbe à M. de la *Menardiere,* celui-ci
les prêta à M. Menage contre la pro-
meffe qu'il lui avoit faite de ne les
montrer à qui que ce fût, & M. Chevreau reconnut l'infidelité de fon ami
par les obfervations de M. Menage
fur ces Poëfies. Cependant comme
M. Menage dit dans fa Preface qu'il
s'eft privé du plaifir de lire le Commentaire de M. Chevreau fur les Poëfies de Malherbe, afin qu'on ne l'ac-
cufât point de l'avoir volé ; M. Chevreau fait remarquer, que ce n'eft
pas de fes obfervations qui font imprimées qu'il fe plaint, mais du manufcrit qu'il avoit confié à M. de la
Menardiere. Il ajoûte que M. Menage n'a pas été fincere dans cette
rencontre, & qu'il en appelle à fa
confcience, qu'il y a long - temps

GILLES
MENAGE.

qu'on l'a fait passer pour le Parasite de tous les Livres, & qu'on le soupçonne de larcin, pour peu qu'il se pare. Il finit en déclarant, que, puisqu'il a plû à M. Menage de s'approprier ses plus curieuses observations sur Malherbe, il ne les fera jamais imprimer.

10. *Annotazioni sopra le Rime di Monsignor della Casa. In Parigi 1667. in 8°.* M. Menage fit imprimer ces Annotations à ses frais, sans avoir dessein de les répandre dans le public, quoiqu'il s'y en soit répandu quelques exemplaires.

11. *Vita Matthæi Menagii, primi Canonici Theologi Andegavensis. Paris. 1674. in 8°. It. Paris. 1692. in 12.*

12. *Vita Petri Ærodii Quæstoris Regii Andegavensis & Guillelmi Menagii Advocati Regii Andegavensis. Paris. 1675. in 4°.* Pierre Ayrault Lieutenant Criminel d'Angers étoit son ayeul maternel, & Guillaume Menage son pere.

23. *Observations sur la Langue Françoise. Paris in 12. 2. tom.* Le premier en 1675. & le second en 1676.

14. *Mescolanze. In Parigi 1678.*

in 8°. It. *Rotterdam in* 8°. 1692. Cette ſeconde Edition eſt augmentée.

15. *Hiſtoire de Sablé , contenant les Seigneurs de la Ville de Sablé , juſqu'à Louis I. Duc d'Anjou & Roi de Sicile , premiere partie qui comprend les Genea-logies de Sablé & de Craon , avec des remarques & des preuves. Paris* 1686. *in fol.* Il étoit fort prévenu pour cet-te Hiſtoire , & travailloit à la ſecon-de partie lorſqu'il eſt mort. On lui fait dire dans le Menagiana que c'eſt un Livre incomparable, qu'il n'y a rien qu'on n'y trouve , & qu'il y a à chaque page vingt-deux éruditions, l'une portant l'autre. Le public ce-pendant n'en a pas fait un ſi grand cas.

16. *Hiſtoria mulierum Philoſopha-rum. Lugduni* 1690. *in* 12. Oüvra-ge fort mince & ſuperficiel.

17. *Antibaillet* 1690. *in* 12. 2. *vol.* C'eſt une critique des jugemens des ſçavans de M. Baillet qui avoit parlé de lui dans cet Ouvrage d'une ma-niere qui lui avoit déplû. La rigueur avec laquelle il avoit repris la licence des Poëſies de M. Menage , & lui

GILLES. avoit remontré qu'elles convenoient peu à son âge & à son caractere, l'avoit surtout touché sensiblement; ce fut ce qui le détermina à composer l'*Antibaillet* dans lequel il semble qu'il ait moins songé à se défendre qu'à attaquer son Adversaire; mais en relevant les fautes de M. Baillet, il en a fait de nouvelles, comme M. de la Monnoye le fait voir dans les remarques qu'il a faites sur cet Ouvrage, & qu'il n'a pas voulu publier durant la vie de M. Menage, de peur de le chagriner. Après sa mort, M. le Président Cousin ennemi déclaré de ce Sçavant, pressa fortement M. de la Monnoye de le publier ; mais celui-ci s'en excusa, & lui fit en plaisantant la réponse suivante.

> *Laissons en paix Monsieur Menage,*
> *C'étoit un trop bon personnage,*
> *Pour n'être pas de ses amis.*
> *Souffrez qu'à son tour il repose,*
> *Lui dont les Vers & la Prose*
> *Nous ont si souvent endormis.*

Ces remarques ont paru enfin dans

l'édition de l'*Anti-Baillet* , faite en
Hollande en 1727. à la fuite des *Juge-*
mens dès Savans de *Baillet.*

La haine que M. Coufin avoit pour
M. Menage étoit de fraiche date ,
car ils avoient été long tems amis.
M. Menage qui retenoit difficilement
un bon mot , s'avifa de faire l'épi-
gramme fuivante fur M. Coufin ,
qui étoit accufé d'impuiffance.

> *Legrand Traducteur de Procope*
> *Faillit à tomber en fyncope*
> *Au moment qu'il fut ajourné*
> *Pour confommer fon mariage.*
> *Ah ! dit-il , le penible ouvrage ,*
> *Et que je fuis infortuné !*
> *Moi qui fais de belles harangues*
> *Moi qui traduis en toutes langues ,*
> *A quoi fert mon vafte favoir ,*
> *Puifque partout on me diffame*
> *Pour n'avoir pas eu le pouvoir*
> *De traduire une fille en femme ?*

Cette plaifanterie Satyrique les
brouilla irréconciliablement , & M.
Coufin pour s'en vanger fit après la
mort de M. Menage fon éloge d'une
maniere entierement ironique dans
le Journal des Sçavans.

GILLES   18: *Discours sur l'Heautontimoru-*
MENAGE. *menos de Terence. Paris* 1640. *in-*4°.
It. dans les Miscellanea de M. Menage
1652. *It. avec des corrections & des*
augmentations. Utrecht 1690. *in-*12.
It. Amsterdam 1715. *in-*80. *avec la*
pratique du Theatre de l'Abbé d'Au-
bignac. Cet Ouvrage est contre l'Abbé
d'Aubignac, & roule sur une question
fort mince, qui cependant les rendit
ennemis irreconciliables, d'amis qu'ils
étoient auparavant. Il ne s'agissoit que
de sçavoir si une Comedie étoit de dix
ou de quinze heures.

    19. *Menagiana.* Cet Ouvrage n'a
paru qu'après la mort de M. Menage
d'abord en un volume, ensuite en
deux ; mais M. de la Monnoye en a
donné une Edition bien augmentée
à Paris 1715. *in-*12. 4 tom. & les
augmentations n'en font pas la partie
la moins estimable

    V. son éloge par M. Cousin, *Jour.*
des Sçavans du 11 *Aoust* 1692. *Hom-*
mes Illustres de M. Perrault tom. 2. A
la tête du *Menagiana.*

ISMAEL BOULLIAUD.

ISMAEL BOULLIAUD nâ- ISMAEL
quit à *Loudun* le 28 Septembre B O U L-
1605. de parens Calvinistes, qui l'éle- L I A U D.
verent dans la Religion Protestante. Il
y renonça aussitôt qu'il pût en reconnoître les erreurs, & en fit abjuration
à l'âge de vingt-un ans. Il reçût ensuite
les Ordres Sacrés, & fut promû à celui de Prêtrise à l'âge de 25 ans.

Il apprit les Humanités dans le lieu
de sa naissance, la Philosophie à *Paris*,
& le Droit à *Poitiers*. Au sortir des E-
coles, devenu capable d'avancer dans
les hautes sciences, il s'appliqua fortement à la Theologie, à l'Histoire Sacrée & Profane, & aux Mathematiques, particulierement à l'Astronomie. Rien ne prouve mieux le progrès
qu'il y fit que les Ouvrages qu'il nous
a laissés.

Il demeura plusieurs années chez M.
Dupui Garde de la Bibliotheque du
Roi, où s'assembloient tous les jours des
hommes distingués par leurs emplois
& par leur érudition. Après la mort

ISMAEL de M. *Dupuy*, M. *de Thou* Président
BOUL-en la premiere Chambre des Enquê-
LIAUD. tes voulut l'avoir chez lui, où les mêmes personnes continuoient de s'af-
sembler.

Lorsque M. le Président *de Thou*
alla en Hollande en qualité d'Ambassadeur, M. Boulliaud l'y suivit&, l'ai-
da à soûtenir le poids de cette importante fonction. Il fit plusieurs autres
voyages en Italie, en Allemagne, en
Pologne, & au Levant. La Reine
Loüise-Marie de Gonzague l'attira à
sa Cour, l'y reçut honorablement, &
lui fit un present considerable. Le
Roi Jean Casimir le nomma pour être
son Agent auprès des Provinces-Unies
pendant la Guerre de la Suede & de la
Pologne.

Il se retira dans l'Abbaye de S.
Victor de Paris en 1689. & y mourut
le 25 Novembre 1694. âgé de 89 ans.

Ses Ouvrages sont :

1. *De naturâ lucis liber. Paris.* 1638.
in-8o.

2. *Philolaus, seu de vero systemate
mundi. Amstelod.* 1639. *in-4o.*

3. *Theonis Smyrnæi Mathematica
Grece & Latine cum notis. Paris.* 1644.

in-4°. La Traduction latine & les Notes font de la façon de M. Boulliaud.

4. *Aftronomia Philolaica, cum Hif-*
teria ortus & progreffus Aftronomiæ in
Prolegomenis defcripta. Parif. 1645.
in-fol. Le mouvement des Planetes eft
fort bien expliqué dans cet Ouvrage.

5. *De lineis fpiralibus demonftratio-*
nes. Parif. 1657. *in* 40. Après avoir lû
plufieurs fois le Traité *d'Archimede* fur
le même fujet, il douta toûjours s'il
avoit bien compris la penfée de ce
grand Mathematicien, & chercha de
nouvelles démonftrations pour fa propre fatisfaction, & pour le foulage-
ment de ceux à qui celles *d'Archime-*
de paroiffent longues, indirectes &
obfcures; & c'eft ce que contient cet
Ouvrage.

6. *Aftronomiæ Philolaicæ fundamen-*
ta explicata & afferta adverfus Sethi
Wardi impugnationem. Parif. 1657.
in-4°.

7. *Cl. Ptolemæi trattatus de judi-*
candi facultate & animi principatu,
græce cum verfione latina & Commenta-
rio Ifm. Bullialdi. Parif. 1667.

8. *Opus novum ad Arithmeticam in-*
finitorum libris fex comprehenfum, i&

Tome I. E e

ISMAEL *quo plura a nullis hactenus edita demon-*
BOUL-*strantur. Paris* 1682. *in fol.*

LIAUD. 9. En 1640. il composa une Dissertation sur S. Benigne de Dijon , quoiqu'il ne l'ait fait imprimer que dix-
sept ans après en 1657. à Paris *in*-8°.
C'est une critique de la chronique de
S. Benigne inserée dans le premier tome du Spicilege du P. *d'Acheri.*.

10. En 1649. il composa un traité en
faveur des Eglises de Portugal , qui ,
depuis que ce Royaume avoit secoüé
le joug de la domination Espagnole ,
demeuroient dépourvûës d'Evêques,
par le refus que le Pape faisoit de donner des Bulles à ceux qui avoient été
nommés par le Roi *Jean IV.* Il y donne ainsi son avis sur une matiere si importante. Après que le Roi *Jean IV.* a
supplié depuis huit ans *Urbain VIII.*
& *Innocent X.* de donner des Bulles
aux Evêques nommés , il peut les faire
sacrer par les Metropolitains ; & comme les Papes ont autrefois prétendu
que le pouvoir d'établir des Evêques
leur étoit dévolu par la negligence des
Princes qui avoient manqué d'y pour-
voir , il rentrera legitimement dans
son droit par une pareille negligence
des Papes. En cela il ne blessera en

rien le refpect qu'il porte au S. Siege, ISMAEL
étant toûjours difpofé auffi bien que B O U L-
les Evêques facrés par les Metropoli- L I A U D,
tains à lui demander la confirmation,
& à recevoir des Bulles.

11. Outre ce Traité il en fit encore
un autre au mois de Mars 1651. fous
le nom du Roi *Jean IV.* pour demander au Clergé de France fon confeil
& fa mediation envers le S. Siege. Tout
le fruit que M. *Boulliaud* recüeillit de
fon travail fut de voir fes fentimens
condamnés par le S. Office. Ces deux
Pieces en faveur des Eglifes de Portugal ne furent imprimées qu'en 1656. à
Strafbourg *in-8°.* par les foins d'un
ami de M. *Boulliaud*, qui pour groffir
le volume mit à la fin une Differtation
de populi Romani fundis, que M. Boulliaud avoit faite en 1651. à l'occafion
d'une remarque de M. *Rigault*, Confeiller au Parlement de Mets, à laquelle il trouva de la difficulté. Cette
differtation a été inferée dans le fecond
tome des Antiquités Romaines de
Grævius.

12. En 1649. il fit imprimer au
Louvre *in-fol.* l'*Hiftoire de Ducas* en
Grec avec fa verfion Latine & fes
Notes. E e ij

ISMAEL
B O U L-
LIAUD.

Il avoit fait un Ouvrage fur la Pâque des Juifs, mais il n'a pas été imprimé.

V. fon Eloge. *Journ. des Sçav. du*
7 Fev. 1695. *Les Hommes Illuftres de*
M. Perrault to. 2.

ADRIEN RELAND.

ADRIEN
RELAND.

ADRIEN RELAND nâ-
quit le 17 Juillet 1676. au Village de *Ryp*, entre *Alkmaar* & *Pur-*
merend en Nord-Hollande. Il eut
pour pere *Jean Reland* qui étoit Miniftre du Village de *Ryp*, d'où il
paffa enfuite à *Alckmaar*, & enfin à
Amfterdam. Ce fut dans cette derniere Ville que le jeune Reland fut
mis au College. A onze ans il eut fait
fes Humanités; on lui donna alors
pour Maîtres, Meffieurs *Francius* &
Surenhuis. Dans les trois années qu'il
étudia fous ces Profeffeurs, il fit de
grands progrès dans l'Hebreu, le Syriaque, le Chaldaique & l'Arabe. A
fes heures perduës il s'exerçoit à la
Po-ëfie, & y réüffiffoit.

A quatorze ans on l'envoya à U-

trecht, où il eut pour Professeurs Messieurs *Grævius* & *Leusden*, sous lesquels il se perfectionna dans la connoissance de la Langue Latine, & des Langues Orientales. Il y étudia aussi en Philosophie, & y fut reçû Docteur.

A 17 ans il commença à étudier en Theologie sous *Melchior Leidekher*, *Gerard van Maßricht*, *Herman Witzius*, & *Herman van Halen*, & soutint sous eux plusieurs Theses fort sçavantes. Il ne perdoit pas cependant de vûë les Langues Orientales, qui ont toûjours été son étude favorite. *Henry Sicke* de Breme qui étoit très-sçavant dans la Langue Arabe se trouvant alors à Utrecht, M. Reland se servit de cette occasion pour se perfectionner dans cette Langue.

Après qu'il eut demeuré six ans à *Utrecht*, son pere l'envoya à *Leyde*, pour continuer ses études de Theologie sous Messieurs *Spanheim*, *Trigland* & *Marck*. Il fit aussi un cours de Physique experimentale sous M. *Senguerd*.

Peu de temps après son arrivée à *Leyde*, on lui offrit une Chaire de Professeur à *Linden*, pour enseigner la Philosophie, ou les Langues Orien-

ADRIEN
RELAND.

tales, & il eut accepté cette dignité, quoiqu'il eût à peine paſſé l'âge de vingt-deux ans, s'il n'en avoit été détourné par la mauvaiſe ſanté de ſon pere, qui ne lui permettoit pas de s'éloigner ſi fort d'Amſterdam.

Dans ce temps-là le Comte de *Portland* ſouhaita l'avoir pour Précepteur de ſon fils, le Vicomte de *Woodſtok.* Le pere de M. Reland, ſollicité par ſes amis, lui permit d'accepter le parti qu'on lui propoſoit; mais lorſqu'on voulut le faire paſſer en Angleterre avec ſon Eleve, ſon pere ne voulut pas y conſentir.

Quelque temps après, (en 1699.) il fut appellé à *Harderwik* pour y remplir la Chaire de Profeſſeur en Philoſophie, n'ayant alors que 24 ans. Mais l'Univerſité de cette Ville n'en joüit pas long-temps. Le Roy Guillaume l'ayant recommandé au Magiſtrat d'Utrecht, on lui offrit d'abord la Chaire de Profeſſeur en Langues Orientales, & en Antiquités Eccleſiaſtiques. Son génie plus porté pour les Belles Lettres, que pour la Philoſophie, lui fit accepter avec joye la place qu'on lui offroit. C'étoit en 1701.

'Après avoir rempli à *Utrecht* pen- ADRIEN
dant deux ans la Chaire de Profeffeur , RELAND.
il fe maria ; de trois enfans qu'il a eu ,
il ne lui en eft refté que deux , un fils ,
& une fille.

En 1713. on établit en Angleterre
une Societé pour l'avancement de la
Religion Chretienne , l'année fuivan-
re il s'en forma une autre pour la pro-
pagation de l'Evangile dans les Païs
Etrangers. M. Reland fut affocié à
l'une & à l'autre.

Il eft mort à *Utrecht* le 5 Fevrier
1718. dans fa quarante-deuxiéme année, de la petite verole. On peut dire
qu'il a excellé dans le genre d'érudition qu'il avoit embraffé , & qu'il y
feroit devenu le premier homme de
fon fiecle s'il avoit vécu plus long-
temps ; ce qui relevoit fon favoir , eft
un caractere d'honnête homme qu'on
voyoit paroître en lui , des manieres
affables , & une humeur pacifique ,
qualités qui ne font pas données en
partage à tous les Savans.

Catalogue de fes Ouvrages.

1. *Notæ ad Othonis Hiftoriam Doc-
torum Mifchnicorum.* M. Reland étu-
dioit à Leyde , lorfqu'il compofa ce

ADRIEN
RELAND.

Ouvrage, mais il n'y mit pas son nom.

2. *Galatea Lusus Poeticus.* Ce badinage Poëtique fut imprimé en 1701. à Amsterdam *in-*8°. à l'insçû de l'Auteur. Il a été réimprimé en 1710. & pour la troisiéme fois à Utrecht en 1718. Cet Ouvrage quoique petit, fait voir cependant ce qu'on pouvoit attendre de lui, s'il avoit continué de s'attacher à la Poësie.

3. *Remarques sur les Vies des Poëtes Grecs en abregé. Amsterdam* 1700. *in-*12. Ce sont des Notes que M. Reland ajoûta aux Vies des Poëtes Grecs de M. le Fevre pour l'usage de son Eleve, le Vicomte de *Woodstok.*

4. *Ode in Poësim Lucretianam.* A la fin de l'Ouvrage précedent.

5. *Oratio de incremento, quod Philosophia cepit hoc saculo, dicta publice ad diem VII. iduum Octobris* 1699. *cum Philosophia docenda Provinciam susciperet. Amstelod* 1700. *in-*40.

6. *Oratio pro lingua Persica & cognatis litteris Orientalibus dicta IX. Kalend. Mart.* 1701. *cum linguarum Orientalium Professionem Ordinariam in Academia Ultrajectina susciperet.*
Trajecti-

Trajecti ad Rhen. 1701. *in-*4°.

Analecta Rabbinica, in quibus continentur Gilberti Genebrardi Ifagoge Rabbinica; Chrift. Cellarii Rabbinifmus, inftitutio Grammatica; Drufii de particulis Chaldaicis, Syriacis & Rabbinicis; index Commentariorum Rabbinicorum, Bartolocci vitæ celebriorum Rabbinorum; denique D. Kimchi in decem primos pfalmos Davidis Commentarius. Ultraj. 1702. *in-*8°.

8. *Diſſertationes quinque de nummis veterum Hebræorum, qui ab infcriptarum litterarum forma Samaritani appellantur; accedit diſſertatio de Marmoribus Arabicis Puteolanis. Ultrajecti* 1709. *in-*8°. La premiere de ces diſſertations avoit déja été imprimée en 1701. à Amſterdam *in* 8°. La seconde & la troiſième l'avoient auſſi été en 1704. les autres ont paru dans cette édition pour la premiere fois.

9° *De Religione Muhamedica libri duo. Ultrajecti* 1705. *in-*8°. 2. *Editio multo auctior. Ultraj.* 1717. *in-*8°. Cet Ouvrage renferme dans le premier Livre un abregé de la croyance des Mahometans traduit d'un Manuſcrit Arabe, & dans le second les

Tome I. F f

ADRIÈN
RELAND.

accusations & les reproches qu'on leur fait à faux. La premiere édition a été traduite en Allemand, mais elle est fort imparfaite par rapport à la seconde, qui a été traduite en François avec des additions qui augmentent le merite de ce Livre, déja excellent en lui-même.

10. *Dissertationum Miscellanearum partes tres. Ultrajecti in-8°.* Ces trois parties ont eté imprimées en differens temps, la premiere en 1706. la seconde en 1707. & la troisiéme en 1708. Toutes les dissertations qu'elles contiennent roulent sur des sujets curieux & interessans.

11. *Oratio in Obitum Pauli Bauldri. Ultraj. 1706. in-8°.*

12. *Decas exercitationum Philologicarum de vera pronuntiatione nominis Jehovah, quarum quinque priores Joan. Drusii, Sixtini, Amamæ, Lud. Cappelli, Joh. Buxtorfii, & Jac. Altingii lectionem nomini Jehovah impugnant, posteriores quinque Nic. Fulleri, Th. Gatakeri singula, & terna Joh. Leusden tuentur. Ultraj. 1707. in 8o.*

13. *Antiquitates sacræ veterum Hebræorum, Ultraj. 1708. in-8°. It.* aug-

mentées confiderablement. *Utrecht.* ADRIEN
1712. *& Lipfic* 1714. *It.* avec de nou- RELAND.
velles augmentations. *Utrecht* 1717.
in 8°. Ce n'eft qu'un abregé des Antiquités Judaïques, dont la premiere
édition étoit fort imparfaite.

14. *Oratio de Galli Cantu Hierofo-*
lymis audito habita die 26. *Martii*
1709. *Ultrajecti in* 8°.

15. *Enrichidion ftudiofi Arabice*
confcriptum à Borhaneddino Alzer-
nouchi, cum duplici verfione latinâ, al-
tera Frederici Roftgaard, altera Abrah.
Echellenfis. Ultraj. 1709. *in-*8°. M.
Reland n'a fait que procurer une
nouvelle édition de cet Ouvrage auquel il a ajouté une Préface.

19. *Elenechus Philologicus, quo*
præcipua, quæ circa textum & verfio-
nes facræ fcripturæ difputari inter Phi-
lologos folent breviter indicantur, in
ufum ftudiofæ juventutis. Ultrajecti. in-
12.

17. *Brevis introductio ad Gramma-*
ticam Hebræam Altingianam. Accedit
liber Ruth cum commentario Rabbinico
& obfervationibus Maforeticis Hebr.
& Lat. Ultrajecti 1710. *in* 8°.

18. *Epicteti Manuale & fententiæ*

quibus accedunt tabula Cebetis & alia ejusdem argumenti Græce & Latine. Ultraj. 1711. *in-*4°. Marc Melbomius avoit commencé à faire imprimer cet Ouvrage; mais la mort l'ayant surpris avant qu'il fut achevé, M. Reland finit ce qui y manquoit.

19. *Lettre à son Excellence Monseigneur le Comte de Kniphuysen sur une piece d'or trouvée sur ses Terres.* Utrecht 1713. *in-*80.

20. *Palestina ex monumentis veteribus illustrata, & Chartis Geographicis accuratioribus adornata.* Ultrajecti 1714. *in-*4°. 2. *tom.* C'est constamment le meilleur Ouvrage de M. Reland, & le plus digne de sa reputation; quoiqu'il y ait quelques endroits à retoucher; aussi avoit-il dessein de le faire dans une seconde édition. Il a été réimprimé à Nuremberg en 1716. *in-*4°. mais cette édition est beaucoup inferieure à celle d'Utrecht par rapport au papier, aux caracteres, aux planches, & à la correction.

21. *Petri Relandi Jurisconsulti & Codici fasti consulares ad illustrationem Judiciis Justiniana & Theodosiani, se-*

ADRIEN.
RELAND.

cundum rationem temporum digeſti ad quos appendix additur Adriani Relandi, quâ Faſti ex cod. Mſſ. deprompti & Conſules in Pandectis memorati continentur. Ultraj. 1715. *in-* 8o. M. Reland a publié cet Ouvrage de ſon frere, Magiſtrat de Harlem qui mourut après l'avoir achevé.

22. *Oratio de uſu antiquitatum ſacrarum. Ultraj. in-*8o.

23. *De ſpoliis Templi Hieroſolymitani in Arcu Titiano Romæ conſpicuis liber cum fig. Ultraj.* 1716. *in-*8o.

24. *La vie de Ebn Jokdan en Hollandois in-* 8o.

Il a auſſi mis au jour quelques Cartes Geographiques, entr'autres celles du Japon & de la Perſe.

V. ſon éloge *Jour Liter. to.* 10. *p.* 211. *Nouv. litt. du* 4 *Juin* 1718. *Hiſt. Crit. de la Rép. des Lett. to.* 15. *p.* 412. *Europe ſçavante Avril* 1718. & *Acta Erud. Lipſ.* 1718. *p.* 381.

E f iij

CONRAD SAMUEL

SCHURZFLEISCH.

CONRAD
SAMUEL.
SCHURZ-
FLEISCH.

Onrad Samuel Schurzfleisch nâquit au mois de Decembre 1641.
à *Korbach* Ville du Comté de *Wal-
delck* où son pere *Jean Schurzfleisch*
étoit Recteur du College. Il commença ses études dans sa Ville nata-
le, alla les continuer a *Gieffen*, d'où
il passa à *Wittemberg*, & donna par
tout des preuves de la facilité de
son genie & de son amour pour les
Sciences. En 1644. il fut reçû Docteur en Philosophie à *Wittemberg*, où
il demeuroit depuis l'an 1661. & retourna ensuite dans sa Patrie; il y ré-
genta quelque temps à la place de
son pere, mais trouvant que la Classe
étoit un champ trop borné pour lui,
il la quitta bientôt pour achever de
se perfectionner dans les belles Lettres. Il alla pour cela à *Lipsik* en
1667. où il eut la conduite de quelques jeunes Seigneurs; deux ans après
il retourna à *Wittemberg* avec un de

ſes Diſciples. Son merite lui procura CONRAD
en 1671. le titre de Profeſſeur ex- SAMUEL
traordinaire en Hiſtoire dans cette SCHURZ-
Ville. *Benoît Carpzovius* étant mort, FLEISCH.
il lui ſucceda en 1675. dans la Charge de Profeſſeur en Poëſie , de laquelle il paſſa en 1678. à celle de Profeſſeur ordinaire en Hiſtoire ; enfin il
joignit dans la ſuite à cette qualité celle
de Profeſſeur en Langue Grecque.

Il fit cependant pluſieurs voyages.
Il alla en 1680. en Hollande & en
Angleterre , & l'année ſuivante en
Italie , viſitant par tout les Bibliothe-
ques & les Gens de Lettres.

C'étoit la deſtinée de M. Schurz-
ffeisch de changer continuellement
d'emploi. En 1700. *Georges Gaſpar
Kiechmaier* , Profeſſeur en Eloquence
à *Wittemberg* étant mort , il quitta
ſa Chaire de Grec , pour prendre
celle d'Eloquence , qu'il a gardée juſqu'à ſa mort. Quelque temps après il
ſe démit en faveur de ſon frere *Henry
Leonard* , de ſa Charge de Profeſſeur
en Hiſtoire , ſe reſervant ſeulement le
titre de Profeſſeur honoraire. Il eut
auſſi dans la ſuite la direction de la
Bibliothèque de M. le Duc de *Saxe-*

CONRAD *Leimar*, avec le titre de Conseiller
SAMUEL de ce Prince.

SCHURZ-   Il est mort le 7 Juillet 1708. dans
FLEISCH. sa soixante-septiéme année. ; il avoit
toûjours joui d'une santé parfaite ,
mais il devint fort infirme quelque
temps avant sa mort. La methode
dont il se servoit dans la composition de ses Ouvrages ne préviendra
pas trop en leur faveur. Il n'y travailloit que le soir , & mettoit alors
ce qu'il composoit sur un petit mor-
ceau de papier , qu'il envoyoit à
l'Imprimeur à mesure qu'il le travailloit. On prétend cependant que
la bonté de sa memoire faisoit qu'une
maniere si singuliere ne préjudicioit en
rien à l'ordre & à la suite de ses com-
positions. Il avoit une Bibliotheque
nombreuse, & composée de Livres curieux & recherchés , pour laquelle il
n'avoit épargné aucune dépense.

Catalogue de ses Ouvrages.

1. *Orationes Panegyricæ & Allocu-
tiones varii argumenti. Vitembergæ*
1697. *in*-4°.

2. *Dissertationes Academicæ varii
argumenti. Vitembergæ* 1699. *in*-4°.

3. *Dissertationes Historicæ Civiles*

collecta & conjunctim edita. Lipsiæ CONRAD.
1699. *in-*4°. 3 *tom.*   SAMUEL

4. *Epiſtolæ. Vitembergæ* 1700. *in-*8°. SCHURZ-

5. *Epiſtolæ arcanæ varii Politici in* FLEISCH.
primis Hiſtorici, antiquarii & litterarii
argumenti. Halæ Magdeb. in. 80. 2.
tom. Le premier a paru en 1711. & le
ſecond en 1712.

6. *Poëmata Latina & Græca, una*
cum quibuſdam inſcriptionibus, col-
lecta, conquiſita & ſimul edita. Vitem-
berga. 1702. *in-*80.

7. Il a continué le Commentaire
de Sleidan ſur les quatre grands Em-
pires.

V. Son Eloge. *Act. Erudit. Lipſ.*
1708. *p.* 481.

JEAN DE'E.

JEAN DE'E nâquit à *Londres*   JEAN
le 13 Juillet 1527. Il a été cele- DE'E.
bre dans ſon temps par la ſcience des
Mathematiques, de l'Aſtronomie,
des Mechaniques, & de la Chymie,
& plus encore par la vaine connoiſſance de l'Aſtrologie judiciaire, par
les ſuperſtitions de la cabale, & par

II. De'e. la recherche de la pierre philosophale.

Lorsqu'il passa à *Louvain* en 1548.
ce qu'il y avoit de gens considerables à Bruxelles, où estoit la Cour de
l'Empereur, le consultoient comme
un oracle. Il vint à Paris en 1550. &
y fit des leçons publiques de Geometrie dans le Collège de Rheims. Sa
nouvelle methode, qui étoit d'expliquer les Elemens d'Euclide mathe-
matiquement, physiquement, à
la maniere de Pythagore, lui attira
un grand nombre d'Auditeurs.

Estant de retour en Angleterre
dans le temps qu'*Elizabeth* monta
sur le Trône aprés la mort de *Marie*
sa sœur, il fut consulté par *Robert
Dudley*, depuis Comte de *Leicestre*,
pour sçavoir le jour qui seroit le plus
heureux pour le couronnement de la
Reine.

En 1563. il alla trouver *Maximilien* II. Roy des Romains, de Boheme, & de Hongrie, en la Ville de
Presbourg, & lui dédia son Livre
intitulé :

*Monas Hieroglyphica Mathematice,
Magice, Cabalistice, & Anagogice.*

explicata, imprimé à Anvers en
1564. *in* 12. & réimprimé à Francfort en 1691. *in-*8°. Il débite dans cet
Ouvrage toutes les réveries des Caba-
liftes, avec cette devife, *qui non in-*
telligit aut difcat, aut taceat. Il le
prefenta à la Reine Elizabeth, qui
lui dit : *Qu'elle alloit devenir fon éco-*
liere, & que s'il vouloit bien lui décou-
vrir les fecrets de fon Livre, elle les
apprendroit volontiers, & qu'elle les
mettroit en pratique. M. *Smith*, qui
rapporte ce fait croit qu'elle n'a eu
d'autre penfée dans ce difcours, que
de faire un compliment ironique à
l'Auteur, qu'en plaifantant elle appelloit quelquefois fon Philofophe.
Il y a eu à la verité une occafion où
elle a marqué que la confervation
de M. *Dée* ne lui étoit pas indiffe-
rente ; c'eft lors que ce Sçavant
étant tombé malade en 1571. dans
un de fes voyages, elle lui depêcha en
Lorraine deux de fes Medecins, &
un Gentilhomme de fa maifon ; mais
on ne fçait pas les raifons de cette
diftinction.

En 1572. il parut dans le Ciel un
nouveau Phenomene dans la conftel-
lation nommée Caffiopée, Dée pris

J. De e.

J. DE' E. de-là occasion de faire un Livre qui a pour titre.

De stella admiranda in Cassiopeiæ asterismo cælitus demissa ad orbem usque Veneris, iterumque in cœli penetralia perpendiculariter retracta. A quoi il joignit un petit Traité intitulé: *Hipparcus redivivus.*

Il avoit une Bibliotheque de quatre mille volumes, & remplie de choses curieuses qu'il avoit ramassées dans ses voyages, ou qui étoient de son invention. Il y avoit entr'autres choses un Miroir concave, qui produisoit des effets merveilleux, & dont il dit dans ses Memoires que la Reine, à qui il l'avoit souvent montré, avoit reçû beaucoup de plaisir & de satisfaction. Il lui presenta aussi une Carte Hydrographique & Geographique des Pays d'Outre Mer, avec les preuves des Droits de l'Angleterre sur les Côtes d'Afrique & d'Amerique. Cette Carte se trouve aujourd'hui dans la Bibliotheque d'Oxford sous ce titre : *Tabula Geographica Americæ, Africæ, Regionum intra polum Acticum Sitarum, per Joannem Dée 1580.*

Lorſque *Lilio Giraldi*, & les autres
Mathematiciens d'Italie travaille-
rent par l'ordre, & ſous l'autorité
du Pape Gregoire à la réformation
du Calendrier, nôtre Mathematicien publia un petit Livre écrit en
Anglois de la réformation du Calendrier vulgaire dans l'année civile & Julienne, dedié à la Reine Elizabeth l'an 1583. où il propoſa de re-
trancher onze jours ſur cinq mois,
enſorte que May n'eût que 28. jours,
Juin 29. Juillet 28. le mois d'Août
autant, & Septembre 29. La Reine
ayant nommé des Commiſſaires pour
examiner cette reformation, ils en
commirent la diſcuſſion à *Thomas
Digſ, Henr. Savilius & Jean Cham-
ber*, trois grands Mathematiciens.
Leur avis fut qu'il étoit raiſonnable
de ſe conformer au Calendrier Gre-
gorien, en ôtant dix jours ſeulement
par reſpect pour le Concile de Nicée;
qui a fixé la Fête de Pâque à un certain
temps; mais la raiſon d'état fit pré-
ferer l'ancienne erreur à la droite raiſon, pour ne point donner à l'Egliſe
Romaine un avantage, qui étoit
néanmoins aſſez indifferent.

J. Dr.

J. D'EE. Depuis ce temps, ou environ, notre Philosophe, entêté de l'amour des operations surnaturelles, donna dans des prestiges & des illusions pitoyables; ayant fait connoissance avec un jeune homme de vingt-cinq ou de vingt-six ans de la ville de *Worcester*, nommé *Edouard Kellé*, qui se mêloit de chymie & de magie, ils s'associerent pour parvenir ensemble au même but, qui étoit de connoître les secrets de la nature, & ceux de la divine providence.

Kellé étoit un maître fourbe, qui avoit été, les uns disent Apotiquaire, les autres Greffier, dans son Pays, & à qui on avoit coupé les oreilles dans la Ville de *Lancastre*, pour avoir fait quelque mauvais tour. C'étoit pour couvrir sa honte, qu'il s'étoit appliqué à la recherche de la Pierre Philosophale, dans l'esperance d'y amasser de grandes richesses, & il passoit notoirement pour convaincu de necromantie.

Il fit accroire à Dée qu'il y avoit de bons Anges envoyés du Ciel, qui les illumineroient des plus clairs rayons de la divine sagesse, & qui

leur donneroient la connoiſſance de J. DE'E.
l'avenir. Notre bonhomme en fut la
dupe pendant tout le reſte de ſa vie ;
il prioit Dieu avec ferveur pour obtenir le don de la Sageſſe celeſte, &
la ſcience de la pure verité ; mais ſuivant la reflexion de M. *Smith*, il fut
abandonné par un juſte jugement de
Dieu à ſa folle ambition, & à l'impieté de ſes déſirs ; & pour avoir voulu par ſes recherches ſurpaſſer les forces de l'eſprit humain, il devint le
joüet des Démons, ainſi qu'il paroît
par des Mémoires écrits de ſa propre main, qui ſont encore aujour-
d'hui dans la Bibliotheque d'*Oxford*
où il eſt fait mention de pluſieurs
Conferences qu'il a eu, ou du moins
qu'il s'eſt imaginé avoir eu avec les
Eſprits malins. Ces ſortes de Conferences qu'il avoit recüeillies en ſix
Livres, y ſont qualifiées du nom
d'actions. Elles ont commencé le 22,
Decembre 1581. c'étoient diverſes
apparitions qui ſe faiſoient dans
un verre ou criſtal de figure ronde,
où l'on dit qu'étoient repreſentez
certains perſonnages, que notre
Philoſophe prenoit pour des

J. DE'E. Anges de lumiere, & qu'il en sortoit des voix qui prédisoient l'avenir, ou qui marquoient ce qu'il avoit à faire.

Albert Laski, Polonois, Palatin de *Sirask*, étant venu en Angleterre dans l'esté de l'année 1583., pour y voir la Reine Elizabeth, dont la réputation y attiroit quantité d'Etrangers, lia une étroite amitié avec nos deux Chimistes : ce Seigneur assista à leurs mysteres, après en avoir obtenu permission de leurs esprits familiers, qui lui firent esperer qu'il seroit bien-tôt *Roy de Pologne & de Moldavie*. Ce fut à la persuasion de ces mêmes esprits, qu'ils prirent tous trois la résolution de s'en aller en Pologne. Dée & Kallé partirent secretement avec leurs femmes & leurs enfans. Après un voyage de quatre mois depuis le jour de leur embarquement sur la Tamise, ils arriverent au Château de *Lasky* le 3. Février 1584. ils allerent de-là à Cracovie, & comme ils ne voyoient pas de jour à faire réüssir les desseins qu'ils avoient conçûs, ils prirent le chemin de *Prague*, où étoit alors l'Empereur *Rodolph* avec toute sa Cour.

L'Empereur

L'Empereur lui fit d'abord un bon
accüeil à la recommandation de *Guil-*
laume de Saint Clément, Ambaffa-
deur du Roy d'Efpagne. Dée prefenta à Rodolphe fon Livre *de Mona-*
de Hieroglyphica, dédié à l'Empereur
Maximilien fon pere; il lui communiqua fes experiences chimiques, &
fon fectet de la pierre Philofophale;
il lui parla de la vertu de fon Criftal,
qu'il eftimoit plus que toutes les ri-
cheffes du monde; & il l'avertit de la
part de Dieu, que s'il avoit de la foi
en ce don du Ciel, il triompheroit de
fes ennemis, & qu'il feroit le plus glorieux de tous les Empereurs. Comme
lesGrands de laCour murmuroientde
ce que l'Empereur écoutoit un homme de ce caráctere, ce Prince s'en
défit adroitement, fous prétexte de
fes grandes occupations, & de fon peu
d'intelligence dans laLangueLatine.

Dée qui avoit compté d'introduire comme un autre Mahomet fa
nouvelle Religion & fes vifions, fe
trouva bien éloigné de fes efperan-
ces. L'Hiftoire dit qu'un des Efprits
fous le perfonnage de l'Ange S. *Mi-*
chel, lui prédit que *Rodolphe* périroit

J. De'e. miserablement dans l'année, & qu'*Etienne*, Roi de Pologne seroit élevé à l'Empire à sa place. C'est ainsi, dit l'Auteur de sa vie, qui aime mieux attribuer tout cela à une cause surnaturelle, qu'au dérangement de son cerveau, que les Démons se jouoient de la crédulité de ce pauvre homme, qui ne se conduisoit & n'entreprenoit rien que par leurs ordres. On dit que les ayant consulté sur le malheureux état, & l'extrême pauvreté où il étoit réduit; n'ayant pas de quoi faire subsister sa famille, ils répondirent qu'il falloit ceder à la necessité, faire de l'argent de ses meubles & des parures de sa femme, pour avoir du pain, ajoûtant pour toute consolation, qu'ils prendroient soin de sa famille, & ils lui ordonnerent de retourner au plûtôt vers le Roi de Pologne & le Palatin de *Siracks*.

Dée & son Compagnon obéirent à cet ordre. Etant arrivez à *Cracovie*, *Laski* les presenta le 17. Avril 1585. au Roi Etienne, à qui Dée rendit compte de sa Mission, en l'assurant qu'il étoit prêt, toutes les fois qu'il plairoit à Sa Majesté, de lui expli-

quer par ordre tous les Myſteres qui J. De'e,
leur avoient été revelez. C'étoit aux
Fêtes de Pâques, ce qui obligea le
Roi de remettre la partie à un autre
tems. Le 23. Mai ſuivant le Roi
leur donna audience, & s'adreſſant
à Dée, *M. le Palatin*, lui dit-il, *m'a
engagé à entendre les choſes rares & mer-
veilleuſes dont vous avez à m'entretenir;
il faut toutefois conſiderer que toutes les
Propheties & les Revelations ont ceſſé
au tems de Jeſus-Chriſt; mais je ne laiſ-
ſeras pas de vous écouter, pourvû qu'il n'y
ait rien en cela contre l'honneur de
Dieu, pérſuadé qu'il peut découvrir aux
hommes quelques ſecrets en pluſieurs manieres inconnües & extraordinaires.*

Dée par un diſcours étudié, &
par pluſieurs textes de l'Ecriture,
s'efforça de lever les ſcrupules du
Roi, qui aſſiſta une ſeule fois, ſelon
les Memoires de Dée, à leurs Myſteres; mais devenu plus aviſé dans la
ſuite, il rejetta toutes les vaines propoſitions, & les promeſſes de nos
Chymiſtes touchant la Pierre Philo-
ſophale. Ils furent ainſi obligez de
s'en retourner à Prague.

Pendant ce tems-là le Nonce du

J. De'e. Pape, les ayant accusé de Magie &
Necromantie auprès de l'Empereur,
demanda au nom du Pape, qu'ils
fuſſent envoyez à Rome. *Pucci* Gentilhomme Florentin, qui s'eſtoit em-
preſſé pour eſtre de leur ſocieté, &
dont ils s'eſtoient toûjours défié comme d'un eſpion, s'entremit pour avoir
parole du Nonce, qu'il ne leur ſeroit
fait aucun mal ; mais malgré toutes
ces aſſurances, & quoique *Pucci* les
fit reſſouvenir, que dans une de leurs
actions, il leur avoit eſté prédit qu'ils
iroient à Rome, ils regarderent ce
voyage comme un piege qu'on leur
tendoit. Ils employerent *Guillaume*
Urſin, Seigneur de *Roſemberg*, &
Burgrave Souverain de la Boheme,
un de leurs Eleves, qu'ils flattoient
de la Couronne de Pologne, & qui
avoit tout crédit auprés de l'Empereur ; mais il ne put obtenir autre
choſe ſinon qu'ils ſe retireroient dans
ſix jours hors des Eſtats de l'Empereur. Le Burgrave leur donna une retraite dans le fort de *Trebonne*, ſitué
dans ſes Pays hereditaires.

C'eſt en ce lieu, comme dans un
azyle, que nos Chymiſtes exer-

çoient leurs myfteres en toute liber- J. Dé'e.
té. Jufques-là Dée s'eftoit confervé
pur & exempt de crimes honteux; au-
milieu des illufions dont il eftoit le
jouet, il ne laiffoit pas de faire paroître de la probité, il fe piquoit même de devotion, s'appliquant à la
priere & aux devoirs du Chriftianifme. Mais il ne demeura pas toûjours
dans l'innocence; le renverfement
de fon efprit troubla la pureté de
fes mœurs. Il crut avoir eu une ap-
parition d'une colomne blanche &
tranfparente, dans le tronc de laquel-
lé eftoient enfermez les corps de nos
deux Chymiftes, & ceux de leurs femmes, dont les quatre têtes étoient
réünies fous une même Couronne,
fymbole d'une parfaite union; Dée
interpretoit cela chrétiennement d'u-
ne union fpirituelle; mais il dit que
les efprits l'entendoient d'une union
fpirituelle & corporelle, & leur com-
mandoient expreffement de coucher
enfemble. Il témoigne dans fes Memoires la répugnance qu'il avoit
à obéïr à cet ordre, comme eftant une tranfgreffion manifefte de
la Loy de Dieu & de l'Evangile; ce

J. De'e. qui fait horreur, c'est qu'il prétend
que cet ordre lui fut plusieurs fois
réïteré par l'Ange Raphaël, & par
Jesus-Christ même, en lui faisant entendre que c'étoit pour éprouver
leur foi. Il se rendit, & s'employa
ensuite à vaincre la pudeur de sa
femme, qui marquoit sa repugnan-
ce par ses larmes. Ils signerent à
la fin un Traité le 3. May 1587, où
ils prenoient Dieu à témoin, que
ce n'étoit ni par les desirs de la chair,
ni par débauche qu'ils avoient con-
senti à cette action ; mais dans la seule
vûë d'executer le commandement de
Dieu avec la même foi, & la même
soumission qu'avoit fait *Abraham*
dans le sacrifice de son propre fils.

Ils étoient tellement décriés dans
les lieux où ils avoient été, que
Dée accablé d'ennui & de misere,
écrivit à Elisabeth pour demander sa
protection, étant sorti du Royaume
sans permission. La Reine touchée de
compassion & pour l'honneur de son
Pays, le fit revenir en Angleterre,
où il a fini ses jours en 1607, dans sa
81 année.

Quelques-uns prétendent qu'il

servoit d'espion à la Reine Elisabeth J. Dz'e, dans les lieux où il alloit ; d'autres croyent plus probablement qu'il y a- voit de la folie, & peut être aussi de la fourberie dans son fait.

Casaubon a fait imprimer la plus grande partie de ses Ecrits avec une sçavante Preface, à *Londres*, *in-fol.* en 1659. Ce Livre est fort rare, même en Angleterre.

V. sa Vie écrite par *Thomas Smith* & imprimée en Latin, avec quelques autres à *Londres* en 1707, *in-*4°. & le *Journal des Sçavans Suppl. du mois d'Aoust.* 1708.

ESPRIT FLECHIER.

ESPRIT FLECHIER nâ- ESPRIT quit le 10 Juin 1632. à *Perne* dans FLECHIER, le Comtat d'Avignon. Il eut l'avan- tage d'être élevé par le P. *Hercule Au- diffret,* depuis General de la Congre- gation de la Doctrine Chrétienne , son oncle, qui lui inspira du goût pour la veritable éloquence, & culti- son rec soin les dispositions qu'il avoit pour ce genre de composition.

ESPRIT M. Flechier se fit d'abord connoî-
FLECHIER tre à Paris par une description du
Carroufel en vers latins, & par quelques Poëfies Françoifes, qui lui donnerent place parmi nos plus grands
Poëtes. On s'étonna qu'il eût pû exprimer en beaux vers latins une chofe aussi inconnuë à l'ancienne Rome
qu'un Carroufel. Cette description
intitulée : *Curfus Regius*, a été imprimée à Paris en 1669. *in-fol.* avec la
defcription que *Charles Perrault* a fait
du Carroufel de 1662. & dans les
Oeuvres mêlées de M. Flechier qui
ont paru à Paris en 1712. *in-12.*

La douceur de fon commerce, &
la regularité de fes mœurs lui gagne-
rent la confiance de plufieurs perfonnes de diftinction. Ses premiers fermons augmenterent beaucoup fa reputation, & fes Oraifons funebres la
mirent au plus haut degré. Il s'étoit
formé un bon goût par ce qui auroit
gâté un efprit moins jufte & moins
reglé que le fien. Il lifoit fouvent les
Ouvrages de M. de Bellai, & les Ser-
monaires Italiens & Efpagnols, mais
feulement pour s'en divertir : il les
appelloit agréablement fes bouffons.

&

&il avouoit que le ridicule de cesSermonaires lui avoit ſervi à épurer & à fortifier ſon goût pour le vrai, ſans lequel il n'y a ni beauté, ni force dans l'Eloquence.

Parmi les illuſtres amis que ſon merite lui acquit, M. de *Montauſier* fut un des plus vifs. Ce fut lui qui le produiſit auprès de Monſeigneur le Dauphin dont il fut Lecteur. Choiſi en 1672. pour l'Oraiſon funebre de Madame de *Montauſier*, il produiſit pour la premiere fois ce talent ſingulier, que toute la France a reconnu en lui pour ces ſortes d'Ouvrages.

Il fut reçû à l'Academie Françoiſe en 1673. à la place de M. *Godeau* Evêque de *Vence*.

Un des projets formez pour l'éducation de Monſeigneur le Dauphin avoit été de faire écrire pour lui l'Hiſtoire de tous les grands Princes Chrétiens ; M. Flechier fut chargé de celle de Theodoſe ; fidelle à ſon engagement, il la fit paroître en 1679. & c'eſt la ſeule qui ait été donnée.

Le Roy non content de lui avoir

Tome I. H h

ESPRIT donné l'Abbaye de S. *Severin* & la
FLECHIER Charge d'Aumônier ordinaire de Madame la Dauphine, le nomma en
1685. à l'Evêché de *Lavaur*, d'où il
passa en 1687. à celui de *Nismes*.

Nismes étoit alors un poste très-
difficile par la multitude de Calvinistes dont le Diocese étoit rempli.
Le Roy avoit révoqué l'Edit de Nantes, & plusieurs Calvinistes avoient
fait abjuration ; mais on n'ignoroit
pas que de ces nouveaux Catholiques,
les uns encore attachez à leur ancienne Religion, ne demeuroient que par
politique dans celle qu'ils avoient
embrassée, les autres negligeoient
d'en remplir les devoirs. La prudence, le zele, la charité de M. Flechier,
lui fournirent pour empêcher les
maux qu'on pouvoit en apprehender,
des moyens dont le succès répondit
toûjours à son attente.

L'inclination qu'il avoit pour les
Belles-Lettres ne fut point étouffée
par les soins de l'Episcopat. Il se forma par ses soins à *Nismes* une Academie dont il étoit le Président & l'ame.
Son Palais étoit une autre Academie,
il s'y appliquoit à élever des Orateurs

Chrétiens, & des Ecrivains, qui ſer- ESPRIT
viſſent l'Egliſe & fiſſent honneur à la FLECHIER
Nation.

Il eſt mort le 16 Fevrier 1710. dans
la 78e année de ſon âge.

Le P. de la *Rue* dans la Preface de
ſes Sermons fait ainſi le caractere de
M. *Flechier.*

L'amour de la politeſſe & de la
juſteſſe du ſtile l'avoit ſaiſi dès ſes
premieres études. Il ne ſortoit rien
de ſa plume, de ſa bouche, même en
converſation., qui ne fût, ou qui ne
parût travaillé. Ses lettres & ſes
moindres billets avoient du nombre
& de l'art. Les beaux Arts ayant été
ſa premiere occupation, principalement la Poëſie, il s'étoit fait une ha-
bitude, & preſque une neceſſité de
compaſſer toutes ſes paroles, & de
les lier en cadence. Le feu qui éclate
dans ſon ſtile, & qui en releve par-
tout la grace & la dignité, ſemble
manquer de vehemence, & ſa pro-
nonciation traînante & peu animée
favoriſant par ſa lenteur la fidelité
de ſa memoire, donnoit à l'Auditeur
tout le loiſir de ſuivre aiſément la
délicateſſe de ſes penſées, & de ſen-

H h ij

tir le plaifir d'en être charmé. Comme ce fut d'abord par les éloges funebres qu'il commença à fe faire diftinguer, la gravité des fujets fort avantageufe à la pefanteur naturelle de fa voix & de fon action, & la beauté des chofes qu'il difoit, en firent infenfiblement goûter la maniere, & traveftirent même en talent un deffaut, qu'en d'autres fujets moins triftes on auroit eu peine à fupporter. C'eft ce qui parut dans fes fermons de morale; car au lieu que la vehemence & l'impetuofité doivent y regner, le fon de fa voix, qui avoit quelque chofe de lugubre, y répandoit fon froid fur le feu de fes expreffions, & la liberté de fon efprit lumineux, y étoit, pour ainfi dire, à l'attache de fa memoire.

Ses Ouvrages font:

1. *Antonii-Mariæ Gratiani de vita Joan. Fr. Commendoni Cardin. Libri IV. Parif.* 1669. *in* 4°. C'eft M. Flechier qui a procuré l'édition de cet Ouvrage de *Gratiani* Evêque d'*Amelia*, un des plus beaux efprits du feiziéme fiécle, qu'il traduifit enfuite en François.

2. *La vie du Cardinal Commendon* , traduite du latin d'*Antoine-Marie Gratiani. Paris* 1671. *in*-4°. Cette traduction eſt écrite avec une grande pureté & une grande délicateſſe. Il s'en eſt fait pluſieurs éditions.

3. *De caſibus virorum illuſtrium. Authore Antonio-Maria Gratiano. Operâ & ſtudio S. Flecherii. Pariſ.* 1680. *in*-4°.

4. *Hiſtoire de Theodoſe le Grand. Paris* 1679. *in*-4°. *It. in*-12. Cette Hiſtoire eſt écrite avec beaucoup d'exactitude & d'éloquence.

5. *Hiſtoire du Cardinal Ximenes. Paris* 1693. *in*-4°. *It. in*-12. 2. tom. *It. Amſterd.* 1693. 2. tom. *in*-12.

6. *Panegyriques & autres ſermons. Paris* 1696. *in*-4°. *It. in*-12. 1697. 2. tomes.

7. *Oraiſons funebres. Paris* 1681. *in*-4°. *It.* 1681. *in*-12. Troiſiéme édition 1699. *in*-12. 2. tom. Il n'eſt rien de plus magnifique, ni de plus vrai que ce que M. Mongin dit de ces Oraiſons funebres , dans un de ſes diſcours Academiques. L'Oraiſon funebre , dit il , étoit avant M. Flechier , l'art d'arranger de beaux men-

H h iij

ESPRIT
FLECHIER

songes, un art tout profane, où sans égard à la verité, ni à la Religion on consacroit les fausses vertus des Grands, & souvent l'abus de la grandeur même. Mais le sage Flechier ne songea dans l'éloge des morts, qu'à faire des leçons aux vivans, & qu'à déplorer les grandeurs humaines par la vanité qui les accompagne, ou par la mort qui les détruit. Il ne suffisoit pas d'être né grand, de posseder de grandes dignitez, ou de lui proposer de grandes récompenses pour avoir place parmi ses Heros immortels. Pour ne point trahir la verité, il n'a loué que la vertu ; pour ne point flater ses portraits, il n'a travaillé que d'après la plus belle nature ; & tous ses Heros sont des modeles, comme toutes ses pieces sont des chefs d'œuvres. C'est là qu'on est étonné de voir dans un seul homme l'ame universelle de plusieurs grands Hommes, l'ame du Guerrier, l'ame du Sage, du grand Magistrat, & de l'habile Politique. Là il s'éleve, il change, il se multiplie, & prend toutes les formes differentes du merite & de la vertu. La séduction est ſi forte, qu'on croit voir tout ce ESPRIT qu'on ne fait que lire, ou qu'entendre. FLECHIER Avec un livre à la main vous êtes tranſporté dans des ſieges & dans des batailles. C'eſt l'Orateur qui vous charme, & vous n'êtes occupé que du Heros ; c'eſt Flechier qui parle, & vous ne voyez que Turenne. L'Art cache l'Orateur, & ne montre que le grand Magiſtrat, ou le grand Capitaine.

8. *Sermons de morale prêchez devant* + *le Roy, avec les diſcours Synodaux & les ſermons qu'il a prêché aux Etats de Languedoc & dans ſa Cathedrale. Paris* 1713. *in-*12. 3. tomes. La Preface eſt de M. l'Abbé *du Jarry.*

9. *Oeuvres mêlées, contenant ſes Ha-* + *rangues, Complimens, Diſcours, Poëſies latines & françoiſes, &c. Paris* 1712. *in-*12.

10. *Mandemens & Lettres Paſtora-* + *les, avec ſon Oraiſon funebre par M. l'Abbé du Jarry. Paris* 1712. *in-*12. Ces deux volumes font le Recueil de ſes Oeuvres poſthumes.

11. *Lettres choiſies ſur divers ſujets. Paris in-*12. 1711. 2. vol.

Il a laiſſé en manuſcrit un *recueil*

H h iiij

368 *Mem. pour servir à l'Histoire*
de toutes les Antiquitez qui se trouvent *dans la Province du Languedoc,*
avec des explications en 6. vol. *in-fol.*
(Le Long Bibl. des Hist. de France.)
V. son éloge. *Mem. de Trevoux*
de Novembre 1711.

JEAN COSIN.

JEAN COSIN nâquit à *Nor-*
vvich le 30. Novembre 1595. Son
pere & sa mere l'éleverent dans la Religion Anglicane, dont ils faisoient
profession. Comme il étoit leur aîné,
ils prirent un soin particulier de son
éducation. Vers l'âge de quinze ans ils
l'envoyerent à *Cambrige*, pour y
achever ses études. Sa pieté & son
érudition lui firent donner une place dans un College, & la réputation
de son merite le fit rechercher en
1616. par les Evêques d'*Ely* & de
Lichfeld, qui voulurent l'avoir pour
Bibliothecaire. Il se détermina pour
ce dernier, qui étoit *Jean Overall*,
& qui fut ensuite Evêque de *Nor-*
vvich; c'étoit un Prélat de grand
merite, & ami de *Hugues Grotius*,

& de *Gerard-Jean Voffius.* Outre la J. COSIN. qualité de fon Bibliothecaire, il devint enfuite fon Secretaire, & reçut de lui l'Ordre de Prêtrife.

Aprés la mort de cet Evêque arrivée en 1619., *Cofin* paffa au fervice de *Richard Nell.* Evêque de *Durham* qui le fit fon Secretaire. En 1624. il fut fait Archidiacre de la partie Orientale de la Province d'York, peu de temps aprés Chanoine de la Cathedrale de *Durham,* & en 1626. Miniftre de la Paroiffe de *Branfgeth,* qui étoit un Benefice trés-confiderable.

En 1626. quelques Evêques s'étant affemblez à Londres pour travailler à la ruine du parti de ceux qu'ils appelloient Papiftes & de celui des Puritains, *Cofin* fut admis à leurs Affemblées, quoique d'un âge & d'un rang beaucoup inferieurs à ceux qui les compofoient.

Il fut chargé peu de temps aprés d'un travail qui lui fit honneur, quoique ce ne fût pas un ouvrage d'érudition. Le Roy Charles I. ayant remarqué que les Filles de la Reine fa femme, qui étoient de la Religion Catholique, s'occupoient lorfqu'el-

J. COSIN. les n'étoient point auprés de leur Maîtresse à reciter dans un Livre d'Heures l'Office de la Vierge, conçut le dessein de faire faire aussi des Heures à l'Usage de l'Eglise Anglicane. Cosin fut chargé de ce soin par l'Evêque de *Norvvich*, Aumônier du Roy, & il fit un recueil de Prieres particulieres tirées de l'Ecriture Sainte, des Peres, des anciennes Liturgies, & de celles de l'Eglise Anglicane en particulier, pour lire à certaines heures, sur le modele d'un semblable Livre que la Reine Elisabeth avoit fait faire en latin en 1560. Il le publia sans nom en 1627. & ce Livre fut très-bien reçeu de l'Eglise Anglicane, quoique quelques zelés le décriassent à cause de quelque ressemblance qu'il avoit avec les Heures dont on se sert dans l'Eglise Romaine.

En 1634. il fut fait Principal du College de *S. Pierre à Cambrige*, & six ans aprés le Roy le fit Doyen de l'Eglise Cathedrale de *Peterborough*, afin que ses soins & ceux de quelques personnes semblables à lui pûssent arrêter le schisme qui se répandoit

par tout en Angleterre. L'attention J. COSIN.
qu'il eût de foûtenir les Droits de
l'Eglife Anglicane, lui attira la
haine des Puritains, qui tâcherent
par toutes fortes de moyens de le dif-
famer. Il fut même cité & accufé devant le Confeil établi par le Parlement, pour écouter les plaintes contre les procedures de la *Chambre Etoi-*
lée; mais il fut pleinement juftifié.

La même année 1640. le Roy le
fit Vice-Chancelier de l'Univerfité
de Cambrige & il rendit dans ce
Pofte tous les fervices qu'il pût à
Charles I. Mais le Parlement ayant
eu le deffus, & les affaires de ce
Prince étant entierement defefpe-
rées, Cofin fut obligé de fortir
d'Angleterre, & de chercher une
retraite en France, où il ſ rendit
en 1643. Il fixa fa demeure à Paris par
ordre du Roy, pour être le Directeur fpirituel de ceux des Domefti-
ques de la Reine fa femme, qui é-
toient de la Religion Proteftante;
& cette Princeffe lui obtint un Appartement au Louvre, & lui donna
une petite Penfion.

Cofin eut alors une Difpute avec

J. COSIN. le *P. Robinson*, Prieur des Benedictins Anglois sur la validité des Ordinations de l'Eglise Anglicane, qu'il continua par écrit.

Pendant son séjour à Paris, il composa un *Traité sur la Transubstantiation* qui a été imprimé à Londres en 1675. peu de temps avant la mort de l'Auteur, & une *Histoire du Canon des Livres de l'Ecriture Sainte* en Anglois qu'il fit imprimer à Londres en 1657. & depuis en 1672. Il y a à la fin de cette Histoire une Table chronologique des Auteurs, contre laquelle le P. Labbe Jesuite a fait une critique.

Vers l'an 1652. Cosin avoit fait à la priere de M. *Hyde*, qui a été depuis Grand Chancellier d'Angleterre, un petit Ouvrage latin dans lequel il décrivoit en peu de mots les sentimens & la discipline de l'Eglise Anglicane, pour en donner quelque idée aux François, à qui elle étoit peu connuë. M. Smith l'a fait imprimer en 1707. aprés la vie de ce Sçavant.

En 1660. le Roy Charles II. ayant été rétabli, M. Cosin retourna en Angleterre aprés une absence de dix-ſept ans ; peu de temps aprés il fut J. Coſin fait Evêque de Durham , qui eſt un des meilleurs Evêchez d'Angleterre. Il en a joui onze ans , & eſt mort le 25. Janvier 1672. âgé de 77 ans.

V. ſa vie par M. *Smith* imprimée à Londres en 1707.

PAUL SEGNERI.

PAUL SEGNERI naquit à *Nettuno* dans la Campagne de Rome , le 21 Mars 1624. d'une famille originaire de *Rome* , & diſtinguée par les Charges qu'elle y avoit poſſedées. Il entra en 1638. dans la Compagnie de Jeſus , & y étudia en Théologie ſous le P. *Palavicini* depuis Cardinal, qui lui connoiſſant de grands talens pour la Chaire ſe fit une étude particuliere de le former à l'Eloquence.

Le P. *Segneri* , ſes études finies , & aprés ſa troiſiéme année de Noviriat , fit une Claſſe de Grammaire. Cet emploi ne demandant pas de lui de grandes préparations , il s'appliqua ſi forrement à la lecture de

PAUL
SEGNERI.

PAUL l'Ecriture & des Peres, & même des
SEGNERI. Auteurs profanes par raport à l'E-
loquence, qu'il en contracta une furdité, qui lui dura toute fa vie.

Il entra bien-tôt avec fruit dans
la carriere de la Prédication, il avoit
fouhaitté d'aller aux Indes travailler
à la converfion d es Infideles, mais
n'ayant pû obtenir l'agrément de fes
Superieurs il fe borna aux Miffions.
Il avoit quarante-un an, quand il
commença à faire les fonctions de
Miffionnaire, qu'il a continuées pendant vingt-fept ans.

Innocent XII. l'appella à Rome,
pour y remplir la place de fon Prédicateur ordinaire, & n'écouta point
les excufes qu'il apporta pour s'en
difpenfer. Le P. Segneri commença
par la fin d'un Carême à prêcher devant fa Sainteté, & prêcha l'Avent
& le Carême qui fuivirent, avec cette
approbation qu'il avoit par tout. Il
fut nommé Théologien de la Peniten-
cerie, & Examinateur des Evêques;
mais il fut déchargé de ce fecond Emploi, fur ce qu'il reprefenta que fa
furdité le mettoit hors d'état d'en
faire les fonctions avec bienféance.

Le P. *Segneri* ne fut guéres PAUL
que deux ans à Rome , uſé par ſes SEGNERI.
travaux Apoſtoliques & par ſes auſ-
teritez continuelles , il tomba dans
une langueur qui devint en peu de
temps mortelle. Il mourut le 9. Decembre 1694. âgé de 70. ans , dans
la Maiſon du Noviciat , où il étoit
entré cinquante ſix ans auparavant.
Ses Ouvrages ſont

1°. *Il Parocho inſtruito. In Firenze
& in Parma* 1692. *in-*12. Cet ouvra-
a été traduit en François par le P.
Buffier Jeſuite & imprimé ſous le titre de *la Pratique des Devoirs des Cu-
rez. Lyon* 1701. *in-*12.

2°. *La Manna dell' Anima , overo
Eſercio di attendere all' Oratione. In
Venetia* 1693. *in-*12. 3. vol. Cet ouvrage qui a été imprimé pluſieurs
fois , a été traduit en François ſous
le titre de *Meditations ſur des Paſſages
choiſis de l'Ecriture Sainte pour tous
les jours de l'année. Paris* 1713. *in-*8°.
5. tom.

3°. *Le Quetiſte ou les illuſions de la
Nouvelle Oraiſon de Quietude. Paris*
1687. *in-*12. C'eſt une Traduction
de l'Italien du P. Segneri.

PAUL SEGNERI.

4°. *Traité de l'Accord de l'Action, & du Repos dans la Priere.* Cet Ouvrage que le P. Segneri a ait encore contre les Quietistes, a paru en Italien à Venise en 1680. & en Latin de la Traduction du P. *Maximilien Rassler* Jesuite à Munich en 1706.

5°. *Il Penitente instruito. In Venetia* 1691. *in-12*

6°. *Incredulo senza scuza. In Firenze* 1690. *in-8°.*

7°. *Panegirici Sacri. In Venetia* 1692. *in-12.*

Il a fait encore quelques Ouvrages moins considerables.

V. sa vie à la tête de la Traduction Françoise de son Livre intitulé *Manna delle Anima*, & l'Abregé de sa vie composé en Latin par le P. *Maximilien Rassler* Jesuite, & imprimé à Ausbourg en 1707. *in-4°.*

VINCENT DE FILICAIA.

V. DE FILICAIA.

VINCENT DE FILICAIA naquit à *Florence* le 30. Dec. 1642. d'une Famille noble. Après ses premieres études, on l'envoya à *Pise* où

où il paſſa 5 ans à apprendre la Philoſophie, la Theologie & la Juriſprudence, & à s'exercer dans la Poëſie Latine
& Italienne. On ne l'avoit envoyé
dans cette Ville que pour étudier en
Droit ; mais ſon amour pour les
Sciences ne lui avoit pas permis de ſe
contenir dans des bornes ſi étroites ;
au bout de ce temps il fut reçû
Docteur en Droit, & retourna dans
ſa Patrie, où après pluſieurs années
paſſées dans un repos litteraire, &
ſans autre occupation que la Poëſie,
le Grand Duc le fit Senateur. Après
la levée du Siege de Vienne par les
Turcs, il fit un Poëme à la loüange
des Generaux qui y avoient contribué. Le Grand Duc en fut ſi charmé,
qu'il crut devoir l'envoyer à ceux
dont les actions y étoient celebrées ſi
dignement.

Il fit auſſi ſur l'Abdication de la
Reine de Suede un Poëme qui lui attira de grandes liberalités de cette
Princeſſe, doublement loüable en ce
qu'elle ſoulagoit l'indigence d'un
homme que ſes grands talens ne rendoient pas plus riche, & qui avoit de
la peine à faire ſubſiſter ſa famille, &

V. DE
FILICAIA.
en ce qu'elle voulut qu'on ignorât entierement sa generosité, qui en effet n'a été connuë qu'après sa mort, & revelée au public par celui qui en étoit l'objet dans une Ode Latine, qu'il composa à sa loüange.

Il est mort à Florence le 27 Septembre 1707, âgé de 65 ans. Il étoit de l'Academie *de la Crusca*, & de celle des Arcadiens. Ses Poësies sont trés-estimées pour leur délicatesse & leur politesse. Son fils *Scipion de Filicaia* a donné une édition complette de ses Poësies Italiennes, qu'il avoit lui-même commencé à faire imprimer un peu avant sa mort.

Poësie Toscane di Vincenzo da Filicaia Senatore Florentino, è Academico della Crusca. In Firenze 1707. *in-4°.* On les a réimprimées ensuite à *Boulogne.*

V. sa Vie dans *le Vite degli Arcadi, par Crescembeni tom.* 2. *& Negri Historia de Fiorentini Scrittori.*

OLIGER JACOBÆUS.

OLIGER JACOBÆUS
nâquit à *Arhufen* dans le *Jut-*
land le 6 Juillet 1650. d'une famille
très-illuftre. Son bifayeul paternel
Jacques Jacobæus étoit Evêque de
Fiunen. Mathias Jacobæus fils de *Jac-*
ques fut premier Medecin de *Chri-*
ftierne IV Roi de Dannemarc, &
Jacques fils de *Mathias* & pere d'*O-*
liger, dont il eft queftion, étoit Evêque d'*Arhufen*. Il eut tout le foin
poffible de la premiere éducation de
fon fils; mais la mort l'ayant enlevé
en 1661, fa veuve fille du fameux
Gafpar Bartholin, envoya le jeune
Jacobæus à *Coppenhague*, où après
avoir pris les degrés ordinaires de
cette Univerfité, il fortit de fa Patrie pour vifiter les principales Cours
de l'Europe; dans ce deffein il parcourut la France, l'Italie, l'Allemagne, la Hongrie, l'Angleterre, &
les Pays-Bas. Il trouva dans ces voyages ce qu'il y cherchoit uniquement;
c'eft-à-dire, des moyens de fe perfe-

OLIGER
JACO-
BÆUS.

ctionner dans les sciences, & en particulier dans la Medecine. Il profita des lumieres des Sçavans qu'il trouva dans ces Pays, & s'acquit même leur estime.

Revenu dans le sein de sa Patrie en 1679. il reçût des Lettres de son Prince, qui lui donnoient la qualité de Profésseur de Medecine & de Philosophie à *Coppenhague*, & il en commença les fonctions en 1680. Il s'acquitta si bien de cet emploi, que le Roi de Danemarck *Christierne V.* lui donna le soin d'augmenter & de mettre en ordre le celebre Cabinet de curiosités, que ses Prédecesseurs avoient commencé, & joignit en 1698. à cet honorable emploi le titre de Conseiller de son Tribunal de Justice.

Chargé d'honneur, & aimé de tous ses compatriotes, il passoit tranquillement ses jours, lorsqu'un coup imprévû lui ravit pour toûjours son repos; ce fut la perte de sa femme *Anne-Marie Bartholin*, fille de *Thomas*, laquelle après dix-sept ans de mariage mourut le 18 du mois d'Août 1698. le laissant pere de six garçons.

Cette perte le toucha si vivement, qu'il tomba dans une melancolie

qui dans la fuite devint une maladie OLIGER
mortelle. Il avoit cru trouver dans JACO-
un fecond mariage un promt remede BÆUS.
à cette noire humeur, & pour cet
effet, fuivant le confeil de fes amis,
il s'eftoit remarié. Mais cette précaution lui fût inutile, fa maladie
augmenta, & après avoir langui prés
de trois ans, il mourut le 18. Juin.
1701. âgé de 51. ans.

Les Ouvrages qu'il a donnés au
Public, font,

1. *De Ranis, Differtatio. Romæ.*
1676. *in* 8°. & *Parifiis.*

2. *Bartholomæi Scalæ Equitis Floren-*
tini Hiftoria Florentinorum edita ex Bi-
bliothecâ Medicæa. 1677. *in-*4°.
M. Jacobæus, qui a fait imprimer
cet Ouvrage, en avoit l'obligation à
M. Magliabecchi, avec lequel il
avoit formé une liaifon fort étroite
pendant fon fejour à Florence.

3. *Oratio in obitum Thomæ Bartholi-*
ni. 1681. *in-*4°.

4. *Compendium Inftitutionum Medi-*
carum. Hafniæ 1684. *in-* 4°.

5. *De Ranis & Lacertis Differtatio.*
Hafniæ, 1686. *in-*8°.

6. *Francifci Ariofti de Oleo Montis*

OLIGER JACOBÆUS.

382. *Mém. pour servir à l'Histoire Zibinii, seu Petreolo agri Mutinensis edita ex mss. Hafniæ.* 1690. *in-*8°.

8. *Gaudia Arctoi orbis ob thalamos Augustos Friderici & Ludovicæ.* 1691. *in-fol.*

9. *Musæum Regium, sive Catalogus rerum tam naturalium quam artificialium, quæ in Basilicâ Bibliothecæ Christiani V. Hafniæ asservantur. Hafniæ* 1696. *in-fol.*

Il avoit un grand talent pour la Poësie, & il a fait plusieurs beaux Poëmes sur differens sujets, dont il n'y a qu'une partie d'imprimés.

V. son Eloge. *Mem. de Trevoux de May.* 1702.

FIN.

TABLE NECROLOGIQUE

Des Auteurs contenus dans ce Volume.

PEZRON [Paul] m. le 10 Oct. 1706

FILICAIA [Vincent de) m. le 27
Septembre.   1707

CASATI (Paul) m. le 22 Dec. 1707

SCHURZFLEISCH [Conrad Sa-
muel] m. le 7 Juillet   1708

FLECHIER [Efprit] m. le 16 Février   1710

BULL. [George] m. le 28 Fev. 1710

GUGLIELMINI (Dominique) m.
le 12 Juillet   1710

DODWEL (Henri) mort le 7
Juin   1711

SIMON (Richard) m. en Av. 1712

RHENFERD (Jaques) m. le 7.
Octobre   1712

PERIZONIUS (Jaques) m. le 6.
Avril   1715

KUSTER (Ludolf) m. le 12 Octo-
br   1716

TORRE (Philippe della) m. le
25 Février   1717

MARTIANAY (Jean) m. le 16
Juin   1717

OUDIN [Cafimir) m. en Sept. 1717

SCHMIEDER (Sigifmond) m. le
15 Octobre   1717

RABUSSON [Paul] m. le 23 Octobre   1717
                              RELAND

TABLE.

KK

TABLE

Des Auteurs contenus dans ce Volume, selon l'ordre des matieres qu'ils ont traitées dans leurs Ouvrages.

A

Alchymie.

TABLE.

TABLE.

D

E

TABLE.

TABLE.

TABLE

Kĸ iiij

TABLE.

TABLE.

TABLE

TABLE.

O.

TABLE.

TABLE.

TABLE

APPROBATION.

J'Ai lû par ordre de Monfeigneur le Garde des Sceaux, un manufcrit qui a pour titre : *Memoires pour fervir à l'Hiftoire des Hommes Illuftres dans la Republique des Lettres, avec un Catalogue raifonné de leurs Ouvrages.* Je n'y ai rien vû qui me paroiffe devoir en empêcher l'impreffion. A Verfailles le 2. Juin 1726. HARDION.

LOUIS, par la grace de Dieu, Roy de France &
de Navarre : A nos amez & feaux Conseillers
les Gens tenans nos Cours de Parlement, Maîtres
des Requêtes ordinaires de notre Hôtel, Grand
Conseil, Prevôt de Paris, Baillifs, Senechaux, leurs
Lieutenans Civils, & autres nos Justiciers qu'il ap-
partiendra SALUT : Notre bien amé ANTOINE-
CLAUDE BRIASSON, Libraire à Paris, nous
ayant f   remontrer qu'il lui auroit été mis en
main un Manuscrit, qui a pour titre : *Memoires
pour servir à l'Histoire des Hommes Illustres dans
la République des Lettres, avec un Catalogue raisonné de leurs Ouvrages,* qu'il souhaiteroit faire
imprimer & donner au Public, s'il nous plaisoit
lui accorder nos Lettres de Privilege sur ce necessaires, offrant pour cet effet de le faire imprimer
en bon papier & en beaux caracteres, suivant la
feüille imprimée & attachée pour modele sous le
contre-scel des presentes ; A CES CAUSES, voulant
traiter favorablement ledit Exposant, Nous lui
avons permis & permettons par ces Presentes, de
faire imprimer lesdits Memoires & Catalogue ci-
dessus specifiés, en un ou plusieurs volumes, con-
jointement, ou séparément, & autant de fois que bon
lui semblera, sur papier & caracteres conformes à
ladite feuille imprimée & attachée pour modele
sous notredit contre-scel, & de le vendre, faire
vendre & débiter par tout notre Royaume, pendant
le tems de *huit années* consecutives, à compter du
jour de la datte desd. Presentes. Faisons défenses à
toutes sortes de personnes de quelque qualité &
condition qu'elles soient, d'en introduire d'impression étrangere dans aucun lieu de notre obeïssance,
comme aussi à tous Libraires-Imprimeurs & autres, d'imprimer, faire imprimer, vendre, faire vendre, débiter, ni contrefaire lesdits Memoires &
Catalogues ci dessus exposés, en tout ni en partie, ni
d'en faire aucuns Extraits, sous quelque prétexte
que ce soit, d'augmentation, correction, changement de Titre, ou autrement, sans la permission ex-
presse & par écrit dud. Exposant ou de ceux qui auront droit de lui, à peine de confiscation des Exemplaires contrefaits, de trois mille livres d'amen-
de contre chacun des contrevenans, dont un tiers
à Nous, un tiers à l'Hôtel-Dieu de Paris, l'autre

tiers audit Exposant, & de tous dépens, domma-
ges & intérêts. A la charge que ces Présentes fe-
ront enregistrées tout au long sur le Registre de la
Communauté des Libraires & Imprimeurs de Paris,
& ce dans trois mois de la datte d'icelles, que
l'impression de ce Livre fera faite dans notre
Royaume & non ailleurs, & que l'Impretant fe
conformera en tout aux Reglemens de la Libr. &
notamment à celui du 10. Av. 1725. & qu'avant
de l'exposer en vente, le manuscrit ou imprimé
qui aura servi de copie à l'impression dudit Liv.
fera remis dans le même état où l'Approbation
y aura été donnée, és mains de notre très-cher &
feal Chevalier Garde des Sceaux de France le sieur
Fleuriau d'Armenonville, Commandeur de nos
Ordres; & qu'il en fera remis 2 exemplaires dans
nôtre Bibliothèque publique, un dans celle de nôtre
Château du Louvre, & un dans celle de nôtre
très-cher & feal Chevalier Garde des Sceaux de
France le St Fleuriau d'Armenonville, Commandeur de nos Ordres; le tout à peine de nullité des
Présentes, du contenu desquelles vous mandons
& enjoignons de faire jouïr l'Exposant ou fes
ayans cause pleinement & paisiblement, sans souf-
frir qu'il leur soit fait aucun trouble ou empêche-
ment. Voulons que la copie des Présentes qui
fera imprimée tout au long au commencement
ou à la fin dud. Livre soit tenue pour dûëment
signifiée, & qu'aux copies collationnées par l'un
de nos amez & féaux Conseillers & Secretaires, foi foit ajoutée comme à l'original
COMMANDONS au premier notre Huissier ou Ser-
gent, de faire pour l'execution d'icelles, tous Actes
requis & necessaires, sans demander autre permission, & nonobstant clameur de Haro, Charte
Normande, & Lettres à ce contraires : CAR tel
est notre plaisir. DONNÉ à Paris le vingt-huitié-
me jour du mois de Novembre, l'An de Grace mil
sept cens vingt-six, & de notre Regne le douziéme.
Par le Roy en son Conseil, DE S. HILAIRE.

Régistré sur le Registre V I. de la Chambre Royale des
Libraires & Imprimeurs de Paris, No 530. F. 421.
conformément aux anciens Reglemens confirmez par
celui du 28 Février 1723. A Paris le 3 Dec. 1726,
VINCENT, Adjoint.

BIBLIOTHÈQUE DE L'ARSENAL

Vu

www.ingramcontent.com/pod-product-compliance
Lightning Source LLC
Chambersburg PA
CBHW050738030726
47505CB00002B/307